Aspects of the novel

Edward Morgan Forster

小說面面觀

現代小說寫作的藝術

愛德華・摩根・佛斯特

愛德華・摩根・佛斯特（Edward Morgan Forster, 1879-1970）年表

一八七九年　於英國倫敦誕生，父親為建築師。

一八九七年　進入劍橋大學國王學院就讀，主修古典文學。

一九〇一年　自劍橋大學畢業，取得文學士學位。

一九〇三年　為左翼期刊《獨立評論》（*Independent Review*）撰稿，並加入人文社團「布倫斯貝里社」（Bloomsbury Group）。

一九〇五年　《天使裹足之處》（*Where Angels Fear to Tread*）出版。

一九〇七年　《最長的旅程》（*The Longest Journey*）出版。

一九〇八年　《窗外有藍天》（*A Room with A View*）出版。

一九一〇年　《霍華德莊園》（*Howards End*，又譯《此情可問天》）出版。

一九一一年 《天國驛車》（*The Celestial Omnibus*）出版。

一九一二年 第一次造訪印度。

一九一三年 撰寫《墨利斯的情人》（*Maurice*，基於佛斯特的要求，在他身後才出版）。

一九一四年 第一次世界大戰爆發。佛斯特為反戰人士，拒絕從軍，隨紅十字會赴埃及亞歷山卓當醫務兵。

一九一九年 返回英國，在左翼報紙《每日前鋒報》（*Daily Herald*）擔任文學編輯。

一九二一年 再訪印度，寫下旅行回憶錄《惡魔之丘》（*The Hill of Devil*）。

一九二四年 《印度之旅》（*A Passage to India*）出版，獲得廣大肯定。

一九二七年 應劍橋大學之邀，進行一系列演講，講詞出版為《小說面面觀》一書。

一九二八年 第二本文集《永恆時刻》（*The Eternal Moment*）出版，也是他生前出版的最後一本小說作品。

一九三四年 傳記《高斯華綏・羅威斯・狄更生》（*Goldsworthy Lowves Dickinson*）出版。

一九三六年　雜文集《亞賓格豐收集》（*Abinger Harvest*）出版。

一九四六年　榮膺劍橋大學國王學院名譽研究員。

一九四七年　第一次訪問美國。

一九五〇年　獲頒劍橋大學名譽博士學位。

一九五一年　評論集《為民主乾兩杯》（*Two Cheers for Democracy*）出版。

一九五三年　「亞賓格叢書」（Abinger Editions）發行。

一九五六年　出版其家族成員的傳記《瑪莉安・索頓：一部家族史》（*Marianne Thornton: A Domestic Biography*）。

一九六〇年　以證人身分，為勞倫斯的禁書《查泰萊夫人的情人》出庭辯護；助該書成功洗刷猥褻罪名並順利出版。

一九七〇年　六月七日過世，享年九十一歲。

一九七一年　《墨利斯的情人》（*Maurice*）出版。

推薦序

砂村裡的燈光——關於《小說面面觀》

吳明益

大概是高中的時候，一回剛考完期中考，我帶著絕望的心情到圖書館混時間，百無聊賴地逛著書架，毫無目的地抽下一本一本的書，然後不明所以地被其中一個故事吸引。故事從「八月的某一天，有一個男子失蹤了」寫起，然後開始描寫一個一心想要找到新種昆蟲的男子，搭公車到一個村落去找一種「庭斑螯」（後來我才知道，這就是常在砂地出現的虎甲蟲），因為太入迷了，男子錯過最後一班車，於是只好在小村住下來。他被村民安排住到一間有年輕女子的房子，在天亮後竟發現房子被困在一個砂坑裡。不，應該說整個小村落都被砂給困住了，砂村的居民每天都在鏟砂，一旦停止就會被砂掩埋，吃飯的時候要撐著傘，因為砂會從屋頂簌簌掉落。男子想盡辦法要離開都無法得遂所願，隨著日子一久，從威脅女子到想各種方式逃離，最後竟漸漸習慣和女子生活、做愛、幫忙挖砂。一段時間之後，懷孕的女子即將分娩，疼痛的叫聲喚來村民，村民放下梯子帶走懷孕的女子，但卻沒有收回梯子……。

這樣一篇小說對當時只想應付家人、隨便考上一所大學的我來說，真有一種像流砂一樣讓人難以爬出的具傷害性的吸引力。那個小說家構築出的砂村，彷彿真的存在某個地方，走進去的似乎不只是男子，還有我自己。於是，我跟那些一度被小說所迷，並且動念寫小說的年輕人一樣，在那一瞬間竟這麼想：好吧，我也來寫篇小說試試。但誰來告訴我什麼叫小說？怎麼樣才算好小說？還有還有，小說到底怎麼寫？

漸漸地，我在那些被我夾在課本裡的小說中發現，所謂「小說」似乎就像無法定著的微小砂粒所形塑的砂丘，有像《莊子》那樣的小說，有像《第六病房》那樣的小說；有像賽萬提斯（Miguel de Cervantes Saavedra）那樣的小說家，也有像張大春那樣的小說家。精彩的小說當然有些共同點，比方說它們都用各式各樣的形式說了故事（話說回來，故事是什麼？），比方說讓人每回讀到一些段落，總覺得心底突地一震，久久難以回神到現實世界。我好像「讀到好小說」了，但是，好小說到底怎麼寫？什麼是好小說？

然後在另一天，我讀到佛斯特（E. M. Forster）的《小說面面觀》。嚴格來說，這本書不是寫的，而是「講」的；佛斯特受邀在他的母校劍橋大學發表一系列演講，日後成為這樣一本書，而這本書成了經典，再被譯成各種語言，其中一種，是由擁有漫長說故事傳統的中文所譯成。佛斯特死去之時我尚未出生，嚴格說來，我所觀看到的即時的「小說時代」，跟佛斯特是完全不同的。我把書借了回去，窩在被窩裡讀，遇到不曾讀過的例證或語意難解的內容就跳過去，彷彿像一頭初入森林的幼鹿，隨著時隱時現的氣味，慢慢地走到一個安靜、紛歧，因落葉過厚而回頭難見自己足印的地方。

時至今日，我已經想不起來當初是一口氣讀完或當晚翻了幾頁就沉沉睡去，但在日後我讀到各式各樣的「小說是什麼」的說法裡，有些詞總冷不防地跳了出來，才發現佛斯特為小說塑造的說詞生命力之強。佛斯特說：「『國王死了，然後王后也去世了』，是故事。『國王死了，王后因悲傷過度也去世了』，則是情節。」他說小說裡的「虛構人」（Homo Fictus）可以分成「圓型人物」（round characters）或「扁型人物」（flat characters）。還有那個關於「幻想」（fantasy）與「預言」（prophecy）的說法：「小說之中，除了時間、人物、邏輯，或是這些元素的所有衍生物，甚至除了命運之外，還有其他東西。……有時候，它和它們在某個地方緊密連結，耐心地為它們指點迷津；有時候在另一個地方，它從它們頭上飛過，卻揚長而去，彷彿無視於它們的存在。」更別忘了，那麼多年前佛斯特就用紀德的《偽幣製造者》，告訴我們小說也可以像尼采說的一樣來個「結構大崩潰」（formidable erosions of contour），挑戰情節至上、人物至上的傳統。無論這些說法你同不同意，但作為小說家的佛斯特，把什麼是小說這回事說得挺迷人的，不是嗎？

當然，這些年來小說在演化的過程中衍生出了更多品種，我們已經看到更多勇敢的洞見，而更多優秀的小說作者也很願意為我們談談什麼是小說。比方艾可（Umberto Eco）說：「建構一個由無數事件與人物組成的世界，無法鉅細靡遺，面面俱到，只能提示，然後由讀者自行去填滿所有的縫隙。每一個文本，就像我以前寫過的，都是部疏懶的機器，要求讀者也分擔部分工作。」把讀者的行為也視為創作的一環。當然，也有另一些小說家給的根本不算指示，更像某種密語，比方說奧茲（Joyce Carol Oates）說：「故事找上我們，就像鬼影需要精實的肉身。」把小說家看成更像靈媒之類的職業似的。這讓我們想到，佛斯特談到談論小說這回事和小說本身的關係時，所舉的那個令人難忘的譬喻，他說當我們討論讀過的書時，它們已偷偷溜走，「彷彿一隻展翅起飛的鳥和牠的影子」，鳥愈飛愈高，影子也輕盈掠過街道與花園，但兩者的相似度愈來愈少，再也無法回到最初「鳥雙腳著地，影子緊密相隨那般」。影子並非鳥本身，但能讓讀者在文字中感到鳥或影子的生命力的作者，或許都具有巫術般的才能吧？

我必須承認，在那些沉迷閱讀各式各樣的小說文本和小說說法的日子裡，我發現自己有時像個讀者般的作者，有時則像個作者般的讀者。而當我恍恍惚惚地念完大學，當了兵，考上研究所，中間還寫了幾篇小說得了獎，出了小說集，甚至厚著臉皮在學術研討會裡「討論小說」後，多年前心底那個疑問仍未解決。小說究竟是什麼？什麼是好小說？那問題不見明朗，反而如同面對看起來一致、重複，其實卻各自不同的無盡砂丘，令人困惑。但這種困惑感，卻未影響我享受讀小說、寫小說的樂趣。這意味著什麼？

此刻我正在寫這篇文章，而這半個月來我在課堂教學生「什麼是文學」之餘，反覆對校新譯本與舊譯本之間的差別的過程，有那麼一瞬間，我覺得自己或許正在「一篇小說」之中。一個因愛讀小說，終於變成半吊子寫小說和所謂專業讀小說的人，在經過二十年後，受邀為自己當年所讀的一本書寫些什麼，這樣的過程是否有「成為小說中某個環節」的可能性呢？

懷著這樣的心情，我滿心期待地認為，這個世代的小說讀者，或想要成為小說作者的年輕朋友，仍應讀讀這部重要作品的新譯本（這個譯本較原譯本流暢，且譯註也幫了讀者不少忙）。一方面是我相信《小說面面觀》或許不能只當成一本解釋「什麼是小說」的書，那裡面還有正值壯年的小說家佛斯特對「偽學者」和對其他小說家的調侃……不，應該說是挑戰。（當然挑戰是否成功，或佛斯特的挑戰是否合理，必定有仁智互見的看法。）一方面是我個人認為，小說從來都比較接近「演化」而非「進化」，因此《小說面面觀》雖然寫的是佛斯特那個時代所觀察到的「小說是什麼」，但那觀察勢必也對這個世代的小說作者或讀者具有某種標示性的意義。更重要的，標示中或許仍存在著許多充滿暗示的細節。

就像安部公房的《砂丘之女》（啊，我忘了說，文章一開始所提的那部小說，收錄在一九六七年鍾肇政譯的《砂丘之女及其他》）裡頭所描述的夜晚砂村景觀：「四下已經暗下來，砂永遠在反覆著一起一伏。每個起伏裡，還有起伏，而這小起伏，又被分成好幾個更小的起伏。當作目標的村子的燈光，被這無盡無垠的起伏的頂點遮蔽著，很少映入眼裡。」是的，砂丘永遠一起一伏，而每個起伏裡還有無數更小的起伏，就像小說裡提到的「梅比斯環」（Möbius strip），沒有清楚的起點、終點或一條明晰的路。但不管它是引你離開砂村，或者是陷入砂村，《小說面面觀》終究是小說史上，一盞亮著特殊溫度光線的燈，不是嗎？

（本文作者爲國立東華大學華文文學系教授）

推薦序

小說中的靈光

郝譽翔

相信文學科系的學生，對於佛斯特的《小說面面觀》一書都不會陌生，無庸我再贅言。回想自己就讀臺大研究所時，選修現代小說的課程，老師便是以《小說面面觀》作為教材，花了整整一學期的時間，逐章地仔細討論，而我對於小說的基本認識，也正是奠基於此。不過，《小說面面觀》卻是一本寫於一九二〇年代末期的著作，佛斯特還來不及親見，小說到了二十世紀下半葉，是如何變得五花八門、多采多姿，從法國新小說、拉丁美洲魔幻寫實、後現代到後殖民主義等等，翻天覆地的實驗將傳統「小說」定義都一一推翻了、動搖了。而佛斯特當年起而攻擊的「傳統」，到如今，他自己卻也早就變成了「傳統」，並且《小說面面觀》所針對的，乃是「英國文學」的讀者，更可以說是「傳統」之中的「傳統」。至於書中所引述的《偽幣製造者》、《奉使記》等等，今天已經少有人讀；而近年來炙手可熱的拉丁美洲、非洲、印度、日本等小說，則全不在佛斯特所討論的「小說」範疇內。如此一來，在二十一世紀讀《小說面面觀》，不免會感到它落伍、保守，以及先天上的局限，那麼將它重新出版，意義又是何在呢？

其實，小說研究的權威學者法蘭克．柯默德（Frank Kermode）便曾指出：佛斯特《小說面面觀》的特點正在於提醒我們，「留意到小說有一些事情正在發生，那是某種屬於詩，而非政治的東西。」如果再具體一點地說，佛斯特的某些小說觀（如「扁型人物」和「圓型人物」之分）雖看似機械、刻板，但他的目的卻不在這些法則上，而是在於所謂的「價值」（value），亦即是柯默德所說的「詩」之上。「價值」的追求，正是文學與其他事物最大的不同處，而也正是因為重視「價值」，故文學可以拯救人生，使得它不至於流於瑣碎和平庸。

故佛斯特以「滔滔不絕」、「龐雜蕪亂」的方式，去談論小說，其中卻隱藏著許多如今看來依舊可貴的機鋒。與其說他在建立一套嚴密的體系，不如說他是在給予「面面觀」——以閃現的靈光，破除昔日的迷思。而在這些至今仍然耀眼的靈光中，我以為佛斯特碰觸到了小說的核心，使它到了二十一世紀以後，仍然有效。

譬如《小說面面觀》開宗明義便指出：學院中充斥著「偽學者」，以及由此形成的「偽學術」霸權，把文學或小說支解成一項全然無趣的事物。如今文學論文之莫測高深，不也正是如此？它已儼然形成另一支系譜繁雜龐大的「偽學術」，甚至凌駕在小說之上，欲將小說強行收編其中。佛斯特其實點出了，閱讀小說的困難處，不在於學識的高低，而是在於洞察人生的慧眼。

那佛斯特自己的洞見和慧眼又何在呢？首先，他讓小說有了獨立存在的價值，而成為「新批評」的先驅。不可否認，「新批評」末流已淪為機械化的公式，但對佛斯特而言，小說批評的標準卻是相當簡單扼要的，有如下七項：「故事」、「人物」、「情節」、「幻想」、「預言」、「圖式」和「節奏」。

當代許多作者普遍有「反故事」的心結，誤以為「故事」就是指高潮迭起的、戲劇化的情節，而心生鄙夷。但佛斯特並不如此理解，他沒有說明到底要如何經營一個好的「故事」，而只是強調「故事」的三個概念：「時間感」、「空間」和「聲音」（voice），但這三點，可以說準確地切中小說美學的核心。譬如他以「空間」來談托爾斯泰的《戰爭與和平》：「很多小說家都有濃濃的地方感，但懷有空間感的作家卻有如鳳毛麟角。在托爾斯泰爐火純青的寫作技巧中，空間感是一大絕學。空間，正是《戰爭與和平》的主軸，而非時間。」這真是一語中的，精彩地道出托氏小說美學的過人之處。

又譬如人物，佛斯特「圓型人物」和「扁型人物」的說法，為大家所熟知，但這卻不是他論點的精髓。他舉珍．奧斯汀小說中的人物為例，說明一個人物之所以成立，就在於能夠符合小說的內在法則，而不是現實生活的法則。佛斯特說：「她們之所以真實，並非因為她們像我們，而是因為她們令人信服。」他甚至由此推論出，人類閱讀小說的樂趣到底在哪裡？正在於：「在小說裡，我們可以全然瞭解其中的人物，除了享受閱讀的樂趣，還能在此為現實生活的幽微隱晦，尋得些許補償。就此論之，小說比歷史更真實，因為它超越了可見的事實。」也因此，我們便可以瞭解小說為何需要人物了——不管他到底是「圓型」，還是「扁型」，只要是一本好的小說，作者就必須具有統攝、洞穿及歸納人性法則的能力，否則，便無從滿足我們閱讀的樂趣。

而《小說面面觀》類似的「洞見」，不勝枚舉。我特別想再提出來的，還有這本書末尾討論的兩個概念：「幻想」與「預言」。佛斯特做出極為高明的比喻——「鳥」和「影子」，來解釋「文學評論」和「小說作品」之間的關係。文學評論不管有多麼踏實，小說卻始終像是一隻展翅起飛的鳥，和牠留在地面上的影子，漸行漸遠。故小說之可貴，便是因它具有無限的、曖昧的延展性，一直深入到語言窮盡的天際。乍看之下，佛斯特的說法非常抽象、隱晦，但是卻頗能引人會心一笑，他又舉了杜思妥也夫斯基作為例子：「他寫下的一句一行，都隱含著這種延展性，而這種延展性正是他作品的優勢。」如此一來，杜思妥也夫斯基不僅是小說技巧完美了，「他還胸懷預言者的偉大，那是非一般標準所能斗量的。」故小說可以帶領人飛翔，但評論不行。而佛斯特甚至將這種神祕的預言者的聲調，比擬作為歌聲，他認為，這種歌聲僅有少數天才作家（在他心目中只有四位：杜思妥也夫斯基、梅維爾、勞倫斯以及愛蜜莉．勃朗特）才能夠唱出，而譬如喬伊斯，他的「作品就是不停地說、說、說，卻從來不唱歌」。

讀《小說面面觀》，我不禁像是在重溫舊日的時光，對小說尚一知半解的渾沌歲月，更奇妙的是，我竟發覺過去未曾讀通之處，卻皆是這本書最精彩的地方。它看似好讀，但其中的靈光，卻需要時間的歷練才能看出。而這也就是在二十一世紀重出此書的意義吧。它讓我們看到了小說家的慧眼，如何經得起時間的淘洗，熠熠發亮。

（本文作者為國立臺北教育大學語文與創作學系教授）

推薦序

小說世界的如來巨掌——重讀佛斯特的《小說面面觀》

楊照

一九二七年，紀德的《偽幣製造者》才剛出版，喬伊斯的《尤利西斯》還只能在少數地方流傳，吳爾芙在摸索著如何進一步將意識流融入在小說敘訴中，那是現代主義小說革命的起點，也是小說告別十九世紀建立的巨大傳統，標示二十世紀新風貌的關鍵年代。

這一年，劍橋三一學院的「克拉克講座」邀請小說家佛斯特擔任主講人，他選擇了以全面檢視「小說是什麼？」為講座主題，發表了八場演講。佛斯特出生於一八七九年，他正是在十九世紀的小說傳統下長大的，然而他開始寫作時，那個傳統已經爛熟，建立了明確的經典系譜，也有了眾多二流、三流的仿襲之作牽掛在後，因此必然就引發了年輕輩叛逆、追求突破的嘗試。

佛斯特處於新舊衝擊的複雜曖昧中。他的年紀接近現代主義的先鋒健將，而且透過

「Bloomsbury Circle」跟這些人密切來往互動，對新思潮他絕不陌生。可是另一方面，魔羯座的保守性格，加上小心保護自己同性戀傾向不要成為社會八卦醜聞，又將佛斯特拉回來接近既有的規約典範。

這些條件湊在一起，造就《小說面面觀》的特殊內容。佛斯特清楚意識到現代主義對十九世紀傳統的不滿與挑戰，以回應挑戰的姿態，總結了十九世紀小說傳統的原則與精神。小說不同於故事，故事講發生了什麼事，小說卻解釋為什麼會發生這些事。小說不同於戲劇，戲劇靠行動彰顯一切，小說卻深入行動背後，彰顯動機、觀念與不會表現在行動上的感受。小說也不是人生的反映，人生沒有那麼明白清楚，現實裡人與人的交往，只能靠表層的觀察猜測，小說給我們一個深度理解的世界，讓人與人的關係在小說家筆下充分解剖呈現。正因為人生的曖昧籠統草率，我們才需要小說來提供確定的動機、因果和道德視野。最偉大最了不起的小說，是托爾斯泰的《戰爭與和平》和杜思妥也夫斯基的《卡拉馬佐夫兄弟》，或許加上梅爾維爾的《白鯨記》。

這些論點、這些評斷，顯然是立基於十九世紀小說傳統上。從來沒有人，之前沒有、之後也不會有，將十九世紀小說傳統的特色與價值，講得如此透澈有力。之前沒有，因為十九世紀小說還在發展中，還沒有窮盡其創造力的可能性；之後不會有，因為十九世紀小說快速失去了活力，被新浪潮衝得東倒西歪，也就沒有人對這套小說傳統那麼熟悉又那麼有感情了。

佛斯特解釋了小說這回事的存在道理，也教我們一套讀小說、享受小說、判斷小說的方法。十九世紀偉大傳統下產生的重要作家、重要作品，佛斯特幾乎都講到了，而且幾乎都有充滿獨特洞見的解讀。那些乍看像是偏見的東西，彼此組構、彼此強化成一套細緻而聰明的小說價值觀，大有助於讀者自我訓練，在小說中讀出更多更豐富的內容來。

佛斯特總結了十九世紀小說的道理，同時卻也加速了那個小說傳統的沒落。許多傳統的小說讀者熱情擁抱佛斯特的解釋，感謝他為他們條理講出他們自己講不清楚的小說意念；同時也就有許多原本隱約對「舊小說」不滿的人，恍然大悟自己究竟討厭「舊小說」什麼，佛斯特的書等於為他們刻畫出敵人敵陣的具體模樣。

於是，《小說面面觀》出版沒多久，新的小說創作風起雲湧，將近半個世紀，每一波新的流行風格，幾乎都像是衝著《小說面面觀》而來的敵對反撲。

一代又一代的小說作者，以《小說面面觀》當反面教材，就是要不同於佛斯特所規定的「小說」。

一波大浪潮質疑為什麼小說非寫內在，不能停留在表面？一波大浪潮質疑小說為什麼必須，甚至為什麼可以提供現實裡人無法得到的答案？小說為什麼、憑什麼從全知角度提供完整的解釋？小說為什麼不能是片段、混淆的？又有一波大浪潮挑戰佛斯特認定的大禁忌，就是要在小說裡跑出寫小說的人，跟讀者揭露他怎樣寫小說。還有一波大浪潮，刻意拉近小說與故事，反對小說應該在故事以外多加些什麼，要讓小說家重新回去當講故事的人。

我們甚至可以這樣說，理解二十世紀「新小說」的捷徑之一，就是將佛斯特的《小說面面觀》頭下腳上翻轉過來。他說小說是什麼，「新小說」就偏偏不要那樣寫小說；他說小說不應該怎麼寫，「新小說」就興致勃勃地往那些方向去探索、去試驗。佛斯特及其《小說面面觀》成了二十世紀寫小說的人，必定要努力跨越的大石頭，跨過去了，才能看到新風景。

然而，神奇的是，經過了八十年，經過了多少第一流創作與評論天才的反覆對抗，一度似乎過時落伍的《小說面面觀》，從來沒有真正從小說讀者的書架上消失。很多人還是靠《小說面面觀》的提示，來閱讀十九世紀的經典小說，不只如此，很多人還是覺得佛斯特對於小說讀者想在小說裡讀到什麼的心情掌握，最貼切最精準。或許應該這樣說，二十世紀在小說創作意念上的翻天覆地，屬於少數先鋒作家的舞台，卻沒有真正改變大多數讀小說的人。弔詭的狀況一直存在——寫小說的人想要遠離《小說面面觀》，讀小說的人卻一直依偎著《小說面面觀》。

這個潮流來、那個潮流又去，二十世紀都結束好一陣子了，《小說面面觀》還在，更重要的，對想要讀小說的人而言，《小說面面觀》裡面所說的，仍然是進入小說世界，理解小說是怎麼一回事、人類文明中為什麼會有小說這樣東西，最好的指引。佛斯特用來舉例說明的那些小說，或許很多我們不讀也找不到了，然而因為他從小說之所以為小說的最根本起點出發，他對人物、情節及想像力等的分析，都還是可以適用在今天我們讀的許多小說上。

包括那些刻意跟他作對，刻意要逆反《小說面面觀》說法的眾多二十世紀小說。《小說面面觀》就像是《西遊記》裡如來的神奇手掌，幾十年來邀請小說作者們使盡渾身解數翻出去，好些人相信自己已經翻離開了，得意地找根石柱撒泡尿，回頭對佛斯特挑釁張揚，然而時間幫我們拉開距離放大視角後，我們會發現，究竟多少人真正翻了出去？還很難說吧！

（本文作者爲知名作家兼媒體評論人）

推薦序

專業的寫作者，業餘的精讀者——小說初寫者的練劍祕笈

鍾文音

重讀佛斯特新版的《小說面面觀》，更多時候卻想起了米蘭昆德拉，這意味著將佛斯特的論述放在當代仍是很受用的。佛斯特和米蘭昆德拉相距五十年，《小說面面觀》內容講稿問世於一九二七年，米蘭昆德拉出生於一九二九年，而出版《小說的藝術》與《簾幕》更已是九〇年代之後的事了。

穿越漫漫時空，佛斯特的這本演講集，仍可視為一個美麗的小說理論「原型」。我們或許無法在《小說面面觀》裡尋找到當紅的關鍵字：美學、後設、魔幻、荒誕、諧擬⋯⋯，但我們依然在佛斯特身上找到亙古名詞：圖式、預言、節奏、邏輯、獨白、潛意識⋯⋯與圓型人物、扁型人物、沙漏型小說、長鍊型小說。

我們在佛斯特之後的重要小說家身上，讀到許多關於「小說」的理論與方法，但這些後來者有不少是從佛斯特這棵大樹所繁衍出來的枝葉，或者相似品種。這本我早年閱讀的書

稿，可以說提供了我最初對於西方現代小說解析的想像地圖。這本書亦可視為我最初的第一本小說理論聖經，多年後，在佛斯特描繪的小說濕地裡，我終於光著腳丫子、奮不顧身地走進這座歧路重重且可能導致心靈塌陷的濕地，進而耕耘出屬於自己品種的小說花園。

一代又一代的小說家都不免提及：何謂小說家？小說是什麼？小說該怎麼寫？小說寫給誰看？但多少年來，小說論述恢弘壯觀，但卻常是愈說愈讓人糊塗，愈讓人無所依循。

小說家，一個需索高度自由卻又得高度自律的行業。這雙重極端性的難處，幾乎每個小說家都得去面對它。佛斯特亦然，在他當時要接下這場講座時，內心忐忑不安，因為一種制式的演講，意味著交出某些個人自由權。然現實裡他「需要錢」，而且他已經交出重要作品《印度之旅》，加上當時他手上又無別的計畫，於是他答應主持講座，一旦作家站上講台，即揭掉小說家這道神祕簾幕。他親自走在火線上，和讀者交鋒；挑釁經典作品，和評論家搏鬥，他甚至大力抨擊許多讀者是學院裡的偽學者。「一個沒有能力談論自己創作的人，絕不能算是一個完整的作家。」米蘭昆德拉在《簾幕》一書裡說道，這或可拿來當作佛斯特演講的註腳。

多年來，佛斯特在《小說面面觀》裡的某些想法仍在我心中持續醞釀，也許因為佛斯特本身就是卓越的小說家，加上頗喜歡《印度之旅》，因此他所提出的小說觀點，於我深具說服力。（一個好的小說家提出的觀點才有力量，反之，一個壞小說家誰要聽他嘮叨？）所以我想，敢出來談如何寫小說的小說家，首先必須是個好的小說家，其次是廣泛閱讀各種小說的精讀小說家（他才能知道自己和他者作品的相關位置與歷史分量），其三是他有能力分析自己的作品與其他作品。除此，還得要不畏流言與不從俗。關於這幾點，佛斯特當然都具備了。

《小說面面觀》是佛斯特在劍橋大學克拉克講座的講稿集結，因此並非是一本全以論述寫成的小說觀，且因應演講稿的方式與長度，得將小說拆解成主題式的七大塊，佛斯特於是沿著「故事、人物、情節、幻想、預言、圖式、節奏」，來建構其小說觀，他讓原本一座無形的小說城堡，逐漸形塑成可循序漸進的有機生命體。（當然這樣的演講稿也會限制小說家更深層幽微、難以言說的東西！）

即使受制於演講的限定，這本書仍是小說家背後美學思維的再現，可以看出小說家極力拆解小說這棟巨大建築裡的組織，從而暴露各種材質，他讓人不得不重新回歸小說家的作品本身，因為唯有小說家的原創作品才是真正的思維下錨處，創作者依然比評論者站在更高的位置，因為原創者只有一位，而評論家卻可能為數不少。

離開閱讀《小說面面觀》之後的許多年，當我不斷站上許多學校的講台，面對著學生演講時，我心裡偶爾會浮現起佛斯特說的：「故事所蘊藏的聲音。就小說作品的這個面向來看，它不像多數散文是以眼睛為主要訴求，而是和演說一樣，訴諸耳朵。」小說訴諸聲音，散文訴諸眼睛，這是一個於今讀來仍感新意的觀點。

同時間，我也常想起米蘭昆德拉在《簾幕》提及的：「小說家談小說藝術，並不像大學教授在講台講課那樣。我們不妨想像，他好像一位畫家在自己的工作室接待你，……他會向你提及他自己，但更常提到別的作家以及這些作家令他激賞的作品，而且這些作品暗中影響了他的寫作風格。」後代的米蘭昆德拉正好可以拿來詮釋佛斯特的演說狀態。我擅自做如是關聯，這讓我興味十足。

當代小說家和評論家不斷地繁衍「什麼是小說」：有人認為小說反映現實，有人認為小說是心靈再現，有人認為小說直奔人物而去，有人認為小說是由情節和語言這兩種材料建築而出的時光巨廈……而佛斯特說：「小說就是，用散文寫成的一定篇幅的虛構故事。……小說的獨特之處在於，作者可以透過人物之間的對話來描述他們，也能讓我們聽到人物內心的獨白。」這些看法在今天仍是受用的。

佛斯特把小說立體化，他將小說置於繪畫「圖式」與音樂「節奏」上，表面看，他沒有提出小說重要的「語言」，但實則是他站在更高的位置來看小說這項美學與藝術。他也沒有提出「結構」，但他藉著情節鋪呈出邏輯關係，當佛斯特說「小說情節並不嚴謹」時，也就意指著小說的結構鬆散。又比如米蘭昆德拉曾說：「在小說藝術裡，形式的改變和創新突破是分不開的。」大江健三郎說：「小說中喚起讀者想像力的是語言結構，這裡，我稱其為小說書寫語言層面的意象。」佛斯特則以「幻想」張起想像的翅膀，他說：「小說的一般語氣通常是平鋪直敘，可是，一旦引入幻想成分，就會產生一種特別效果，干擾原有的氣氛……。」每個小說家都在磨劍練武，只是使用的路徑差異，然其通往的終點則常是相似的。

我之所以引用當代重要小說家米蘭昆德拉與大江健三郎的觀點，無非是為了佐證《小說面面觀》這本書歷經時間長河，其影響力仍深刻，小說初寫者仍可從中挖掘各種面向的寫作祕笈。

問題是，讀者恐怕得問：「自己的閱讀是否跟得上精讀的小說家？」如果少了「閱讀」，那麼小說家引用的小說文本將大大阻絕了讀者通往小說祕密花園的途徑（這也是我至許多大學演講的困擾，常常很難從閱讀的共通性來分享小說世界）。要有小說家的閱讀高度，才能體會佛斯特的小說美學觀與其對小說這個文類的思維，所以閱讀必須先走在創作之前，如此讀畢祕笈，或許才能磨刀練劍吧。

每個提筆者在築小說城堡前，都得先一一辨識將寫的材料與尋找可用的材料，而辨識與尋找的方法，佛斯特在《小說面面觀》裡知無不言了。

就我而言，這本書不僅是我的青春練劍之書，也是我走進小說花園多年後，依然可作為辨識小說路徑的導覽手冊。

（本文作者爲知名小說作家）

導讀

絢爛的小說之旅——與佛斯特一起進入小說的世界

謝瑤玲

最早接觸佛斯特，其實是因為電影《窗外有藍天》（一九八五年出品，James Ivory 導演，海倫娜．漢寶德主演）。劇中女主角露西面對愛情與婚姻的選項，義大利和英國的浪漫場景，深深吸引了我，也勾起我對作者的好奇心。讀了小說，對電影中的刪減和改編不免感到遺憾，但對作者的文字功力卻油然起敬。接下去的閱讀，仍以他的小說為主，包括寫於一九一〇年的《此情可問天》（*Howard's End*），和寫於一九二四年的《印度之旅》（*A Passage to India*）。這兩部小說也都先後被拍成了電影，前者甚至在影展和奧斯卡獎典禮中大放異彩，連連得獎，因此大部分的電影觀眾也許會因此知道佛斯特之名。然而，對我們從事文學研究的人而言，儘管佛斯特的小說屢屢出現在研討會的論文中（尤以《印度之旅》中的殖民主義與性別議題最易受到青睞），但其著作中最常受到引述的，卻是這本討論小說因素和技巧的《小說面面觀》。

一般大學的英文系，會開設「文學導讀」這門課給大一新生，教導他們西洋文學中的基本文類：小說、戲劇和詩。在講授小說時，許多文學入門的書籍和所謂的文學手冊（literary handbooks），都會提到佛斯特在本書中所定義的圓型與扁型人物。我也總是不厭其煩地對學生講述，圓型人物是三度空間的立體人物，是灰色的，有心理發展和情緒起伏的角色，因此他們是鮮活的，可以帶給故事某種深度；而扁型人物是二度空間的平面人物，黑即是黑，白即是白，個性上很少有發展的空間，因此許多類型人物（type characters）和刻板印象（stereotypes）即是扁型人物。這套人物分析，一直到講授大四生所上的歐洲文學課，碰到善用類型人物的理性主義時代的作者如莫里哀（Moliére）和伏爾泰（Voltaire），都還十分受用，雖說前者寫的是戲劇，而非小說。

此次懷著虔敬的心細讀本書，一來是作者本就是我敬仰的小說家，二來更因為多年來教授文學總是引用他的理論，而今有機會閱讀他對小說的種種闡釋，就像親臨克拉克講座的講場去聆聽他「滔滔不絕」的演講一樣，感覺十分興奮，且真是受益匪淺。雖然知名的英國文學評論家法蘭克．柯默德（Frank Kermode）說「那套知名的扁型人物與圓型人物的區分太過簡單」，令我頗感啼笑皆非，但我個人認為，好的理論本來就應該是平易近人的；如果他用艱澀難懂的文字去解釋，如何帶引讀者進入小說藝術的殿堂呢？更何況，佛斯特在解釋扁型人物時也說，「扁型人物並非如尖苛評論家所想的那般平庸」，加上所謂「小說家的筆觸」，他們是「小說家手中一顆方便好用的棋子……無庸費心照料經營，就能自成一片天地」，所以儘管大文豪狄更斯筆下的人物幾乎都是扁型人物，但他卻可以以人物來帶動小說的發展，寫出精彩有趣的故事。我自己立刻想到的就是莎士比亞劇中極為有名的一個喜劇角色，法斯塔夫爵士（Falstaff）。因為他不變的形象和特質，他一出現便能使整個劇場充滿活力，襯托別的角色也更形鮮活起來；這或許就是佛斯特說扁型人物「只有在耍寶搞笑時才能發揮得淋漓盡致」的意思吧？

柯默德也說，佛斯特的這幾場講座是「以非正式的方式在演講」，而《小說面面觀》是「一位功力深厚的藝術家寫給一群程度應該和威利叔叔差不多的人……寫給那些『蠢蛋頭的老婆們』或國王學院師生及校友看的書」。言下之意，應是說作者深入淺出，但其敘述卻未免「缺乏深度」或「平淡無奇」。我想，三一學院的成員和評論家可能都太有學問了；他們不會需要知道讀小說的方法有哪些，而是要比較不同的評論家所提出的讀小說的方法，看看誰最有「深度」，與一般讀者的需求自不相同。尤其是對臺灣的讀者而言，佛斯特提出的這套對小說的解說，非但不是平淡無奇，甚至對英國小說的傳承有非常獨到和博學的見解。舉例來說，他數度分析狄福（Daniel Defoe）的《情婦法蘭德絲》（*Moll Flanders*）並拿她和史考特（Sir Walter Scott）的人物相比。他討論珍．奧斯汀（Jane Austen）的幾部小說，給予她極高的評價。他以喬治．梅瑞狄斯（George Meredith）的小說《哈利．李奇蒙》（*Harry Richmond*）和《柏強普的一生》（*Beauchamp's Career*）來說明小說家即使平庸濫情，卻可以以情節淬鍊新貌。他左談哈代（Thomas Hardy），右批勃朗特姊妹（包括夏綠蒂和艾蜜莉〔Charlotte Brontë and Emily Brontë〕）。從李察森（Samuel Richardson）到吳爾芙（Virginia Woolf），從大師級的詹姆斯．喬伊斯（James Joyce）和亨利．詹姆斯（Henry James），到美國女詩人葛楚德．史坦（Gertrude Stein），到其他知名度較低的小說家，他可以鉅細靡遺地論述所有這些作家筆下的人物、情節，乃至結構。不僅如此，在評論這些由過去到當代的小說中，他更旁徵博引，兼論俄國小說家托爾斯泰和杜思妥也夫斯基，法國小說家紀德（André Gide），法國劇作家拉辛（Jean Racine）和俄國劇作家契訶夫（Anton Chekhov），更別說還有亞里斯多德的理論，和希臘古典戲劇《安蒂岡妮》了！我只能說，一個評論家必須熟讀許多作品才有話可說，而佛斯特因為讀過非常多的小說和其他類型的作品，才有可能匯集出這篇他稱為「大雜燴」的講稿。

因此，我深深同意史多利布瑞斯在「前言」中所說的，佛斯特「這個人具有多重身分」——他先是個小說家，其次是個讀者，然後他是個朋友，最後他才是一個從事分析與推論的批評家。因為他自己寫小說，他的觀點不同於一般評論家；他可以從內往外寫，寫小說家熟知且應駕馭自如的事物。我認為這是本書之所以吸引人的主因。其次，因為他是個讀者，他的舉例詳實清楚，而且他對其他也是讀者的聽者發言，因為「讀者是坐下來與作者搏鬥（的人），而偽學者是一群著有小說相關鉅著的教授，以及所有只讀小說表面、一知半解，甚至完全未與作者搏鬥的人」，所以他可以輕易引起真正與作者搏鬥之讀者的共鳴。關於他因為是個「朋友」而影響他的選材和評論，將近一百年後的今天，可能僅供參考而已吧，畢竟他對好友吳爾芙小說的讚賞，也並沒有言過其實。而因為兼具前面三種身分而引出他是個評論家的事實，只有使他的論述更深入、有趣，而非其他犀利、刺人的言論，或空洞、乏味的術語可比的。

我們或許可以說，讀佛斯特的《小說面面觀》，是可以以讀小說而非讀評論的心情來讀的，因為他是個深懂文字魅力和寫作技巧的小說家，所以本書具有小說一般的藝術特質。如果我們把此書當作是一種創作，我們就可以欣賞他所引用的各項例證，讚許他對其他小說家的洞察力和精闢分析，也包容他對「幻想」與「預言」小說不甚清楚的區隔了。我們也必須記住，佛斯特的這本書是寫於一九二七年，因為如果他活在我們今天這個世界，他就會看到《魔戒》與《哈利波特》的無遠弗屆，改寫他對「幻想小說」這一章的分析。他也會體會電影與文學的關係，甚至他自己的小說拍成電影後，如何使他到今天仍名列暢銷作家之流。就像他自己在「情節」一章的卷首也說，「我們沒理由去為難兩千多年前的亞里斯多德。畢竟，他讀過的小說很少，更不可能見過現代小說。」小說藝術演變到今天的複雜多樣，種種雜化、挪用的參與介入，加上性別、族群等議題，科幻、網路的新題材，而今真是百家爭鳴、大放異彩的時代！

話又說回來，為什麼這本書今天仍值得一讀呢？我之前說過了，直到今天，文學導讀的課仍須引用佛斯特對小說人物的分析。不管圓型、扁型人物聽起來有多「缺乏深度」，對剛接觸西方文學的學生來說，這仍有助於他們對小說文類的賞析。我自己覺得，此書也像一本迷你的文學百科全書。除了索引可以指示文本本身對各小說家的探討外，附錄一的重要作品與語彙摘錄，附錄二的「小說工廠」，附錄三的「小說的題材與方法」，以及附錄四的「小說技巧」，都對小說層面做了精彩的補充；而且，容我再度提醒，親愛的讀者，就把它當作小說創作一樣去閱讀吧，因為佛斯特的文筆超凡，而他畢竟是一位小說家。

當然，在譯成中文之後，佛斯特文字的迷人特質或有稍減，但不是有人說過嗎：「佳釀即使只剩糟粕，也仍有其特殊之芳香？」我自己身為翻譯者，非常瞭解譯者的辛苦，與為他人做嫁衣裳的辛酸。這不是一本容易譯成中文的書，加上卷中引用的書目之廣，恐怕多數人都無法盡數掌握的，所以能有這個成果，已經很令人讚賞了。

前兩天在車上，突然聽到愛樂電台播出《窗外有藍天》的歌曲，令人一時間彷彿回到那二十世紀初的迷人場景。佛斯特在「緒論」中直指，英國小說比不上俄國小說，他說：「沒有一個英國小說家像托爾斯泰那樣偉大……沒有英國小說家能夠像他，可以完整描繪人類生命的平庸與不凡；也沒有英國小說家像杜思妥也夫斯基那般，可以深刻探討人的靈魂。」我很同意他的說法，但是，如果《戰爭與和平》和《卡拉馬佐夫兄弟》是大魚大肉，我們也需要一些清粥小菜來調劑，不是嗎？所以奧斯汀「如迷你肖像畫般」的小說，和佛斯特自己的幾部浪漫愛情小說，雖沒有大場面，也有同樣刻畫人性、動人心魄的描繪。故事精彩，情節流暢，人物突出，加上某種幻想和預言，不就是我們小說讀者所要的全部了嗎？

（本文作者曾任東吳大學英文學系主任）

目錄

前言

奧利佛．史多利布瑞斯（Oliver Stallybrass）譯[1]

佛斯特有個習慣，每到新歲，他就會在日記當中仔細檢視過去一年，自己在身心靈健康、聲望，以及收入各方面的狀況。在這些自我批判、自憐自艾的當下，他揮向自己的筆鋒，比反對者的更加犀利；而一九二七年是「較難自我檢討的一年，因為這一年我覺得很快樂，也認為這一年……為經濟和聲望奠下基礎。支出約六百英鎊，但得到的收入更多。在一至三月間舉行的幾場演講，以及十月出版的專書，都很成功。大批聽眾湧入藝術劇院（Arts Theatre）[1]，國王學院也因此提供研究職位。」

這一系列演講是一年一度的克拉克講座（Clark Lectures），由劍橋大學三一學院贊助，

1 此處的藝術劇院並非現今的劍橋藝術劇院，而是當時以此爲名的大學演講廳。

堪稱英國文學領域中最負盛名的講座。從萊斯里・史蒂芬（Leslie Stephen）[譯2]、艾德蒙・高斯（Edmund Gosse）[譯3]，到威廉・安普生（William Empson）[譯4]和李察士（I. A. Richards）[譯5]，主講者不僅包括知名或曾名盛一時的評論者和學者，也涵蓋過去五、六十年來，在文學藝術領域中，成就特別卓越的人士，譬如歷史學家、劇作家或詩人。

一九二六至二七學年度，這項殊榮破天荒地降臨在一位小說家身上；他就是當時甫出版即獲好評的《印度之旅》一書作者，佛斯特先生。

對於這次邀約，佛斯特感到欣喜，但是否接受令他猶豫不決。他在一九二六年三月十七日寫給印度友人馬蘇德（Syed Ross Masood）的信中說道：

> 我現在有幾分激動，劍橋大學三一學院適才邀請我擔任克拉克講座主講人，將於今年秋天或明年春天進行八場系列演講，酬勞相當優渥，有兩百英鎊。倘若我能鼓足勇氣的話，就會接受這項邀約。[2]

一方面是因為這筆錢的關係，據瞭解，佛斯特當時沒在寫小說，手中也無任何正在進行的計畫，而最重要的也許是，他素來強烈但有所保留地欣賞艾略特（T. S. Eliot）的詩才，可以追隨艾略特的腳步，對他而言是一種榮耀。[譯6]（他對豪斯曼〔A. E. Housman〕的景仰是毫無保留的，稍後才得知，其實豪斯曼比艾略特更早受到克拉克講座的邀約；後來佛斯特不但有機會讀到豪斯曼那封絕妙的婉辭信，還取得了信件副本。）[3]另一方面，有一些問題需要勇氣去面對：當然，最主要的並不是得在廣大學院聽眾面前演說的這項嚴酷試煉，而是要對這樣的聽眾談小說這隻「無害的小母雞」——無論為什麼會受到邀請，佛斯特必然已經明白別人對他的期望是什麼——那恐將招來論點不一致的指控，尤其是來自他的小說家同儕的評批。佛斯特一直很清楚，「存在於評論和創作之間的那道鴻溝」[4]；在克拉克講座過後二十年，他受邀至劍橋其他學院講授「評論的存在理由」，他在一開場即坦承說道：「反對評論的聲浪，強烈到令人驚訝。」還在演講結束時斷言：「在藝術領域，評論並無最好的存在理由。」[5]然而，儘管抱持這些觀點，他還是接受了邀約，而不例外地，他的評論格局不大、方法隨興，以機敏、犀利的洞見見長，而非詳盡的分析，或是貫徹應用某個批評理論，

2 摘自佛班克先生（P. N. Furbank）所持有的信件打字副本。

3 豪斯曼委婉有禮地推辭了克拉克講座的邀約，因爲他無法「爲此從繁瑣的研究工作中騰出一整年時間（況且可能得耗費更多時間）」，而且，「我正準備好要在研究上更上層樓，這讓我樂在其中」。這封信全文見於佛斯特的備忘錄中，並收錄在亨利．馬斯（Henry Maas）彙編的《豪斯曼書信集》（*The Letters of A. E. Housman*, London, Hart-Davis, 1971）。

4 見《爲民主乾兩杯》（*Two Cheers for Democracy*，亞賓格叢書第十一冊），頁118。

5 見前揭書，頁105、118。

或是「喬叟以降某一時期，或若干時期的英國文學」這八場演講所尋求的剖析。[6]幾年前，他才大肆嘲諷克雷頓．漢米爾頓（Clayton Hamilton）的《小說的題材和寫作技巧》（*Materials and Methods of Fiction*）[7]，近來又莽撞無禮地批判貝克教授（E. A. Baker）的宏偉鉅著《英國小說史》（*History of the English Novel*），把作者氣得發表嚴正抗議，而佛斯特本人也被迫做出部分道歉。[8]他這麼做，真的是希望與他們抗衡嗎？

答案也許很明顯：他目前的風光，或許僅是閃爍在美國的光芒（《印度之旅》在美國的銷售量遠超過英國），且不同於豪斯曼，佛斯特沒有「研究」被打斷，無論是不是真的研究，而且如果最後要推辭的話，他需要更謙虛，或不流於自負。儘管如此，他接受邀請並不能完全袪除他的疑慮和不安，他在七月十一日寫給魯道夫（G. H. Ludolf），一位住在埃及亞力山卓朋友的信中透露出些許心聲：

> 我想，至少在公開的目標上，我的主要人生目標是：寫幾本好書。對此，我不能說自己正在實踐它。為了準備明年在劍橋的幾場演講，我花時間讀了其他人寫的小說……讀《克拉麗莎》（*Clarissa Harlowe*）讓我……很掙扎。剛翻閱完丹尼爾．狄福（Daniel Defoe）和勞倫斯．史坦恩（Laurence Sterne）的作品，我覺得如沐春風。

這一切準備工作令人愉快，而且講座提供的待遇極為優厚。只是這份工作沒有任何可以創造的空間。我覺得自己好像是個被抽去真實生命的傀儡，我總是覺得，而且恐怕將永遠這麼覺得——大多數年過四十的人都處於相同的情況：他們過得很幸福快樂，愜意地享受各種事物，他們擁有社會地位（得先為自己找到空間，才能享有地位）；但是，他們共同企求的尊嚴，卻統統被擺錯了位置。

群覽十八世紀小說的計畫，已經在一九二六年四月左右展開，由《項狄傳》（*Tristram Shandy*）和《情婦法蘭德絲》（*Moll Flanders*）入手，從這兩本作品開始，佛斯特在備忘錄中條列下一長串的筆記。瀏覽過這些作品之後，他在五月十七日寫信給維吉妮亞・吳爾芙（Virginia Woolf），坦言《項狄傳》和《情婦法蘭德絲》讓他覺得很新奇，還天真地請

6 佛斯特針對克拉克講座任期的相關說法（引自本書頁21），和一八八三年三月六日《劍橋大學通訊》（*Cambridge University Reporter*）的公告內容有所出入。事實上，任期時有更動：最初規定的主講人任期是三年一聘，期間至少必須提出六十次演講，每年給付三百英鎊。當然，佛斯特之前的講座主題是文學；但早期他在倫敦工人學院（Working Men's College）增設講座講授的主題是義大利歷史，當他的資料送到校方時，是個挺特殊的個案。（譯註：佛斯特從一九〇二年起，在工人學院兼課，前後執教逾二十年。）

7 這篇書評即是本書附錄二，「無害的小母雞」一詞源自於此。

8 見《觀察者雜誌》（*The Spectator*），一九三〇年六月二十八日，頁1055；一九三〇年七月十二日，頁54。

吳爾芙列幾本「最佳小說」給他。[9]即使這些書他尚未全數讀過，但我認為他對於哪些書能雀屏中選，心裡早已有數。無論如何，既然他曾經批評吳爾芙的觀點是「布倫斯貝里版的乏味結論」（dreary Bloomsbury conclusion），[10]他應該不至於會過度受到她個人推薦的影響，假如吳爾芙對這項請求做出任何回應的話。

雖然這個講座那份「多少令人不安的榮耀」，讓佛斯特在事前表現出幾分「過度」的焦慮，但是他的第一場演講「表現得比預期中還好」；之後的第二場，他覺得聽眾對這個講座「目前為止很有興趣」；到了第三場演講，這個講座已經在「劍橋知識份子圈中大受歡迎」；第七場演講「很成功」；最後一場則是「最圓滿的成功」，因此「持續攀升的名氣，阻礙了我的」文字創作。[11]大多數聽眾對這場講座都相當津津樂道，這點是無庸置疑的，而有兩位受訪者以截然不同的角度在詮釋當時的盛況，還熱心地把他們的回憶記錄寄來給我。[12]喬治・瑞藍茲（George Rylands）[譯7]聆聽了數場演講，他回想起佛斯特「淘氣的笑容立時迸出迷人又孩子氣般的笑聲」，他補充說：

摩根從來不矯情造作，也不空談理論、賣弄學問，他就是不卑不亢。尤其，他雖不大聲疾呼，卻也不含糊其辭。這場講座，如同他在已發行的專書所言，是「非正式，但實際上滔滔不絕的」。在他之後的克拉克講座優秀主講人，也沿襲他的風格。他們和摩根一樣，盡情發揮……對著「一般讀者」侃侃而談。

這一段來自國王學院研究員的見證，遭到另一位聽者李維斯博士（Frank Raymond Leavis）[譯8]的反駁。李維斯全程參與，從頭到尾聽完八場演講，他記得自己「對於這個講座的思想匱乏大感震驚」。在他看來，佛斯特之所以受到「誠摯的認同」，以及由他的——「當然是他的」——那種程度的聽眾所拱出的「令人厭惡的」成功，是建立在那群主要由「劍橋蠢蛋頭」的老婆和朋友所組成的聽眾（佛斯特「知識份子圈」？）之上，儘管聽眾席間也有「為數眾多的男性教師，其中包括本人的昔日恩師（他也是國王學院的一份子），然而，國王人永遠忠貞，是不容打破的規矩。」[譯9]李維斯博士將此視為維護「啟蒙

9 我只看過這封信的手抄本。

10 見本書頁 223。

11 致維吉妮亞．吳爾芙的信，一九二六年十一月十九日；致卡瓦菲（C. P. Cavafy）的信，一九二七年一月十九日；致朵拉．卡林頓（Dora Carrington）的信，一九二七年一月二十五日；致愛德華．阿諾德（Edward Arnold）的信，一九二七年二月二日；致勞倫斯（T. E. Lawrence）的信，一九二七年二月七日、三月十八日；致湯普遜（E. V. Thompson）的信，一九二七年三月十日。因爲佛班克先生針對部分引文所作的注解使我獲益良多，特此致謝。

12 李察士教授（當時他尚未任教授職）那時候已經離開劍橋，展開一趟「環遊世界的蜜月旅行」。

的強大正統」的證據，他繼續說：

這本集結講座內容而成的書一出版，馬上成了一件麻煩事：英國所有女子學院的英文女老師，皆握著扁型人物和圓型人物的差異處，但這概念畢竟與書中所提出的其他評論觀點沒兩樣。我以劍橋格頓（Girton）和努罕（Newnham）兩所女子學院「英文」教學主要負責人的身分提出這些看法。

我們可以順便注意到，李維斯博士已經從他處發現《小說面面觀》[13]並非全然沒有做出評論上的貢獻，佛斯特對於喬治．梅瑞狄斯（George Meredith）[譯10]的「必要之破壞（necessary demolition-work）」，顯然解救了《偉大的傳統》（*The Great Tradition*）[14]一書作者。但是李維斯博士不是唯一嚴厲批判《小說面面觀》的評論者，而且，也該是時候去正視這本書受指責的缺失。

如同我先前所提及，佛斯特的立場其實有幾分站不住腳：他是一個受僱於人，且對評論價值有嚴重質疑的評論者。在這個兩難困境中，他藉著提出某種他認為最適配、最「無害」的評論方式來為自己解套，同時把某種偶發的質疑投射到「那整票人」（the whole caboodle）

身上，加上他用「偽學者」一詞來譏刺文學領域的從業者，於焉引燃了猛烈的攻擊砲火。他的立場是否模稜兩可？貝瑞斯福特（J. D. Beresford）[譯11]認為確是如此。他在評論《小說面面觀》時表示，[15]佛斯特給人一種印象：

> 他恨不得把帽子扔了，改搬一座風車戴在頭上，然後昭告世人，文學評論的所有規則裡頭，沒有一條值上兩毛錢……但是在大學講堂，不得公開宣揚無政府理念，甚至連文學的無政府理念都在禁絕之列，而佛斯特先生必須尊重克拉克的遺願。明辨慎思是必要的，這是穩重的衡量標準……。

據我推論，如果對貝瑞斯福特來說，穩重是令人惋惜的特點的話，那在福特（Ford Madox Ford）[譯12]看來，演講內容的失序，以及伴隨的不敬言行，更教人遺憾。他將評論標

13 這股評論浪潮係起於講座內容已出版，英國版由倫敦的愛德華．阿諾德出版社（Edward Arnold）、美國版由紐約的哈寇特．布瑞斯出版社（Harcourt, Brace）於一九二七年十月二十日發行。

14《偉大的傳統》，London, Ghatto & Windus, 1948; Pengiun edition，頁33。

15《新亞達非雜誌》（*New Adelphi*），一九二八年六月號，頁366-367。（譯按：英國的文學期刊，稱《亞達非》（*The Adelphi*）或《新亞達非》，於一九二三年創刊，一九五五年停刊。）

題定為〈那一票劍橋的！〉（Cambridge on the Caboodle）[16]，正是為了表達對佛斯特用字遣詞的不滿。他把佛斯特看待「這個賦予他榮耀聲名的藝術技巧」的輕慢態度，與《笨趣雜誌》（*Punch*）[譯13]面對人生嚴肅問題的玩世不恭等同觀之。他繼續說：

> 佛斯特先生像是個小說家，也像個牧師，所以在這本書當中，他一手舉揚聖餅，同時又像個老學究，一手寫著賣弄機智、插科打諢的小品，講解這些聖餅是如何烤成的。

佛斯特這個人思想匱乏，是個優柔寡斷的無政府主義者，是褻瀆神的牧師——當這位小說家從創作轉而投身文學評論時，這些指控就在他身邊盤旋飛舞。他被認為具有他筆下人物常見的可親可敬的性格——「拒絕變成大人物」。[17]但是，如果用那些佛斯特所不願寫或仿效的作品之標準，來衡量這本薄薄的小書的話，一定是錯的嗎？毛姆（William Somerset Maugham）的《尋歡作樂》（*Cakes and Ale*）[譯14]一書中，有一段由敘事者所說的話，可能是比較貼切的評論：

> 讀了伯西．路伯克（Percy Lubbock）先生的《小說技巧》（*The Craft of Fiction*），我從書中得知寫小說的唯一門道是模仿亨利．詹姆斯（Henry James）；後來，我又拜讀佛斯特的《小說面面觀》，我從這本書學到的是，寫小說的不二法門是，要像佛斯特先生一樣……。

對我來說，這個評論絕對會讓我扔掉路伯克的書；即使我覺得這麼說對佛斯特有失公允，但至少這種有趣誇張的說法可以暗示讀者《小說面面觀》是怎樣的一本書：由某個人所提出的一套編排得有點隨興的觀察心得（佛斯特「拼裝課程」的構想，只有在備忘錄的筆記尾端才初露端倪。這部分筆記就是附錄一），而這個人具有數重身分——首先他是一個小說家；其次，他也是個稍稍與眾不同的讀者；第三，他還是（被評論者的）朋友；最後，他是一個從事分析與理論化的評論者。朋友擺在第三位，評論者角色則敬陪末座地居於第四位。對此，我們必須坦承，佛斯特為了顧及朋友情誼，在評論上會毫不猶豫地做出讓步。在《小

16《文學週六評論》（*Saturday Review of Literature*），一九二七年十二月十七日，頁 449-450。

17 這句話脫胎自美國作家屈林（Lionel Trilling）的名言，見《愛德華．佛斯特》（*E. M. Forster* London, Hogarth Press, 1944），頁 10、155。

說面面觀》之中就有三個顯而易見的例子：第一例是，他沒來由地吹捧狄更生（G. Lowes Dickinson）的《魔笛》（*The Magic Flute*）（這不是他第一次這麼做，也非最後一次）。第二例是，路伯克有兩本書，他私底下對這些書的反應冷淡，卻在公開發表評論時濫加讚譽[18]，這個落差反映出佛斯特對昔日國王學院同儕的忠誠與感激之情，況且，路伯克是他於一九一八年在紅十字會服務時的頂頭上司，曾在某次內部紛爭中力挺他。另外，他「因為一個小小的私人理由，決定不將本書未更正的校稿寄給吳爾芙，因為原稿當中原本有一段對她作品的評論，後來我在校稿時修改了」。[19] 對於佛斯特那句寧可背叛國家，也不願辜負朋友的名言，[譯15]我們是有權反對；但是，對於他「把人看得比作品重要」這一條終生不渝且不時強調的處事原則，則無須太過驚訝。

甚至，當我們就其原貌觀之，《小說面面觀》仍不乏令人為之氣結的本事，這是佛斯特故意的，他說：「我希望我對史考特的評論，能激怒你們當中的某些人。」史考特的擁護者如他所料地上了鉤，[20] 各種不平之鳴蜂擁而至，紛紛捍衛其他多位同受批評的小說家。詹姆斯的支持者們，甚至在佛斯特進行相關評論的過程中，不分青紅皂白地八度起身為大師辯護。[21] 不能引起反對意見的評論，必然是枯燥乏味的失敗之作；以下是我個人的一些評論。由詹姆斯開始，即使他（可能）從未真正用過「惡」（evil）這個字眼，但是他難道對惡（見

173頁）沒有真實且強大的感受嗎？難道以《亞當．畢德》（*Adam Bede*）來代表喬治．艾略特（George Eliot），或以馬羅（Marlow）代表喬瑟夫．康拉德（Joseph Conrad），或僅僅點到《克蘭福特》（*Cranford*）就以此代表伊麗莎白．葛斯蓋爾（Elizabeth Gaskell），這樣就公平嗎？（部分答案是：佛斯特援引《亞當．畢德》並非為了公平，而是別有用意。甚至，他也可以做到徹底的不公平，就像他把《小說的題材和寫作技巧》這本書說得比實際樣子還要蠢。[22]而倘若這非關公不公平的問題，那我為何要浪費寶貴時間去讀《弗雷克的魔法》（*Flecker's Magic*）？這本書只是一篇不堪一擊的異想天開，甚至不見佛斯特在那段令人激賞的總結中所提及的融貫性，更何況那位作者（似乎）根本不是他的朋友。

18 見本書頁105-106、186-187、218。甚至到一九四四年，佛斯特仍將《小說技巧》一書推薦給他的印度聽眾；見附錄四〈小說的技巧〉文中記錄的那段令人失望的老調重彈。

19 見佛斯特與法根（Brian Fagan）的書信，法根是佛斯特在愛德華．阿諾德出版社的編輯。

20 本書較有名的幾位評論者有：爲了維護他們全體的友誼，哈特利（L. P. Hartley, *Saturday Review*, 17. December 1927）、吳爾芙（*Nation and Athenaeum*, 12 November 1927）、班森（E. F. Benson, *Spectator*, 29 October 1927），這三篇評論都收錄在由加德納（Philip Gardner）彙編的《佛斯特：評論的傳承》（*E. M. Forster: The Critical Heritage*, London, Routledge & Kegan Paul, *1973*）。

21 例如，見喬弗利．提洛森（Geoffrey Tillotson）之《評論和十九世紀》（*Criticism and the Nineteenth Century*, London, Athlone Press, 1951），頁244-269。

22 比較佛斯特「對這本書的處理」（見本書頁29-30，附錄二）和附錄三的摘要。

與一個思辨敏捷、善於挑釁的評論者激辯，當然比聽一個平庸評論者的冷淡附和來得有意思，收穫也更大。甚至書中那惡名昭彰有關圓型人物與扁型人物的區別，也因為在立論上站不住腳，加上不當舉例而更加搖搖欲墜，種種事實，促使某些人針對這個主題提出有見地的新思維，其中尤以艾德溫．繆爾（Edwin Muir）[譯16]的見解最引人注目。[23]但是，如果因此就以為閱讀《小說面面觀》的樂趣主要即來自於書中所唱的反調，那就大錯特錯了。大多數讀者珍視玩味的是那些俯拾皆是的獨到見解，那是作者的直覺，而非理智推論，精準靈巧地點到為止；鮮明的並列對照，尤其是將史坦恩和吳爾芙相提並論，讓《亞當．畢德》和《卡拉馬佐夫兄弟》互為輝映（至於出繆爾．李察森〔Samuel Richardson〕和亨利．詹姆斯這一組，我認為顯然錯置了）；[24]一連串的挑戰，要讀者費心思考某些未完全發展的想法；而且，儘管佛斯特自始至終未曾提及他本身的小說，卻時常闡明其個人創作的目的與成就。[25]這林林總總，在在讓《小說面面觀》成為一本相當出色的小說入門書籍，也能為其他較嚴謹、一貫的評論作品，提供有用的補述。

這本修訂版的內文，係來自愛德華．阿諾德出版社於一九七四年發行的亞賓格叢書，它收集先前的各個版本，以及劍橋大學國王學院館藏的眾多手稿片段，經過逐字校訂而成。這個校訂工作最重要的特點是，找出英國版和美國版初版（及後續版本）之間存在的諸多細微差異。一九二七年三月間，佛斯特將打字稿分別寄給倫敦的愛德華・阿諾德出版社，以及紐約的哈寇特・布瑞斯出版社；而顯然他對英國版的打字稿或校樣做了修訂，但這些修訂並未送到大西洋對岸，或者是送得太遲。然而，愛德華・阿諾德一九二七年的版本（以及後續的英國諸版本）顯然不是正確無誤；大概有二十多處經過勘誤，其中一些訂正是由美國版所建議或證實，或是由後來的英國版和美國版（其中有個錯誤明顯是由佛斯特親自修正的），或由手稿修訂而成。此外，本書對佛斯特援用其他作者的引文做了確認與必要的更正；還更進一步地將正確引述原則推及引文的作者、書名、出版日期。內文注釋通常是佛斯特加上的；為了有所區別，編者按一律另作說明。這些以及其他和內文有關的所有細節，全

23《小說的結構》（*The Structure of the Novel*, London, Hogarth Press, 1928）。

24 威爾弗瑞・史東（Wilfred Stone）在《洞穴和山：佛斯特研究》（*The Cave and the Mountain: A Study of E. M. Forster*, Stanford and London, Stanford University Press and Oxford University Press, 1966，頁119）一書中曾表示，佛斯特對詹姆斯的長期挑剔，可能源自於兩人早期的對立。只是，詹姆斯和李察森兩者之間的牽強比較，可能純然出於佛斯特想嘲諷詹姆斯的寫作風格，以及抨擊他的傲慢勢利嗎？

25 這種情況，在討論「節奏」時最爲明顯，這個概念可以在佛斯特本人的作品當中得到相當的印證，相關論點主要參見：E. K. Brown（*Rhythm in the Novelf*, University of Toronto Press, 1950），以及 James McGonkey（*The Novels of E. M. Forster*, Ithaca, Cornell University Press, 1957）。

都收錄在亞賓格叢書之中。

我在亞賓格叢書的版本中提過，也想在此扼要再次致謝。衷心感謝劍橋國王學院諸多人士，以及下述各位的協助：布瑞德福特太太（Patricia Bradford）、布洛區太太（Penelope Bulloch）、卻柏妮爾小姐（Laurie Cherbonnier）、佛班克先生、李維斯博士、羅克斯先生（Donald Loukes）、馬修斯先生（T. S. Matthews）、諾威爾史密斯先生（Simon Nowell-Smith）、李察士教授、瑞藍茲先生、許奈德曼太太，以及內人史多利布瑞斯太太。

譯註：

譯1 史多利布瑞斯（1925-1978），英國評論家、譯者、編輯。與布洛克（Alan Bullock）合編《楓丹娜現代思潮辭典》（*The Fontana dictionary of modern thought*），長期負責編輯佛斯特作品，著有各種與佛斯特相關之文章，也多次受邀以佛斯特爲題進行演講。譯作以北歐文學、藝術作品爲主，包括丹麥導演卡爾·德萊葉（Carl Theodor Dreyer, 1889-1968）的劇本《四個劇本》（*Four screenplays*），及挪威作家哈姆生（Hamsun Knut, 1859-1952）的《流浪者》（*The wanderer*）、《維多利亞》（*Victoria*）等等。

譯2 萊斯里·史蒂芬（1832-1904），維吉妮亞·吳爾芙的父親，英國維多利亞時代的傑出文人，著名的編輯、文學批評家及學者，《國家人物傳記辭典》的首任編輯，也是第一位登上阿爾卑斯山比奇峰的人。

譯3 艾德蒙·高斯爵士（1849-1928），英國作家、翻譯家、文學史家及文學評論家。

譯4 威廉·安普生（1906-1984），徐志摩譯爲燕卜蓀，劍橋大學設有燕卜蓀講座（William Empson）。

譯5 李察士（1893-1979），美籍文學家，在英國出生，是英國文學評論和修辭學領域的重要學者。他在劍橋大學國王學院時，與佛斯特、狄更生還有徐志摩，合組一個「英中社」（Anglo-Chinese Society），針對中英文學進行討論與翻譯。其主要著作：《意義的意義》（*The Meaning of Meaning*）、《文學評論之原理》（*Principles of Literary Criticism*）、《修辭哲學》（*The Philosophy of Rhetoric*），以及《實際批評》（*Practical Criticism*）。《實際批評》一書被視爲是「新批評運動」（New Criticism）理論基礎，而「實際批評」、「苦讀細品」成爲新批評運動的主要研究方法，李察士也因此被尊爲「新批評運動」創始人。

譯6 艾略特於佛斯特之前受邀，在一九二六年擔任克拉克講座主講人，演講內容集結爲《形上詩的變化》（*The Varieties of Metaphysical Poetry*）。

譯7 喬治·瑞藍茲（1902-1999），英國文學學者、劇場導演，也算布倫斯貝里社的成員之一。

譯8 李維斯（1895-1978），二十世紀初葉至中葉的英國重量級文學評論家，一九六七年克拉克講座主講人，代表作爲《偉大的傳統》（*The Great Tradition*）。

譯9 李維斯言下之意是，佛斯特畢業於國王學院，所以無論他的講座是優是劣，國王學院的師生和校友都會無條件支持他。

譯10 喬治·梅瑞狄斯是維多利亞時代的小說家兼詩人，作品包括：《自我主義者》、《柏強普的一生》（*Beauchamp's Career*, 1875）等等，作者於第五章有較多關於梅瑞狄斯的討論。

譯11 貝瑞斯福特（1873-1947），英國作家，擅長寫作科幻小說、驚悚小說和鬼故事。

譯12 福特（1873-1939），英國小說家、詩人、評論家，及文學刊物編輯。

譯13 《笨趣雜誌》是英國的諷刺雜誌，一八四一年於倫敦創刊，一九九〇年停刊。擅以漫畫批判時事、揶揄時人，推動諷刺文學熱潮。過去約定俗成的中文譯名是《笨拙雜誌》，不過譯者認爲《笨趣雜誌》似乎更貼切。

譯14 《尋歡作樂》書名出自莎士比亞的《第十二夜》（*Twelfth Night*），毛姆借用第二幕的一句台詞：「你以爲自己道德高尚，人家就不能尋歡作樂了嗎？」來挖苦兩位同期小說家——哈代（Thomas Hardy）和瓦魯伯（Hugh Walpole）。

譯15 這句名言出於佛斯特的《我的信念》（*What I Believe*）。背景是，二次大戰期間，納粹在歐洲大陸橫行，英國全國公民自由委員會成立，佛斯特榮膺首任主席，呼籲大眾不要盲從張伯倫政府的綏靖政策，要正視法西斯主義的擴張，勿輕信希特勒的承諾，不能爲了明哲保身而冷眼旁觀其他國家遭受侵略。一九三八年「慕尼克協定」簽訂後，英國似乎陶醉在和平的幻覺之中，佛斯特基於知識份子的良知，寫下《我的信念》一書，宣示了「如果我必須在背叛國家與背叛朋友兩者之間做一抉擇，我希望自己有勇氣背叛這樣的國家」。

譯16 艾德溫．繆爾（1887-1959），蘇格蘭知名詩人。

第一章　緒論

小說，頂多是文學領域中的一塊濕地，由上百條小河灌溉著，偶爾匯聚成一片沼澤。所以，我不驚訝，詩人雖然對小說不屑一顧，但一不小心就會蹚了一身泥水。我也不詫異，當史學家意外發現小說被當作正史時，他們會有多麼惱怒。

這個講座和威廉・喬治・克拉克（William George Clark）的名字有關，他是劍橋大學三〔23〕一學院的教授，因為他，我們才得以相聚一堂，共同討論這個主題。

克拉克是約克郡（Yorkshire）人，生於一八二一年，先後在塞德堡（Sedbergh）[譯1]、舒斯伯利（Shrewsbury）[譯2]受教育，一八四〇年進入三一學院大學部就讀，四年後繼續留在母系任教，自此以校為家近三十載，一直到辭世前不久，才因健康惡化而離開。克拉克以研究莎士比亞而聞名，但他也出版過兩本其他主題的書，在此我們必須提及。他早年曾到西班牙遊歷，並將那段愜意的假期記錄下來，寫成《西班牙冷湯》（*Gazpacho*）[譯3]一書。Gazpacho 是克拉克在西班牙嚐過的一道冷湯，這本書的字裡行間，展現出他在安達魯西亞（Andalusia）和農民相處時的怡然自得；的確，他對周遭事物都顯得興致盎然。八年之後，他造訪了希臘，那段期間的所見所聞所思，後來寫成《伯羅奔尼撒》（*Peloponnesus*）。這是一本較為沉悶的著作，一來是因為當時的希臘就是個嚴肅的國家，比西班牙來得更加嚴肅。此外，那時候的克拉克不僅擔任神職，還是大學發言人（Public Orator），[譯4]而且當時與他同行的湯普森博士（William Hepworth Thompson）[譯5]貴為三一學院院長，顯然不是那種會和冷湯扯上邊的人。於是，這本書少了有關騾子、跳蚤的詼諧風趣，多了對古蹟和古戰場遺址的憑弔。撇開書中的淵博學識不論，《伯羅奔尼撒》流露著克拉克對希臘鄉村的情感。此行，他還走訪了義大利和波蘭。

回頭談談克拉克的學術專業。克拉克先後和三一學院的兩位圖書館人員約翰．葛拉佛（John Glover）和威廉．萊特（William Aldis Wright）合作，共同策畫鉅著《劍橋莎士比亞》（*Cambridge Shakespeare*）；之後在萊特的協助下，發行廣受歡迎的《環球莎士比亞》（*Globe Shakespeare*）。他也收集了許多有關亞理士托芬（Aristophanes）[譯6]的資料，彙整出一個版本。此外，他還出版過一些證道辭（sermons），不過他在一八六九年還俗；因為如此，讓我們可以無須過於拘謹。如同他的友人兼傳記作者萊斯里．史蒂芬，如同亨利．希吉維克（Henry Sidgwick）及那個時代的其他人一樣，克拉克發現自己無法繼續留在教會。他把還俗始末寫成一本小書，名為《英國教會的當前危機》（*The Present Dangers of the Church of England*）。接著他也辭去大學發言人的職務，僅僅保留大學教職。他在五十七歲那年辭世，所有熟識他的人都認為，他是一位可愛又正直的學者。你將瞭解到，他是道道地地的劍橋人，不是屬於全世界或牛津大學的一號人物，而是只有在劍橋各學院才有幸得見的人，或許只有在座的你們，循著他的步履前進者，才能夠真正欣賞這種誠信正直的精神。他在遺囑中贈予母校一筆基金，三一學院以其名設置講座，一年一度舉辦系列演講，討論「喬叟（Geoffrey Chaucer）[譯7]以降某一時期，或若干時期的英國文學」。 〔24〕

雖然求告已經落伍了，但我還是想小小祈禱一下。第一、願克拉克誠信正直的精神，能降臨一小部分與我們同在；第二、願他能夠允許我們稍稍分心，因為我個人並未嚴格遵守他訂下的要求，「某一時期，或若干時期的英國文學」。這個條件看似寬鬆，可以充分地發揮，然而，我們今天的主題剛好就無法切合他的要求，接下來，我會先把原因交代清楚。這麼做看來稍嫌瑣碎，卻可以帶領我們到達一個便捷的制高點，好開始主要的討論。

我們需要一個制高點，因為小說作品多如繁星，龐雜難以歸類，當中沒有可以攀登的山峰，沒有帕爾納索斯山（Parnassus）[譯8]或海林肯山（Helicon）[譯9]，甚至沒有毗斯迦山（Pisgah）[譯10]。小說，頂多是文學領域中的一塊濕地，由上百條小河灌溉著，偶爾匯聚成一片沼澤。所以，我不驚訝，詩人雖然對小說不屑一顧，但一不小心就會蹚了一身泥水。〔25〕我也不詫異，當史學家意外發現小說被當作正史時，他們會有多麼惱怒。或許，在開始討論之前，我們應該先為小說下個定義。這個簡單，法國文學評論家阿貝爾・謝瓦萊（Abel Chevalley）在一本極為出色的小書中[1]，已經給小說下了定義，況且，假如法國評論家不能為英國小說下定義的話，還有誰能？他說：「小說就是用散文寫成一定篇幅的虛構故事。」（*Une fiction en prose d'une certaine étendue.*）這個定義對我們來說，已經夠好了，不過我們或許可以把「一定篇幅」界定為「不得少於五萬字」。所以，在這個講座當中，舉凡超過五萬字的散文體虛構故事，就是小說。假如你認為這個定義不夠精確的話，你能想出一個足以取代的定義嗎？這定義必須能包含《天路歷程》（*The Pilgrim's Progress*）、《伊比鳩魯主義者馬里烏斯》（*Marius the Epicurean*）、《小兒子歷險記》（*The Adventures of a Younger Son*）[譯11]、《魔笛》、《瘟年紀事》（*A Journal of the Plague Year*）[譯12]、《傾校傾城》（*Zuleika Dobson*）[譯13]、《拉賽拉斯王子》（*Rasselas*）[譯14]、《尤利西斯》（*Ulysses*）和《綠廈》（*Green Mansions*）等作品，或者說明排除的理由。我們這一塊像海綿般鬆軟的園地，有些地方虛構色彩較濃，有些地方則未必，而在靠近中央的那座小丘上，珍・奧斯汀和艾瑪小姐並肩佇立，薩克萊（William Makepeace Thackeray）[譯15]也和艾斯蒙（Henry Esmond）攜手站在一旁。但是，就我所知，沒有任何鞭辟入裡的見解，可以定義這整片園地。我們只能說，小說這塊濕地，位在詩和歷史這兩座峰巒連綿但起伏平緩的山脈之間，而第三邊緊鄰著汪洋大海，也就是我們將在《白鯨記》（*Moby Dick*）裡遇到的那一片海洋。

首先，讓我們來討論克拉克講座宗旨中，有關「英國文學」這個但書。從字面意義來看，「英國文學」當然是以英文書寫的作品，但不限於特韋德河以南（Tweed River）[譯16]、大西洋以東，或赤道以北出版的作品；我們並不計較地理上的差異，那是政治人物的事。

1 見 *Le Roman Anglais de Notre Temps*, by Abel Chevalley (Milford, London)。

不過，這一番界定，是否足以讓我們隨心所欲地發揮？而我們在討論英國小說時，能否全然無視於用其他語言書寫的作品？特別是法國小說和俄國小說。就影響力而言，我們是可以忽視這一點，因為我們的小說家鮮少受到歐陸作家的影響。文學的影響力雖然並非這個講〔26〕座的重點，不過稍後我還是會加以解釋。我的主題設定在小說，尤其是英國小說的各個面向。只是我們能無視於存在於歐陸小說的各個面向嗎？當然不行！我們必須指出一個令人不愉快，而且有傷國家感情的事實：沒有一個英國小說家像托爾斯泰那樣偉大，也就是說，沒有任何英國小說家能夠像他一樣，可以完整描繪人類生命的平庸與不凡；也沒有英國小說家像杜思妥也夫斯基那般，可以深刻探討人的靈魂；全世界更沒有任何一個小說家，能夠像普魯斯特一樣，成功地分析現代意識（modern consciousness）。面對他人的這些豐功偉業，我們不得不認清現實：儘管英國詩傲視天下，在質和量上都成果斐然，但是英國小說卻乏善可陳，還沒有寫出什麼頂尖作品。假如我們拒絕承認這個事實，勢必落入狹隘偏執的地方主義（provincialism）。

當然，對於小說家而言，地方主義其實無可厚非，它甚至可能是小說家最主要的力量泉源：只有自以為是的傢伙或傻瓜，才會挑剔狄福的倫敦客作風，或哈代的鄉土味。不過，對評論家而言，地方主義卻是重大瑕疵。褊狹，是創作者的特權，但評論家可不能目光如豆。

他必須博學宏觀，不然就得一無所知。雖然小說享有創作物的權利，而小說評論不具有同等特權，但是在英國小說當中，卻有許多公寓洋房因為評論者的不足，而被吹捧為華廈豪宅。隨意舉四個例子：《克蘭福特》、《密德羅中之心》（*The Heart of Midlothian*）譯17、《簡愛》（*Jane Eyre*）、《理查・費佛拉》（*Richard Feverel*），我們可以把各種個人和地方的因素，套在這四本小說之上。《克蘭福特》散發著英國中部城市的幽默風趣；《密德羅中之心》描繪的是愛丁堡的麻煩人事物；《簡愛》是一位涉世未深的纖弱女子的熱切夢想；《理查・費佛拉》流瀉著農村的詩情畫意和逗趣機智。但是這四本小說都是公寓，而非豪宅，唯有將它們置於《戰爭與和平》的列柱間，或是《卡拉馬佐夫兄弟》的挑高圓頂下，才能辨識出它〔27〕們的真實面貌。

在這個講座當中，我不會談太多外國小說，也不打算以外國小說專家自居，因為這有違講座的宗旨。不過，在開始之前，我真的得強調外國小說的偉大。這麼說吧，我想為我們的主題先灑下這個陰影，以便講座進行到尾聲，當我們回顧時，可以有較好的機會去看清楚這些小說的真實樣貌。

關於「英國文學」這個但書，就談到這兒。接下來，我們要討論另一個更重要的但書，也就是「某一時期，或若干時期」。以時間的發展來分段的這種觀念，必然會強調影響力與流派，而這正好是我在本次講座中所欲避免的，我相信《西班牙冷湯》的作者應該不會怪罪於我。時間向來都是我們的敵人。我們應該重新看待英國小說家，他們並非一群載浮載沉的過河卒子，稍有不慎，就會淹沒在時間的洪流裡；他們是一群端坐在大英博物館的圓形閱覽室裡，一起埋首創作的人。當他們坐在那兒時，並不會想著：「我活在維多利亞女王時期，我身在安妮女王時期，我承襲安東尼・特洛普（Anthony Trollope）[譯18]的傳統，我反對赫胥黎（Aldous Huxley）。」對他們而言，是手中握著的那枝筆，才教人心馳神往。他們處於半催眠狀態，透過筆墨，將個人的悲喜哀樂揮灑出來，他們幾乎和創作行為合而為一；因而當奧利佛・艾爾頓教授（Oliver Elton）[譯19]說：「打從一八四七年以降，激情小說就已經變質了。」沒有一個小說家瞭解他意所何指。我們對小說家的看法正是如此，一種不完美的看法，不過恰好適合我們的能力，可以讓我們避免陷入極度險境——偽學術（pseudo-scholarship）。

真正的學術，是人類所能臻至的最高成就之一。當一個人選擇一個有價值的主題，並且〔28〕將這個主題所有面向以及相關領域的精髓完全融會貫通時，還有什麼成就能讓他更得意？這時候，他就能隨心所欲。倘若他的主題是小說，只要他願意，就能依照年代高談闊論，因為他已經飽讀過去四個世紀所有重要的和許多不重要的作品，同時也對和英國小說相關的各領域，擁有足夠的知識。過去曾經主持過此講座的已故華特．羅利爵士（Sir Walter Raleigh）譯20正是這樣的一位學者。羅利學識淵博，縱橫許多知識領域，他有關英國小說的論述，是根據年代做研究，功力淺薄的後繼者宜避免。學者，如同哲學家一般，能夠深度、周延地探究時間之河。即便他無法綜觀全貌，也能洞察從他身邊漂流而過的事實和人事物特性，並衡量其中的關係，而倘若他所得到的結論，對於我們就像對他自己一樣有價值的話，那人類文明早就因他而大幅進步了。但正如你們所知道的，他失敗了。真正的學術是無法言傳的，而真正的學者，更有如鳳毛麟角。今天，在座的聽眾當中，有少數真學者或具有真學者潛質的人，但是屈指可數。至於站在講臺上的我，當然不是。我們多數人都是偽學者，我想懷著同情和尊敬的心，來看待我們這些偽學者的特性，因為我們是人數眾多、有權有勢的一個階級，是教會和政府機關中的顯赫人士，掌握著大英帝國的教育大業，受到媒體報業的尊崇，還在宴會中被奉為貴賓。

從好的方面來看，偽學術是基於對知識學問的無知。它也有實際的一面，那是我們不需加以抗拒的。我們當中的多數人必須在三十歲以前謀得一職半位，否則就得仰賴親人的資助。而大部分的工作，唯有通過考試才能取得。偽學者通常都善於考試（真學者反倒考場失利），即使名落孫山，他對於深植在科舉考試當中的權威，依舊念念不忘。考試是通往就業的大門，掌握著錄取或剔除的大權。一篇研究李爾王（King Lear）的論文，或多或少可以派上用場，不像其他同名卻穿鑿附會的戲劇那樣發揮不了作用，這論文可以充作墊腳石，〔29〕讓偽學者在地方政府找到工作。他不太會坦然地對自己說：「這就是飽讀詩書的用處，可以幫助你找到工作。」他所感受到的這股經濟壓力，通常是潛意識的，而他去參加考試時，雖然覺得寫一篇李爾王論文真是個可怕的經驗，不過卻相當務實。無論他是憤世嫉俗或是差勁無知都無妨。只要做學問和賺錢餬口扯上關係，只要考試是取得某些特定工作的唯一途徑，我們就必須認真地面對考試制度。假如有人設計出一種無須考試的謀職方法，那麼所謂的教育勢必消失殆盡，只不過，不會有人因此而變得比較笨。

當一個人從事文學評論時，如同我現在所做的工作一樣，就會搖身一變成為禍害，因為他雖然奉行真學者的研究方法，本身卻缺乏同等高深的才學知識。他在還未讀通，甚至根本還沒讀過這些作品之前，就率爾操觚，任意將小說分門別類。這是罪狀一。他依照年代，將小說分成一八四七年之前寫就的作品，或是之後的作品；一八四八年之前或之後問世的作品；安妮女王主政時期的小說；前小說（pre-novel），原始小說（the ur-novel），未來小說。[譯21]更蠢的是，他還用寫作主題來分類，把小說分成六種：法庭文學（the literature of Inns）始於《湯姆．瓊斯》（*Tom Jones*）[譯22]；女性運動文學，始於《雪莉》（*Shirley*）[譯23]；

荒漠文學（the literature of Desert Islands），始於《魯賓遜漂流記》（*Robinson Crusoe*）至《藍色珊瑚礁》（*The Blue Lagoon*）譯24為止；浪子文學（the literature of Rogues），這是最乏味的一種小說，雖然「公路文學」（the Open Road）已走到末路；薩塞克斯文學（the literature of Sussex，這或許是對故鄉最熾熱的表現）；特立獨行作品（improper books），一種嚴謹到令人敬畏的調查研究，唯有修練多年的偽學者才會投入其中，這種文學批評將小說和工業主義、航空學、手足病療法，以及氣候學搭上關係。我之所以將氣候學納進來，是因為這麼多年來，我讀過最令人瞠目結舌的小說相關著作，就和氣候有關。

那本書從大西洋彼岸飄洋過海而來，讓我畢生難忘。它是一本談論文學的小書，書名是〔30〕《小說的題材和寫作技巧》譯25，我不想透露作者姓名，只想告訴大家，他是一位功力深厚的偽學者。他根據小說中的日期、寫作長度、發生場所、人物性別、觀點立場等進行分類，直到不能再分為止。不過，他的百寶袋裡還有一項祕密武器——氣候（天氣）。他秀出這個法寶，將之細分成九小類，還不厭其煩地為每個小類各舉一例做說明。現在，我們來瀏覽一遍他的分類。首先，氣候是「裝飾性的」，譬如法國作家畢爾．羅逖（Pierre Loti）在作品中的習慣用法。其次是「實用性的」，就像在《河畔磨坊》（*The Mill on the Floss*）譯26一書中，沒有弗羅斯河，就沒有磨坊；沒有磨坊，就沒有圖里佛這家人（Tullivers）。三、也可以是「說明性的」，如同在《自我主義者》（*The Egoist*）書中。四、也能是「調和性的」，例如費歐娜・麥克里歐德（Fiona MacLeod）[譯27]作品中的常用法。五、也可作為「情感的對比」，譬如《巴朗翠的主人》（*The Master of Ballantrae*）[譯28]。六、還能「用來決定行動」，比方在魯德亞德・吉卜齡（Rudyard Kipling）[譯29]的某篇小說當中，某位先生之所以向一位他不愛的小姐求婚，純粹是一場沙塵暴惹的禍。七、天氣也是一種「控制性影響力」，《理查・費佛拉》就是一個例子。八、「氣候本身就是主角」，就像義大利的維蘇威火山爆發，正是《龐貝城末日》（*The Last Days of Pompeii*）[譯30]中的主角。最後，它也可以不存在，就像童話故事那樣。而我也希望這位作者趕緊走進不存在。這些分類雖然已經很精確嚴謹，但是這位先生還有些許不滿足，他在完成分類之後說：的確，我當然有一點還沒講，那就是天才，倘若一個小說家知道天氣有這九種類型的變化，卻缺乏天分，那還是枉然。受到這種想法的鼓舞，這位作者繼續根據小說的語態進行分類，分成個人的（personal）與非個人的（impersonal）兩類，在分別舉例說明之後，他再度蹙著眉頭說：「當然，你還是必須天賦異稟，否則任何語態都派不上用場。」

三句不離「天才」，是偽學者的典型特徵。他老愛把「天才」掛在嘴上，因為這個詞夠響亮，讓他不必去探索其意義。文學作品是由天才寫成的。小說家是天才。這就對了；現在讓我們將他們分門別類。結果，他竟然真的說到做到。他說的每一件事或許都正確，卻毫無用處，因為他只是繞著書皮打轉，卻未進入書的內容，也許他壓根兒沒翻閱過這些作品，要不然就是沒讀通。書是必須用讀的，雖然那得花上不少時間，但這是探究書本內容的唯一方法。有少數野人族把書拿來吃，不過對西方人而言，閱讀才是消化書的不二法門。讀者必須〔31〕獨自坐下，和作者纏鬥。但偽學者並不這麼做，他寧可把一本書牽扯到當時的年代歷史、作者生平裡的事件、書中描述的事件，尤其是某些趨勢。只要可以用到「趨勢」（tendency）這個詞兒，他就精神奕奕，即便讀者興趣缺缺，他們還是會抓起筆，做個筆記，相信趨勢是可以隨身攜帶的。

這就是我們不能以時期來談論小說的原因所在，因為橫在眼前的是搖搖欲墜的進程，讓我們無法仔細探索時間之河。或許，另外一種想像比較適合我們的能力：假設所有的小說家，是在同一個時間進行創作的。他們來自不同的時代，出身於不同的階級，具有不同的本質，懷著不同的目標，但是他們手中都握著一枝筆，投身於創作行列。讓我們從他們的肩頭望過去，瞧瞧他們正在寫什麼。這些作品，或許可以驅逐我們現在的敵人，和他們可能的敵人——年代學魔獸。「唉！時間和人類，真是永無休止的戰爭！」赫爾曼．梅爾維爾（Herman Melville）這麼喊著。這場戰爭不只在生命和死亡之間拉鋸著，也存在於文學創作和文學評論的領域。但是，如果我們想像所有小說家齊聚在圓形閱覽室創作，就可以避開這場時間的戰爭。所以，除非我們讀到作品內容，否則我不會提及作者的姓名，因為姓名可以和時間、日期、八卦流言產生關聯，甚至還能扯上所有和我們早無瓜葛的事物。

這些作家被分成兩人一組。我們來看看第一組：

一、我不知道該怎麼辦，我不知道！上帝赦免了我，但我卻如此焦躁不安！我想許願，卻又不知道許什麼願望才是無罪的。我請求上帝垂憐，讓我蒙主寵召。在人世間，已經沒有人會憐憫我，這是個什麼樣的世界！這世上還有什麼值得我留戀的？我們所期望的善，是如此光怪陸離，以致讓人無所適從，不知道該期望些什麼才好。世上有一半的人在折磨其他人，結果使得他們自己也陷入痛苦的深淵。譯31

二、我恨我自己。想到一個人為求快樂，叫別人的生活多所犧牲，而自己仍然不快樂。一個人這樣做是自己欺騙自己，使自己無話可說，但這非常有限。可憐的是自己總是可憐，總會有新的焦慮。結果受到的不是快樂，也從來不是快樂，不是任何快樂。唯一可靠的事是給予。它最不會騙你。譯32

從這兩段文字來看，此時坐在這裡的兩位小說家，是從同一種觀點在看人生。第一位是李察森，第二位是亨利・詹姆斯。這兩位在探索人的內心世界方面，都憂心多於熱中；他們對痛苦纖細敏銳，並且推崇自我犧牲；下筆雖然悲劇力道不足，卻仍努力朝著這個方向前進。怯懦的高尚，是他們的主要精神，瞧！他們的文采多麼動人！辭藻豐富，用字遣詞精確恰當。雖然兩人相隔一百五十年，不過除了時代差異之外，他們在其他方面不是緊密相依嗎？而且，他們之間的趨近性（neighbourliness）不是給了我們相當的啟發？當然，在我說出這些話的時候，我聽到詹姆斯已經開始表達不滿。不！不是不滿，而是詫異，甚至不是詫異，而是意識到有人竟然在他身上強加某種趨近性，還膽敢拿某個像雜貨店老闆一樣的人來和他相提並論。同樣地，我也聽到李察森在抗議，他質疑所有非英國出生的作家，為人都不夠正派。[譯33]但是，這些只是他們在表面上的差異，甚至根本不是差異，而是更多的共通處。現在，就讓他們融洽地坐在那兒，我們繼續來討論下一組。

一、在強森太太熟練的張羅下，葬禮的準備工作進行得很順利愉快。在他過世的前一晚，她取出早已備妥的黑色綢緞、廚房矮梯和一盒大頭針，用黑色綵球和蝴蝶

〔33〕結，把屋子布置得高雅莊嚴。她在門環別上黑紗，在刻著「蓋里巴帝」（Garibaldi）的鋼板邊角，繫上一朵大蝴蝶結。往生者所擁有的那座格雷德斯東（William Gladstone）[譯34]首相的半身塑像，也用黑布裹著。兩只花瓶也轉了方向，印有義大利蒂沃利花園和那不勒斯港明媚風光的那一面，朝內放，從外面看來，只瞧見瓶身的素雅青瓷。她一直想為前廳的桌子買條新桌巾，挑一塊紫羅蘭料子，取代現有那條早已褪色的舊玫瑰花絨布。任何能為這小小的家增添莊嚴肅穆氣氛的大小細節，她通通都打點好了。[譯35]

二、會客室中散發出一種淡淡的甜餅氣息，我四面張望想找出放著糕餅的桌子。因為屋裡光線很暗，我等到眼睛適應暗淡的光線後才看到，在桌子上面有一塊切開的葡萄乾蛋糕，旁邊有幾個切開的橙子、幾片三明治和一些餅乾，還放了兩只有玻璃塞子的圓瓶酒——我過去知道這只是裝飾品，從來沒有看見用過，而今天，一瓶裝了葡萄酒，另一瓶裝盛了雪莉酒。我站在桌子旁邊，定了定神，才發那個卑躬屈膝、奴性十足的彭波契克，穿了一件黑色斗篷，上面的黑帽帶飄下好幾碼長，一會兒塞點什麼到嘴巴裡，一會兒又對我做些奉承的動作，以引起我的注意。接著，他

向我走過來，滿嘴噴出酒氣和餅屑味，用一種低低的聲音對我說：「親愛的先生，我能否——？」然後便和我握手。譯36

這兩場葬禮當然不是發生在同一天。一場是為波利先生的父親舉行的；另一場則是《孤星血淚》中，主角姊姊葛奇理太太的葬禮。然而，威爾斯和狄更斯卻從同一個角度在描述這個場合，甚至連使用的裝飾手法都如出一轍（可對照兩只花瓶和兩只酒瓶）。他們都是幽默風趣、視覺意象豐富的人，能夠條分縷析、快意揮灑，而營造出一種效果。他們為人寬厚大度，厭惡虛偽，還樂於痛斥虛偽之事；他們是難能可貴的社會改革者，不願讓自己的作品侷限在圖書館的書架上。只不過其作品的生動外貌，偶爾卻像一張會跳針的廉價黑膠唱片，洩漏出內涵的貧乏，還會把作者的臉拉得太過貼近讀者。換句話說，這兩位的品味都〔34〕不夠高尚：美的世界通常和狄更斯沒有交集，和威爾斯更是完全無關。此外，兩人還有其他相似處，譬如刻畫人物的技巧，關於這點我們稍後再詳談。至於他們最大的差異處，或許是老天爺在百年前和四十年前分別賜給這兩位沒沒無聞的天才不同的機會。威爾斯可說是備受眷顧。比起那位年長一甲子的前輩，他受過良好的教育，尤其是科學的洗禮，鍛鍊出堅毅的心智，也讓他學會克制自己激烈的情緒起伏。他對社會多少有所貢獻，讓技術學校（Polytechnic）取代黑心學店（Dotheboys Hall）[譯37]；不過在小說藝術方面，他卻無所建樹。

我們的下一對又如何呢？

一、關於牆上那個黑點，我實在不確定它是什麼。我想那應該不是釘子造成的，這記號太大太圓了。其實，我可以站起來瞧個仔細，只是，就算我真的起身湊過去看了，八成未必能確定那是什麼玩意兒。因為事情一旦發生，我們根本無從得知箇中原委。哎呀！生命多麼奧妙！思想多麼潦草馬虎！人類多麼無知！儘管人類生活在文明之中，但生活不過是個偶然！為了說明人類對於身外之物的難以掌控，我只消舉幾件此生當中曾經失去的東西作為例子，就足以佐證。就從失蹤得最離奇的東西談起——裝著訂書工具的三個淺藍色罐子——這是貓會咬、老鼠會啃的東西？接著，還有幾個鳥籠、鐵環、鋼製溜冰鞋、安妮女王年代的老煤炭桶、彈珠台、手風琴，全都不見了；然後，珠寶首飾也不翼而飛。貓眼石和綠翡翠，散落在蕪菁的根旁邊。這真的是件得好好琢磨的事啊！不可思議的是，我身上竟然還穿著衣服，周遭還擺著實實在在的傢俱！唉，假如有人想拿個東西來比喻生命的話，那

一定是把一個人用五十英里的時速從地鐵道內吹出來……譯38

二、我父親說要修理它，已經喊了至少十年，但至今仍未付諸行動。除了我們，沒有其他家庭可以忍受一個它超過一個小時。但教人納悶的是，這樣的一個門鏈，父親竟然不遺餘力地捍衛它，但同時，我猜，他也是史上僅見，會火力全開炮轟這個壞門鏈的人。他的言行永遠都無法一致。其實，並非客廳的門打不開，而是我父親的人生觀，或是處事原則，害這個門鏈成為犧牲者。說穿了，三滴針油、一根羽毛，加上榔頭的俐落一搥，就能永遠拯救他的榮譽。

人是矛盾的靈魂，他明明有能力治療傷口，卻任由它惡化下去；他的生活和他的知識總是相互矛盾；上帝未在他身上澆油，反而賜給他的珍貴天賦——理智，卻被拿來強化他的敏感情緒，加深自己的痛苦，讓人生承受更多苦難和折磨。唉！可憐的倒楣鬼，這就是他自找的。

難道，人生的苦難還不夠多？非得要他自尋煩惱，好讓自己過得更悲慘？他和生命中不可逃避的噩運搏鬥，卻又屈服於另一種災厄，其實，這種災厄帶來的痛苦，原本有十分之一是可以完全從他心中抹去的。

〔35〕

這一切其實都無傷大雅，只要在項狄居方圓十哩內，可以找到三滴針油和一把榔頭，大廳的門鏈就能修好。譯39

第二段引文係摘錄自《項狄傳》（*Tristram Shandy*），另一段則是吳爾芙的作品。吳爾芙和史坦恩都長於寫想像作品，他們從一個小東西開始，發揮得淋漓盡致之後，最終再回到這個小東西收尾。對於人生的混亂，他們不但能以輕鬆幽默的方式欣賞，還能敏銳地察覺其中的美好。甚至，他們的話中帶有同樣的聲調——一種有點故意的困惑，昭告世人他們不知該何去何從。當然，他們的價值觀不一樣，史坦恩是個多愁善感的人，而吳爾芙除了在近作《燈塔行》（*To the Lighthouse*）以外，通常表現出超然的樣子。他們的成就高低互見，但書寫方式卻大同小異，藉此達到的奇特效果也一樣。那扇永遠沒去修理的門，牆上的記號原來是隻蝸牛，生命就是如此一團混亂，天哪！人的意志多麼薄弱，情緒多麼浮躁，哲學？算〔36〕了吧！看牆上那個點，聽那扇門的嘎吱聲，存在實在太……我們在說什麼啊？

看完這六位小說家的作品後，我們是不是發現年代研究法似乎沒那麼重要了？小說的發展是否和英國憲法的發展不一樣？也和婦女運動沾不上邊？我之所以扯上「婦女運動」，其實是因為十九世紀時，英國小說和婦女運動碰巧有密切關係，由於這層關係極為密切，部分評論家因而誤解，以為兩者具有與生俱來的連帶關係。這派人士認為，當女性的地位有所提升時，小說也會隨之獲得改善。大錯特錯！一面鏡子絕對不會因為歷史大事發生在它跟前，就變得更加清晰光亮；只有為它重新鍍上一層水銀時才會產生改變。換句話說，也就是當它得到新的「靈感」（sensitiveness）時。小說的成功之處，在於其本身所具有的靈感，而非賴於寫作題材的成功。帝國瓦解，人民擁有投票權，但是對於坐在圓形閱覽室奮筆疾書的那些人而言，唯有去感覺握在他們指掌間的那枝筆，才是最重要的大事。小說家可以自行決定要以法國或俄國大革命為創作題材，然而，記憶、聯想和激情卻會矇蔽他們的客觀性，所以待小說完成，當他們重讀時會發現，似乎另有他人握著他的筆，讓主題發展偏離史實。當然，所謂的「另有他人」其實就是小說家本人，只是並非那個悠遊時空，活在喬治四世或五世的自己。不過，當歷史作家搖著筆桿時，卻一直以為兩者是同一件事。作家下筆時都會進入一種共同狀態（common state），為了方便，我們姑且稱之為「靈感」（inspiration）[2]；至於這個狀態，我們可以這麼說：「歷史永發展，藝術恆久遠。」

「歷史永發展，藝術恆久遠。」這是一句粗糙的格言，甚至其實只是一句口號，雖然我

2 這個靈感理論，是我在一本名爲《匿名》（*Anonymity*, Hogarth Press）的評論中看到的。

〔37〕

們迫不得已得用它，但仍必須承認其簡陋處，這句話只包含了一部分的真理。

這句話原本會阻礙我們去思考，人心是否會因世代更迭而有所改變，譬如說：湯瑪斯德洛尼（Thomas Deloney）[譯40]描繪伊麗莎白女王時代商店和小酒館百態的詼諧作品，在本質上是否和現代同類型小說家的表現有所不同，如才華橫溢的尼爾．萊恩斯（Neil Lyons）[譯41]，或佩特．瑞吉（William Pett Ridge）[譯42]的作品。其實，德洛尼和其他人並無不同，他們或許各有特色，但那並不是本質上的差異，更不是因為德洛尼生在四百年之前而有所區隔。如果他們是相距四千年、一萬四千年，或許會讓我們停下來斟酌一下，但是在人類歷史當中，四百年根本只是一瞬間，短到難以產生任何明顯改變。因此，這句話目前並沒有使用上的疑慮，我們盡可大方高呼口號。

不過，當我們談到傳統的發展，並瞭解到我們因疏於斟酌而蒙受損失時，問題就比較嚴重了。除了流派、影響力和風格之外，英國小說還有技巧問題，這是會隨著時間而變化的。以嘲弄人物的技巧為例，嬉笑怒罵各有不同；伊麗莎白時期幽默作家的戲弄手法，顯然和現代幽默作家逗人發笑的戲法有天壤之別。以想像技巧為例，儘管吳爾芙的目的和整體效果與史坦恩相仿，但實際作法卻南轅北轍，兩人雖歸屬於同一個流派，但吳爾芙是晚期人物。當然，還有對話的技巧：在我所舉的各組對照文句中，無法包括一些對白，因為「他說」和

「她說」的用法，數百年來千變萬化，在在反映著創作當下大環境的特色，而且即使說話者陳述的內容大同小異，但在斷章取義間，讀者大概也很難看出箇中的共通處。好吧，即便我們可以毫不惋惜地放棄，不去探究題材以及人類的發展，但既然我們無法檢視這類問題，就必須承認自己才疏學淺。文學傳統介於文學和歷史的交界處，學富五車的評論者可以在那兒 〔38〕
流連度日，淬鍊思辨能力。但是因為我們書讀得不夠多，無法企及那個境地。我們必須假設文學傳統是屬於歷史的，並因而與之斷絕關係。我們必須拒絕和年代研究有任何瓜葛。

接下來，為了讓大家放鬆心情，我要節錄克拉克講座上一任主講人艾略特先生的一段話。艾略特在《聖林》（*The Sacred Wood*）一書的導論中詳列評論家的職責，他說：

> 當優良傳統存在時，守護傳統是評論家的部分職責。穩健持續地觀察文學，並觀看其整體面貌，也是他的職責之一；明確來說，就是不能把文學視為時間的附屬品，而必須超越時間去看待文學。

關於第一項職責，我們無能為力；但必須盡力做到第二項職責。既然我們無法檢視也無法守護傳統，但至少，才學粗淺的我們，可以透過想像，讓所有小說家同聚一室，令他們擺脫時空的限制。我認為這是值得努力的，否則我就不應該貿然主持這個講座。

那麼，我們該如何處理小說這塊濕軟的園地，以及那些以散文體寫成、具一定篇幅、可長可短的虛構故事呢？沒有任何精密儀器可用，規則和體系或許適合其他形式的藝術，但是對於小說卻派不上用場，縱使勉強套用，其結果也得再三檢視。然而，該由誰來檢視呢？我想，恐怕唯有人的心靈，才能夠承擔這個任務，唯有這種人對人的交流，透過其也許不甚成熟的方式，進行公正的檢視。因此，一部小說的最終試煉，就是我們對它的感情，如同我們對友情，或其他無法分說的各種事物一樣。對某些人來說，濫情（sentimentality）遠比年代研究法更糟糕，氾濫的情感會躲在背後說：「喔！可是我好喜歡它哦！」「啊？可是它引〔39〕不起我的興趣耶！」不過，我可以保證，多愁善感並不會釀成大問題。小說中蘊含強烈、豐沛到令人窒息的人性特質是很難避免的；畢竟小說原本就浸淫在人性之中，無論陰晴悲喜都無從遁逃，小說評論也不能將之排拒在外。我們可以厭惡人性，但是如果硬要將人性從小說中抽離或剔除，小說會立刻凋萎而死，只剩一堆毫無意義的文字。

至於我選擇「面面觀」（aspects）這個詞作為講座之名，是因為它既籠統也缺乏科學的精確，給我們最大的自由，它代表我們觀看小說的不同方式，及小說家能夠從不同角度看自己的作品。至於我所要討論的「面」，一共包含七個：故事、人物、情節、幻想、預言、圖式和節奏。

譯註：

譯1 塞德堡是英格蘭第一個書鎮。

譯2 舒斯伯利爲達爾文的故鄉，中文譯名紛紜，此譯法係參考行政院的中譯版本。

譯3 Gazpacho是西班牙的一道蔬菜冷湯，以安達魯西亞地區的作法最爲有名。基本食材是以乾麵包和大量蔬菜，加上沙拉醬和番茄糊打成濃湯，冰鎮後食用，是西班牙人喜愛的夏日湯品。

譯4 克拉克在一八五三年擔任神職（英國國教聖公會），一八七〇年，他所催生的「牧師殘障法案」（the Clerical Disabilities Act）通過之後，他決定還俗，同時辭去大學發言人一職。大學發言人專指劍橋大學和牛津大學設置的校方發言人。

譯5 湯普森博士（1810-1886），英國文學學者，一八六六年擔任劍橋大學三一學院院長。

譯6 亞理士托芬（448-380 B.C.），古希臘詩人兼喜劇作家，被後人尊爲「喜劇之父」，一生著有約四十部劇作，只有十一部流傳下來，這十一部劇本是現存年代最早的希臘喜劇。亞理士托芬及之前的喜劇被稱爲舊喜劇，後起的則稱爲中喜劇和新喜劇。西元前五世紀，雅典有三大喜劇詩人：克拉提諾斯、歐波利斯，以及亞理士托芬，但只有亞理士托芬的部分作品得以完整地傳予後世。

譯7 喬叟（1340-1400）是英國中世紀著名作家，歷史上第一個用英文進行文學創作的人，對英國文學的形成及發展有重大貢獻，被公認爲第一個英國文學家。其著作有《公爵夫人之書》、《聲譽之宮》、《百鳥會議》、《賢婦傳說》、《特洛伊羅斯與克麗西達》，及《坎特伯利故事集》。

譯8 在希臘神話中，帕爾納索斯山上的詩之泉是詩人的靈感之源，相傳九位繆斯女神中有部分居住在此，而山腳下的狄菲神殿（Delphi）是掌管音樂和藝術的阿波羅的神廟，因此被視爲是詩文與音樂的靈山。

譯9 在神話當中，海林肯山或皮耶利亞山（Pieria）也是繆斯女神的住處。

譯10 聖經當中，摩西眺望應許之地的所在，正是毗斯迦山山頂，因此引申爲「展望未來前途的機會」。

譯11 《小兒子歷險記》爲英國小說家兼冒險家愛德華・約翰・特里勞尼（Edward John Trelawny, 1792-1881）所著。

譯12 《瘟年紀事》爲《魯賓遜漂流記》作者狄福所著，以一六六五年的倫敦鼠疫爲寫作題材，堪稱史上第一部以瘟疫爲主題的文學創作。

譯13 《傾校傾城》爲英國作家畢爾彭（Max Beerbohm）著，美國藍燈書屋所選二十世紀百大英文小說第五十九名。

譯14 《拉賽拉斯王子》爲阿比西尼亞王子（Abyssinia），阿比西尼亞即後來的衣索比亞。英國十八世紀文豪薩繆爾・約翰生（Samuel Johnson）著。

譯15 薩克萊（1811-1963），英國維多利亞時代小說家，最著名的代表作《浮華世界》（*Vanity Fair*, 1848），另著有《亨利・艾斯蒙》（*The History of Henry Esmond*, 1852）、《男人的妻子們》（*Men's Wives*, 1952）等約二十四本小說。

譯16 特韋德河是英格蘭和蘇格蘭的界河。

譯17 《密德羅申之心》是華特・史考特爵士（Sir Walter Scott）所著，取材於眞實事件，描寫蘇格蘭鄉下牧師之子和牛農之女的故事。密德羅申位於蘇格蘭東南部，是歷史郡和議會區，密德羅申之心是指愛丁堡的密德羅申監獄，此處譯法係採國立編譯館的譯法，其他中譯名有《中洛錫安之心》（外交部）、《密留申之心》等等。

譯18 安東尼・特洛普（1815-1882），十九世紀中期重要的英國小說家，曾出版四十七本小說，以及十六本其他文類的著作。

譯19 奧利佛・艾爾頓（1861-1945），英國文學家，出版了六冊的《英國文學調查》（*A Survey of English Citerature*, 1730-1880），善於文學評論。

譯20 華特・羅利（1861-1922），蘇格蘭學者、作家、詩人，先後任教於印度阿里格爾（Aligarh）穆斯林大學盎格魯—穆斯林東方學院（Anglo-Mohammedan Oriental College）、英國利物浦大學、格拉斯哥大學，還擔任過牛津大學學院英國文學系主任，以及牛津最古老的默頓學院（Merton College）研究員。一次大戰後前往美國講學，獲布朗大學頒贈名譽文學博士，著作有《英國小說》、《華滋華斯》、《莎士比亞》、《風格》、《彌爾頓》、《羅伯・路易士・史蒂文生》等書。

譯21 前小說是指李察森之前的未成型小說；原始小說是指未成爲文學作品之前，即流傳已久的故事題材。見志文出版社新潮文庫，《小說面面觀》，李文彬譯，頁9，譯註二、三。

譯22 《湯姆・瓊斯》是英國小說之父亨利・菲爾丁（Henry Fielding）所著。

譯23 《雪莉》是夏綠蒂・勃朗特（Charlotte Bronte）所著。

譯24《藍色珊瑚礁》是亨利・史塔克浦（Henry De Vere Stackpoole）所著。

譯25 雖然佛斯特不願公開透露本書作者，但在前言中，編者奧利佛・史多利布瑞斯已提及此書作者爲克雷頓・漢米爾頓，早期國內學者將此書譯爲《小說材料與作法》。

譯26《河畔磨坊》是喬治・艾略特所著。

譯27 費歐娜・麥克里歐德是十九世紀的蘇格蘭小說家兼詩人，這是威廉・夏普（William Sharp）爲自己取的女性化筆名。

譯28《巴朗翠的主人》是十九世紀末新浪漫主義文學家羅伯・路易士・史蒂文生（Robert Louis Stevenson）的作品。

譯29 魯德亞德・吉卜齡（1865-1936）是英國作家，對英國短篇小說的發展貢獻頗大，他拓寬了英國短篇小說的表現領域，並在風格、形式、表現手法等方面有積極影響。此處所舉的例子是他早期作品：《一場空歡喜》（*False Dawn*）。

譯30《龐貝城末日》是布韋爾・李頓（Edward George Bulwer-Lytton）著。

譯31 引自李察森的《克拉麗莎》，又名《一位年輕女士的生平》（*The History of a Young Lady*）。

譯32 此段文字摘錄自《奉使記》（*The Ambassadors*），趙銘譯，香港今日世界社出版，一九七五年，頁396。

譯33 佛斯特之所以這麼說，是因爲詹姆斯出生於美國紐約的富貴人家，而李察森是出版商兼小說家。

譯34 格雷德斯東（1809–1898）是十九世紀後期的英國首相，從一八六八至九四年間，前後四度就任首相，執政期間長達十七年。

譯35 引自威爾斯（Herbert George Wells, 1866-1946）的《波利先生生平》（*The History of Mr. Polly*）。

譯36 此段文字摘錄自《孤星血淚》（*Great Expectations*），羅至野譯，麥田出版，二〇〇四年，頁366。

譯37 Dotheboys Hall 原譯多斯波義斯學堂，是狄更斯作品《尼古拉斯・尼克貝》（*Nicholas Nickleby*，或譯《少爺返鄉》、《百劫情緣》等）一書中，主人翁尼克貝任教的學校，是一所虐待學生、誤人子弟的黑心學店。

譯38 引自吳爾芙的《牆上的記號》（*The Mark on the Wall*, 1919）。

譯39 引自史坦恩的《項狄傳》。項狄居是史坦恩故居。項狄居是英國一級登錄建築，位於英格蘭北約克郡的卡克斯渥德（Coxwold），建於一四五〇年，原是牧師公館，《項狄傳》出版後，史坦恩於一七六〇至六八年因奉派擔任該村教區牧師，才遷入居住。

譯40 湯瑪斯・德洛尼（1543-1600），英國小說家和民謠創作者，本是諾里奇（Norwich）的織綢業者，除文學創作外，還撰寫小冊參與宗教論爭，因惹上麻煩轉趨低調。

譯41 尼爾・萊恩斯（1880-1940），英國小說家、詩人、劇作家、編輯。

譯42 佩特・瑞吉（1860-1930），英國作家兼劇作家，原服務於鐵路票據交換所，一八九一年開始嘗試創作幽默小品，以倫敦為背景，描繪小人物的生活點滴。

第二章　故事

故事，是按照一連串事件的發生時間，依序排列而成的敘事；就像晚餐在早餐之後，週二在週一之後，死亡之後才是腐爛等等。身為一則故事，它唯一的價值，是激起讀者想知道後續發展的興趣。反之，它也只能有一個過失：無法激起讀者想知道後續發展的興趣。

我們一定都同意，小說的基本面就是說故事，只是每個人表示贊同的語調各有不同，而〔40〕我們現在所採用的語調，正是決定後面結論的關鍵。

讓我們先來聽聽三種語調。如果你問某一類型的人：「小說是什麼？」他會平靜地回答道：「嗯……我不知道……這個問題似乎滿好玩的……小說，就是小說嘛……不過，我不知道……我猜，小說大概就是在說故事，應該可以這麼說吧……。」這個人脾氣不錯，但語無倫次，或許他正在開公車，無暇兼顧文學這回事。另一類型的人，我想像他正在高爾夫球場上，一副趾高氣昂的模樣。他的回應是：「小說是什麼？當然是說故事啦，如果小說不說故事的話，那我不知道它還有什麼用處。我喜歡故事，我品味很差嗎？哈哈！反正我就是愛聽故事。你可以欣賞你的藝術，你可以讀你的文學，你可以聽你的音樂，但是，只要給我個精采故事。我喜歡故事就單純只是故事，我太太也一樣。」至於第三種類型的人，他會一臉悵然地說：「是啊……沒錯……小說就是說故事。」我尊重也喜歡第一種類型的人；對第二種人避而遠之；至於第三種人，就是我自己。是啊……沒錯……小說就是說故事。故事是小說的基本面，沒有故事就沒有小說。它是所有小說的第一要素，雖然我希望事實並非如此，但願第一要素是其他不同的東西，譬如優美的旋律或是對真理的體悟，而不是這個低俗、老掉牙的故事。

愈是觀察故事，愈是把故事和它所撐起的出色成果分開來看，我們就會愈不喜歡它。它就像是一副骨架，或者說是一條條蟲，因為它的頭尾可任意變化。故事的歷史久遠，可以追〔41〕溯到新石器時代，甚至是舊石器時代。從頭骨的形狀來研判，尼安德塔人已經開始聽故事了。原始的聽眾是一群頭髮蓬鬆的人，圍著營火瞠目結舌，他們被長毛象和毛犀牛耍得精疲力竭，唯有故事中的懸疑（suspense）能讓他們保持清醒。然後，接下來會發生什麼事呢？小說家以低沉的語調繼續說著，而一旦聽眾們猜出故事接下來將如何發展，他們不是會睡著，就是把小說家給砍了。只要想想史海拉莎德（Scheherazade）[譯1]，我們就不難理解其中潛藏的危險。史海拉莎德之所以可以逃過殺身之禍，正是因為她深知如何運用「懸疑」這項武器，這是唯一可以制伏暴君和野蠻人的文學工具。雖然她是一位偉大的小說家，敘述綿密周延、題材巧妙創新、寓意深遠不俗、人物生動鮮明，對東方三大城更是瞭若指掌，但這些天賦並不是她得以虎口逃生的保命符，只是輔助道具而已。史海拉莎德能活下去，是因為她懂得挑起國王欲知結局的好奇心；每當她看見太陽升起，就會在句子間打住，讓蘇丹張口說不出話來。「這時候，史海拉莎德看見黎明到來，就會小心翼翼地閉上嘴巴。」這段乏味的短句，就是《天方夜譚》的骨架，一條把所有故事串連起來，還拯救了一位才德兼備的王妃性命的條蟲。

我們所有人就像史海拉莎德的丈夫一樣，都想知道接下來會發生什麼事。這乃人之常情，同時也說明了小說的骨架為什麼必須是故事。有些人讀小說只看故事，其餘一概不要，這是人性的原始好奇心使然，結果卻使得我們其他的文學品味變得荒誕可笑。現在，可以給〔42〕故事下個定義：故事，是按照一連串事件的發生時間，依序排列而成的敘事；就像晚餐在早餐之後，週二在週一之後，死亡之後才是腐爛等等。身為一則故事，它唯一的價值，是激起讀者想知道後續發展的興趣。反之，它也只能有一個過失：無法激起讀者想知道後續發展的興趣。這就是針對故事性小說僅有的兩個評論標準。故事是文學有機體中最底層也最簡單的部分，但卻是小說這個極複雜有機體的第一要素。

除了故事，小說其實還有其他較為高尚的面向，如果我們把故事和這些面向切割開來，用鑷子把它夾起來仔細端詳——緩緩蠕動、冗長無止境，好一條赤裸裸的時間條蟲！它的樣子看來又醜又蠢。儘管如此，我們卻必須對它多加瞭解。首先，就從故事和現實生活的關係著手。

現實生活同樣充滿了時間感（time-sense）。我們想著一件事發生在另一件事的之前或之後；這樣的思維常出現在我們心中，而我們的言行，泰半也是跟著這個模式在走。但不盡然如此，生命中除了時間以外，還存在著某種東西，為了方便起見，我們稱之為「價值」（value）。價值無法用分鐘或小時來計算，而是用強度（intensity）在衡量。因此，當我們回首過往時，它並非是一片平坦地向後延伸，而是堆疊成一簇簇醒目的峰巒。當我們前瞻未來時，眼前也是橫亙著各種阻礙，有時高牆險阻，有時陰霾蔽日，有時陽光普照，但絕非是一張按著年代順序繪出的圖。無論是回憶或期望，都對時間之神毫無興趣，而所有夢想家、藝術家和愛人們，也能部分逃離祂的掌心；時間之神可以奪去他們的生命，卻無法取得他們的關注；甚至在臨終之際，即使塔上的鐘傾力敲響，他們所看的，或許仍是另一個方向。所以，無論現實生活究竟如何，都是由兩種生活所組成：時間生活和價值生活，而我們〔43〕的行為也顯示出一種雙重忠誠（double allegiance）。「我只看了她五分鐘，但已值得。」這個句子就包含了雙重忠誠。故事是用來敘述時間生活的。而一部完整的小說（假如是部好小說的話），必須同時包含時間生活和價值生活；至於手法技巧，容後再述。這也是一種雙重忠誠。只是在小說當中，對時間生活的忠誠是絕對必要的，沒有任何作品可以少了它。但在現實生活中，這種忠誠未必必要：我們不明白為何如此，而某些神祕主義者的經驗的確也告訴我們，對時間的忠誠並非必要，反倒我們假設星期一後面接著星期二、先死亡後腐爛，才是天大的誤解。在現實生活中，你我都能否定時間的存在，並反其道而行，即使我們可能因此變得莫名其妙，被當成瘋子送進瘋人院也無所謂。但若是小說家想否定時間存在其小說中，卻是絕無可能的事：無論力道多輕，他都必須緊緊抱著小說中的故事脈絡，觸碰這條長不可測的時間條蟲。否則，他會變得讓人無法理解，這對小說家而言，是愚蠢至極的大錯。

我不想對於時間看得開，因為專家告訴我們，對外行人來說，那是最危險的嗜好，遠比看開空間更要命。有許多知名的形上學者，就是因為討論時間不當，而馬失前蹄，栽了大斛斗。我只想說明，在演講的當下，我或許聽到了時鐘的滴答聲，或許沒聽到；我保有時間感，或是失去時間感；但無論如何，小說當中永遠都有個時鐘擺在那兒。作者也許不喜歡時鐘。艾蜜莉．勃朗特（Emily Brontë）在《咆哮山莊》中，試圖把她的時鐘藏起來。史坦恩在《項狄傳》裡，把時鐘倒過來放著。普魯斯特更有創意，他不停地調撥時鐘的指針，好讓小說的男主角可以在同一段時間裡，一邊宴請情人博取芳心，同時又和他的護士在公園裡玩球。所有這些技巧都是正當的，沒有任何一種牴觸了我們的論點：小說的基本面是故事，而故事是按照一連串事件的發生時間，依序排列而成的敘事。（故事和情節不一樣，故事可〔44〕以是情節的基礎，但情節是一種較高型式的有機體，我們會在之後討論這一點。）

那誰來為我們說故事呢？

當然是華特．史考特爵士（Sir Walter Scott）譯2。

史考特是一位褒貶不一的小說家。我個人並不喜歡他，也難以理解他何以能長享盛名。

他在有生之年受到推崇，是很容易理解的。如果按年代研究來討論，就能看到許多讓他得以聲望卓著的重要歷史原因。然而，一旦我們將他從時間之河釣起，和那群坐在圓形閱覽室裡寫作的小說家放在一塊兒，他就不再顯眼了。相較於其他人，他顯得拘泥小節、文體笨重，他不懂得布局，也缺少藝術家的抽離，更毫無熱情可言。少了這些元素，何以能成為一個作家？又要如何創造出觸動人心的角色？藝術家的抽離，這點要求也許太過分了，但是熱情，雖然聽起來的確不夠高尚，不過想想史考特作品裡的那些濯濯高山、乾涸低谷，以及殘破寺院，無不高聲哭喊著需要熱情，但卻遍尋不著！如果他有熱情的話，一定是個偉大的作家，就算技巧拙劣、匠氣作態都無所謂了。只可惜，他個性拘謹、情感含蓄，對鄉野只有理性之情，但這些並不足以去撐起偉大的小說。而且，他的忠誠有比沒有還糟，全然是出於道德性和商業性。它滿足了他個人的最高需求，而他也從未夢想另一種形式的忠誠之存在。

他的聲望是基於兩個原因。第一、很多老一輩的讀者，年輕時曾經親耳聽過他為他們朗誦作品，他們把他和自己在蘇格蘭度過的愉快回憶、假期或愜意生活，全都糾纏在一起。他們喜愛他的原因，和我向來喜愛《海角一樂園》（*The Swiss Family Robinson*）的理由一樣。如果現在要我談《海角一樂園》這本書，我一定可以講得滔滔不絕、精采動人，畢竟那是源於童年時期的情感。改天，如果我的心智完全退化，就可以不用再為那些偉大的文學鉅著〔45〕

傷腦筋，可以回到那個浪漫的海角樂園，那個會讓「船劇烈搖晃」的海邊，還有四個小鬼頭活蹦亂跳，弗瑞茲、恩尼斯、傑克、法蘭茲，和他們的父母，還有一個塞滿東西的墊子，裡面裝的工具，多得足夠在熱帶地區用上十年。那就是我永恆不變的夏日，也是《海角一樂園》這本書對我的意義，史考特爵士對你們某些人的意義，是否也是如此？他除了可以為我們勾起古早的快樂回憶，還能真的做些什麼嗎？而且，在我們智力退化之前，難道不應該先把這些擱到一旁，試著去研究幾本好書嗎？

第二、史考特的名聲是建立在一個真確的基礎上，他會說故事。他有一種天生的力量，可以不斷地製造懸疑高潮，挑起讀者的好奇心。讓我們來引述《骨董商人》（*The Antiquary*）這本書，僅只引述而不去分析，分析是錯誤的方法。然後我們就能看出故事的鋪陳，也能夠瞭解其簡單的手法。

《骨董商人》，第一章

> 近十八世紀末，一個晴朗的夏日早晨，有位溫文儒雅的年輕人，因為有機會造訪蘇格蘭東北部，於是買了一張公共驛馬車票，要從愛丁堡到皇后渡口。顧名思義，皇

后渡口是搭船的地方，北部的所有讀者都很清楚，可以在這兒坐船橫渡福斯灣。

這是《骨董商人》全書的第一句話，平淡無奇，卻把時間、地點、人物一一交代清楚，為說故事者布置好場景。我們對這個年輕人接下來會做什麼感到些許興趣。他的名字〔46〕叫羅威（Lovel），帶點神祕感。他就是主角，否則史考特不會說他溫文儒雅，而且他一定能讓女主角開心。他遇見了骨董商歐巴克（Jonathan Oldbuck），他們一起坐上馬車，漸漸熟識之後，羅威到歐巴克家拜訪，這時候他們遇到了另一個人，歐吉爾崔（Edie Ochiltree）。史考特善於營造新人物的登場，他很自然地把他們帶上舞台，還賦予他們十足的戲味。歐吉爾崔是個引人入勝的角色。他是乞丐，不尋常的乞丐，一個讓人又恨又愛的大無賴，他能否幫我們解開羅威身上隱約藏著的謎團呢？接下來有更多人物登場：亞瑟爵士（Sir Arthur Wardour），古老望族的無能管理人；爵士的女兒伊莎貝拉（Isabella），高傲的年輕女子，男主角單戀的對象；歐巴克的妹妹葛莉佐（Grizzle），也是個渾身都是戲的角色。事實上，葛莉佐只是一個喜劇串場，對故事的推展毫無影響，類似這樣的串場角色，說故事者安排了一大堆，如此一來，他就不需要老是為了前因後果而絞盡腦汁。即使他說了些和故事發展無關的東西，也會保持在他的寫作手法範圍內。讀者以為這些角色會繼續發展，但他們累得昏昏欲睡，很快就忘了這回事兒。說故事者和情節布局者不同，他會取巧地草率收尾。葛莉佐小姐是這種草率收尾的一個小例子，至於大例子，可以《拉美摩爾的新娘》（*The Bride of Lammermoor*）這部貧乏的悲劇小說為代表。在這本書中，史考特在塑造蘇格蘭國王時，再三強調他的性格缺陷終將釀成悲劇，但其實就算沒有國王這個角色，悲劇仍舊會發生，書中的必要人物是：艾德加（Edgar）、露西（Lucy）、艾許頓夫人（Lady Ashton）和巴克洛（Bucklaw）。我們回到《骨董商人》，書中有一場餐聚，歐巴克和亞瑟爵士起了口角，爵士一怒之下，帶著女兒拂袖離席，父女兩穿過沙灘要走回家。可是漲潮了，海水淹沒沙灘，爵士和伊莎貝拉被困在水中，這時候歐吉爾崔又突然出現。這是故事的第一個重要關頭，讓我們來看看說故事者如何處理這一段：

> 在說這些話的時候，他們已經走到岩石最高處停下腳步，只要再往前一步，命就不保。他們立在這裡，等待毀滅時刻的到來；死亡緩緩逼近，他們卻無處可逃。就像〔47〕古代被異教徒暴君丟到獸柙前面的殉教者，他們被迫必須在死前一段時間，眼睜睜地看著猛獸激動焦躁，迫不及待等著柙門開啟，飛撲到他們身上活剝生吞。
>
> 然而，這可怕的停頓時刻，卻讓伊莎貝拉有時間可以恢復原有的堅強意志與膽識，

讓她能在生死交關之際臨危不亂。「難道我們要毫無抵抗就向命運屈服？」伊莎貝拉說，「眼前沒有路了嗎？無論有多險阻，我們一定能攀上懸崖，至少，也要爬到浪濤到不了的高處，我們可以在那兒撐到天亮，或是等到有人前來救援。他們一定會發現我們落難，動員全村的人來救我們。」

女主角就這麼說了一段讓讀者起雞皮疙瘩的話。但我們還想知道接下來發生什麼事。這裡的岩石都是虛構的，就像我最愛的《海角一樂園》一樣：史考特可以隻手翻出暴風雨，同時用另一隻手抹去古基督徒；字裡行間不見誠意，整件事情也缺少逼真的危險感，完全是虛偽、敷衍，但是我們仍想知道接下來發生了什麼事。

什麼？羅威救了他們父女。是啊，早該想到會這樣，然後呢？

另一個草率的收尾。骨董商帶羅威去一棟鬼屋過夜，羅威在那兒夢見或看見屋主的祖先顯靈，鬼魂對他說：「Kunst macht Gunst.」羅威因為不懂德文，當下並不明白這句話的 〔48〕 意思，後來才知道那是指「智謀足，芳心得」（Skill wins Favour）；他必須贏得伊莎貝拉的芳心。也就是說，這超乎自然的靈異事件對故事的進展毫無影響。故事雖然在織錦繡羅、風雨交加中轟轟烈烈地登場，到頭來卻只是陳腔濫調。但是讀者並不瞭解這些，當他聽到

「Kunst macht Gunst.」這句話時，注意力被喚醒……然後，又被其他事情牽著走，而時間繼續進行下去。

在聖魯斯教堂廢墟的野餐，外國惡棍杜斯特斯維佛（Dousterswivel）現身，他曾經設局騙亞瑟爵士去開礦，他的一些外地迷信也常招來訕笑。骨董商的姪子馬克英太（Hector McIntyre）登場，他懷疑羅威其實是個騙子。於是兩人打了起來，羅威以為自己失手打死對方，連忙和那個再度上場的歐吉爾崔一起逃亡。他們藏身在聖魯斯廢墟，並在那兒看見杜斯特斯維佛又想騙爵士去尋寶。羅威找到一艘小船逃離是非之地——眼不見為淨；等他再度出現，我們再為他操心。在聖魯斯的第二次尋寶行動中，亞瑟爵士找到一堆銀子。第三次尋寶，杜斯特斯維佛遭人悶棍打昏，醒來時正巧撞見老格雷納蘭伯爵夫人（old Countess of Glenallan）的葬禮。這個信奉羅馬教派的家族，趁著半夜摸黑祕密舉行葬儀。

故事說到這裡，格雷納蘭家族變成舉足輕重的角色，只是他們出現得真是偶然！他們攀著杜斯特斯維佛，用最笨拙的方式躍上舞台。史考特借用杜斯特斯維佛的一雙眼睛，去窺視格雷納蘭家族。此時，讀者隨故事牽引而目瞪口呆，就像原始人那樣。這時候，格雷納蘭開始牽引讀者的注意力，聖魯斯廢墟的事就此潦草結束，我們進入所謂的「前故事」（pre-story）之中，有兩個人物穿插進來，祕密談著一件罪大惡極的往事。他們分別是：艾爾斯佩斯（Elspeth Mucklebackit），一個有預言能力的漁婦，以及格雷納蘭伯爵，也就是已故老伯爵夫人的兒子。這兩人的對話幾度被其他事件打斷，包括：歐吉爾崔被捕、審判、獲釋；一〔49〕個新人物的溺斃；以及馬克英太在舅舅家養傷時的心情。他們的對話內容大概如下：許多年前，格雷納蘭伯爵不顧母親的反對，娶了一位名叫伊芙莉納（Evelina Nevile）的女子，後來他誤信讒言，以為妻子是自己同母異父的妹妹，於是憤恨交加的他在妻子臨盆前，棄她而去。艾爾斯佩斯是已故老伯爵夫人的女侍，正在向他解釋，伊芙莉納和他並無血緣關係，而當年她因難產過世，艾爾斯佩斯和另一位女侍就在一旁幫忙接生，但小嬰兒卻失蹤了。聽聞真相後，伯爵前去請教骨董商，因為他是地方的治安法官，熟知許多過去的事，同時也曾深愛伊芙莉納。接下來呢？亞瑟爵士因為杜斯特斯維佛的騙局，將家產變賣一空。然後呢？據說法軍要登陸了。然後呢？羅威現身法軍登陸區，領導英軍作戰。他現在的身分是納佛上校，不過這也不是他的本名，因為他其實就是格雷納蘭伯爵那個失蹤多年的兒子，也就是如假包換的伯爵繼承人。因為艾爾斯佩斯，因為羅威逃亡海外時，遇到已出家當修女的另一名接生女侍，因為一位已故的舅舅，也因為歐吉爾崔，真相終於大白了。這個結局當然是基於很多原因，只是史考特對原因沒興趣，他把眾多原因丟成一堆，卻懶得逐一說明；讓事件一件接著一件發生，是他唯一的重要目標。然後呢？伊莎貝拉受到感動，最後嫁給男主角。然後呢？沒有然後了，這就是故事的結局。我們無須太常問：「然後呢？」只要時間繼續進行著，不消一秒鐘，我們就會跳進另一個完全不同的地方。

《骨董商人》是一本只重時間生活的書，作者本能地處理著時間生活。這種寫作手法，勢必會導致情感鬆散，以及見識膚淺，尤其是那種把結婚當成結局的愚蠢寫法。時間，當然也可以有意識地去處理，我們找一本完全不同的書作為例子，一本令人難忘的佳作：阿諾德・班奈特（Arnold Bennett）的《老婦人的故事》（*The Old Wives' Tale*）。在《老婦人的故事》一書中，時間是真正的主角。他（He）儼然是造物主，只有克里奇婁（Critchlow）得以擺脫他的宰制，而這個奇特的豁免權，讓整本書更有張力。蘇菲（Sophia）和康斯坦絲（Constance）則受時間所控制，打從她們兒時繞在母親的裙邊嬉鬧開始；她們注定要完完全全地老朽腐壞，這在文學作品中是相當罕見的。從荳蔻少女談起，蘇菲與人私奔、結婚，母親去世；康斯坦絲結婚、守寡，到最後只剩那條患有風濕的老狗，蹣跚地巡看碗盤裡有無殘羹剩飯。我們的日常生活正是如此，一天天地衰老，歲月增長阻礙了蘇菲和康斯坦絲的生命流動。這樣的一個故事，聽起來很正常，沒有胡說八道，它的結局沒有其他終點，只會自然地走向墳墓。這般結局無法令讀者滿意。當然，我們都會變老。但是一部偉大的著 〔50〕

作，除了「當然」之外，還必須包含一些其他東西。《老婦人的故事》這本書張力十足，情感懇切真摯、令人唏噓，卻少了偉大。

那《戰爭與和平》又如何呢？雖然它同樣強調時間的作用與世代的更迭興衰，但其偉大卻是無庸置疑！托爾斯泰和班奈特一樣，敢於表現人的老死，但《戰爭與和平》中尼可拉（Nicolay）和娜塔莎（Natasha）的部分腐朽，比蘇菲和康斯坦絲的完全腐朽更加駭人，因為它讓我們覺得自己的青春似乎跟著消逝其中。然而，《戰爭與和平》為何未使人感到沮喪？可能是因為它的延續超越了空間和時間，而那種空間感，除非威脅到我們，不然會讓人覺得暢快，就像音樂一樣，有餘音繞樑的效果。一旦開始讀《戰爭與和平》，不多久，偉大的樂章就奏起，但是我們卻說不上來那是由何種樂器奏出來的。這樂章並非源自於故〔51〕事，雖然托爾斯泰和史考特一樣，對於接下來發生的事相當感興趣，也和班奈特一樣懇切真摯。樂章也非來自於事件或人物。它們是發自俄國的廣袤大地，在這片土地上，散布著書中的人事物，所有的橋樑、冰封的江河、森林、道路、花園、田疇，當我們穿身而過，就能感受其宏偉與澎湃。很多小說家都有濃濃的地方感，譬如「五鎮」（Five Towns）[譯3]、老霧都（Auld Reekie）[譯4]等等，但是懷有空間感的作家卻有如鳳毛麟角。在托爾斯泰爐火純青的寫作技巧中，空間感是一大絕學。空間，正是《戰爭與和平》的主宰，而非時間。

關於故事，最後我們要談的是，故事所蘊藏的聲音。就小說作品的這個面向來看，它不像多數散文是以眼睛為主要訴求，而是和演說一樣，訴諸耳朵，必須大聲朗誦出來。它沒有旋律或節拍，因為這些東西，光用眼睛就足以感受；透過心靈的轉化，如果一個段落或一段對話具美感的話，眼睛可以輕易抓住它的聲調（sounds），而令我們覺得賞心悅目。沒錯！我們甚至可以把聲調經過壓縮，讓我們能比朗誦時更快地感受到，就像有些人看樂譜比聽鋼琴奏出的旋律，能更快抓住曲調一樣。但是眼睛並不能同樣迅速地捕捉到聲音。以《骨董商人》為例，全書破題的第一句話毫無聲音之美，但如果我們不大聲朗誦的話，想必還是會漏失某些東西。我們的心就只能和史考特靜默地交流，獲益較淺。故事，除了敘述一件接著一件的事情外，還會因為與聲音的連結而增加其他作用。

不過，這作用並不大。它並不會告訴我們有關作者的個性之類的重要訊息。即使作者要表達其個性，也會透過較堂皇的媒介，如人物、情節，或是他對生命的看法。故事的這種特殊作用所能做的，就是把我們的角色從讀者轉換成聽者，是「某個」聲音的述說對象，這〔52〕個聲音就是原始部落裡說故事者的聲音，他蹲踞在山洞的中央，一件事接著一件事地說著，直到聽眾們累癱睡倒在殘食剩骨之間為止。故事由來已久，可以回溯到文學起源，在人類尚未開始閱讀之前，它訴諸人類的原始本能，這就是我們對於自己喜愛的故事愛得那麼沒道理，但對別人喜歡的故事卻老愛找碴的原因。舉例來說，要是有人嘲笑我喜歡《海角一樂園》，我會很生氣，我希望我也惹毛了你們當中喜愛史考特的那些人。你們明白我的意思，也就是說，故事會挑起互不相容的氣氛。故事與道德無關，對於瞭解小說的其他面向也幫不上忙。倘若我們想弄明白這些事，就必須走出山洞。

但是我們現在還不能走出山洞，必須先討論價值生活在各方面對小說的影響，瞭解它如何充實小說、扭曲小說，如何為小說提供人物、情節、幻想、宇宙觀，以及任何有助於小說的東西——除了我們正在討論的「然後……又然後」這一點之外。顯然，時間生活的位階較低，那麼有個問題會自然浮現：小說家難道不能把時間從作品中剔除，就像神祕主義者宣稱已經把它從經驗中剔除一樣，只保留較高尚的價值生活嗎？

小說家葛楚德．史坦（Gertrude Stein）譯5曾試圖捨棄時間，她的失敗經驗可供我們引以為鑑。史坦比勃朗特、史坦恩或普魯斯特更前衛，她把時鐘砸得粉碎，將碎片當成歐希利斯（Osiris）譯6的身體碎塊，灑向世界。她之所以麼做，並非出於任性，而是基於一個崇高的理念：她希望把小說從時間的宰制中解放出來，單單表現價值生活。但她功敗垂成，因為小說一旦完全捨棄時間，就無法表達任何東西，所以在她後來的作品當中，可以看出她的表現每下愈況。史坦想完全捨棄小說的故事面，並打破故事的時間順序，這樣的壯志於我心有戚戚焉。然而，想達到這個目的的話，得先打破句子之間的順序，甚至必須先放棄句子當中〔53〕所有單字的次序，以及顛覆單字之中字母和音標的順序。結果，最後她無路可走。類似史坦這樣的實驗，一點也不可笑，這種行為遠比一再寫出「威弗利小說」（Waverley Novels）譯7來得重要。不過，這類實驗注定要失敗。時間順序一旦被打破，這種只求表達價值的小說會讓人無從理解，進而價值全失。

這就是為何我必須要求你們，要用和我在開場時所用的相同語調，來參與這個講座。別像那位公車司機一樣，含糊籠統、濫好人似的，你們沒有那個權利。也別像那位趾高氣昂的高爾夫球手，你們必須懂得更多。語氣悲哀一點兒，準沒錯！是啊……沒錯……小說就是說故事。

譯註：

譯1 史海拉莎德是《天方夜譚》中說故事的那位女子。薩珊王朝的蘇丹夏利爾，因王后不貞，於是每晚娶一名新娘，天亮後就將她處死作爲報復。宰相的女兒史海拉莎德和妹妹爲拯救所有女子，自願嫁給蘇丹，只是她在新婚那晚說故事給妹妹聽，說到最後精采處時剛好天亮，蘇丹欲知後事如何，只好暫緩行刑，等著晚上聽結局。她就用這個說故事接力的方法，爲蘇丹說了一千零一個故事，不但保住自己和妹妹的性命，也讓夏利爾放棄報復女人的念頭。

譯2　華特·史考特（1771-1832），蘇格蘭文學家，被視爲歷史小說的創始者。一八二七年之前，他都以匿名方式發表作品，作品主要是有關中古主題與蘇格蘭事蹟的民謠、敘事詩、歷史小說，以《艾凡赫》（*Ivanhoe*）最受歡迎，還曾拍爲電影。他原是十九世紀最受歡迎的英國小說家之一，地位在二十世紀初被珍·奧斯汀所取代，同時遭到本書作者佛斯特的嚴厲批評，不過二十世紀末，後現代主義當道，史考特再度受到評論家青睞。

譯3　「五鎮」是《老婦人的故事》作者班奈特（1867-1931）眼中最美的所在，他曾據此完成「五鎮系列小說」。英格蘭中部史塔福郡（Staffordshire）境內的斯托克市（Stoke on Trent），有大不列顛瓷都的美譽，由六個小鎮組成，包括：班奈特的故鄉漢利（Hanley），以及唐斯托（Tunstall）、波士蘭（Burslem）、史托克（Stoke）、隆頓（Longton）和芬頓（Fenton），因班奈特偏愛生產陶瓷的工業鎮，因此「五鎮系列」的故事場景，指的是芬頓以外的其他五個小鎮。

譯4　Auld Reekie是克爾特語，「老霧都」的意思，愛丁堡因氣候陰霾多雨雪，故得此外號。

譯5　葛楚德·史坦（1874-1946），美國作家與詩人，旅居法國四十載，交遊廣闊，結識畢卡索、馬蒂斯等藝術家，是勇於擺脫傳統羈絆，做各種嘗試的前衛小說家。

譯6　歐希利斯是埃及神話中的冥王。相傳他是埃及第一位法老王，弟弟覬覦王位，將他害死，因怕他復活，加以分屍後把身體碎塊灑在埃及各地。後來，歐希利斯的妻子將碎塊一一找回，請智慧之神和死神合力使丈夫復活，復活的歐希利斯成爲冥界之王。這個神話正是一個「原始小說」（the ur-novel），北歐神話也有類似的故事。

譯7　「威弗利小說」是史考特有關蘇格蘭歷史的長篇小說集結，完整版一套有四十八冊，收錄一八一四至一八二九年間的作品，包括《威弗利》（1814）、《骨董商人》（1816）、《密德羅申之心》（1818）、《艾凡赫》（1819）等等。

第三章　人物（上）

人的生命始於一個被遺忘的經驗，終於一個他參與、卻無法瞭解的經驗。這就是小說家打算在小說中介紹的人物，或是說，小說家所創造的人物就是類似這樣。只要小說家認為適當，他可以是無所不知、無所不曉的，他對人物的內心生活一清二楚。

討論完小說簡單基本的故事面，我們可以轉進一個較為有趣的主題：角色（actor）。我〔54〕們無須再問「接下來發生什麼事」，而是要關心「事情發生在誰身上」。小說家訴求的不僅是我們的好奇心，還有理智與想像。他的聲音出現一個新的重點：強調價值。

由於故事中的角色通常是人，為了方便，姑且稱本章所討論的小說面為「人物」。其他動物也曾在小說中擔綱演出過，但成功者有限，畢竟人類對其他動物的內心世界瞭解得太少。這種情形未來或許會改變，就像小說家處理野蠻人的手法今昔已大不相同。星期五（Man Friday）[譯1]和巴特瓦人（Batouala）[譯2]定位之懸殊，或許就和吉卜齡的狼（Kipling's wolves）[譯3]與其後兩百年的文學後繼者之間的差異一樣，從今以後，小說中的動物也許不再只是象徵性的，或是假扮成人的小角色，也不再像是一張會走動的四腳桌子，或一紙翻飛的圖畫碎片。提供新題材，是科學可以拓展小說領域的方法之一，但是這種作法目前尚無人嘗試，所以我們暫時還是將故事中的角色假設為人物。

由於小說家也是人，和其創作題材有著共通處，這是其他藝術形式所沒有的。歷史學家和題材之間，也存在這種連結，但關係較不密切。至於畫家與雕塑家，則無此需求，也就是說，除非他們願意，否則他們可以表現人以外的事物。詩人也不需要，至於音樂家，即使他們有意願，也必須在「標題音樂」（programme music）[譯4]的條件下，否則根本無從著力。

小說家和其藝術同儕不一樣，他必須造出許多字堆（word-masses），用來約略（roughly）表〔55〕達自己（關於約略這詞，稍後再詳）。他派給這些字堆姓名、性別、合理的舉止，再用引號讓他們說話，或許還讓他們有一致的言行。這些字堆，就是小說家筆下的人物。他們並不是冷冰冰的，可能是小說家用狂熱情感創造出來的，然而這些人物的本質，反映著小說家對周遭人物的揣度、對自己的認知，同時也會根據作品的其他面向，做進一步的修改。關於最後這一點，人物和小說其他面向的關係，是未來的討論主題。目前我們著重的是人物和真實生活的關聯。而小說人物和真實人物，如小說家、你、我或維多利亞女王，究竟有何不同？

當然不一樣！倘若小說人物和維多利亞女王一模一樣，不是有點像，而是完全一樣的話，那麼這個人必定是維多利亞女王本人，而這本小說本質就只是一部傳記或回憶錄。回憶錄是歷史，必須本於事實，有幾分證據說幾分話。小說的基礎則是事實加 X 或減 X，X 這個未知數，就是小說家的性格，這個未知數不停地修正著事實對小說的作用，有時候甚至讓它改頭換面。

歷史學家處理的是行為，而且只能從行為去推論出行為者的性格。和小說家一樣，歷史學家同樣關心人物性格，但是他僅能從人的外在表現去瞭解。倘若維多利亞女王沒說過「朕不感到有趣」這樣的話，其鄰座者不會知道她不覺得有趣，而她內心的無聊也永遠不會公諸於世。或是，她可能愁眉深鎖，人們由此猜測她內心的狀態——表情和姿勢也是歷史事實。但倘若女王喜怒不形於色，其他人能知道些什麼？顧名思義，內心生活當然是隱匿不顯的，一旦內心生活以外在跡象呈現時，就不再隱匿了，也就進入行為的領域。小說家的功能就是利用線索來揭露內心生活：告訴我們更多有關維多利亞女王不為人知的故事，如此一來，小說中的角色，就不再是歷史中的那位維多利亞女王了。〔56〕

關於這一點，有位很有意思而且心思敏銳的法國評論家亞倫（Alain）曾提出一些奇妙但有用的論點。雖然他似乎力有未逮，但是我自己也好不到哪裡去，如果我們兩一起切磋，或許可以解決這問題。亞倫依序研究每一種不同形式的藝術活動，研究到小說（*le roman*）時，他主張每個人都有兩個面，好比是歷史和小說。一個人身上所能觀察到的行為，以及可以從行為推論出的精神（心靈）存在，都屬於歷史範疇。但是他幻想或浪漫的那一面，則包括「純然的熱情，如夢想、喜樂、悲傷，以及那些不便透露或羞於啟齒的私密行為」，而小說的主要功能之一，即在於表達人性的這一面。

> 小說中的虛構處，不是故事，而在於使內在思想發展成外在行為的方法，這種方法永遠不可能在日常生活中發生……歷史，強調的是外在的因果，會受制於學門的先

天觀念；但是小說並沒有先天的限制，所有事情都本於人性，而其主要觀點是所有事物都有其存在意圖與動機，包括熱情、罪行，甚至連不幸也是。[1]

這段話也許只是迂迴說明每個英國小學生都知道的事：歷史學家述而不作，而小說家則是在創作。但這種迂迴說法是有用的，因為它點明了真實人物和小說人物的基本差異處。在日常生活中，我們永遠無法互相瞭解，既不能完全看透彼此，也沒有完全坦白。我們只是憑〔57〕藉外在的蛛絲馬跡，大概地去瞭解彼此，儘管如此，已足以作為社會的基礎，甚至足以促成人際的親密互動。然而，小說人物是可以讓讀者完全瞭解的，只要作者願意的話，他們的內在生活就會像外在生活一樣，讓人一覽無遺。這也就是他們通常比歷史人物，甚至比我們周遭的朋友更加具體明確的原因。我們對小說人物幾乎是瞭若指掌，即便他們是不完美的、虛構的，在我們眼前都沒有任何祕密。反觀我們和周遭的友人，尊重彼此的隱私已是普世共通的必要生活條件。

現在，讓我們用小學生的方式重述一次。你我都是人，難道我們不應該從個人生活中的

1 此段文字編譯自《美術理論》（*Système des Beaux Arts*），頁 320-321，感謝法國作家安德烈．莫華（M. André Maurois）推薦這本佳作。

主要事實（main facts），來好好觀察一下嗎？所謂個人生活並不是指我們所從事的事情，而是我們之所以成為人類的所有生活。如此一來，我們才有一個較明確的起點。

人類生活中的主要事實有五種：出生、飲食、睡眠、愛情、死亡。當然，這個數目還可以增加，譬如呼吸也算，但就以這五項最為明顯。讓我們簡單地問自己，這些事實在日常生活中扮演何種角色？在小說當中又是何種角色？小說家會如實地在作品中呈現它們嗎？抑或他會誇大、簡化、忽視這些事實，用異於你我生活的方式，去表現他的人物？即使兩者有著相同的名字。

先來看看最奇特的兩種：**出生和死亡**。生死之所以奇特，是因為它們同時是經驗，也不是經驗。我們只能從紀錄去瞭解它們。我們都歷經過出生，卻不記得那是怎麼一回事。而且，我們從出生開始就在步向死亡，但是我們同樣不明白死亡為何物。我們的最終經驗，一如最初經驗，全是臆測來的。我們在兩個未知的祕密之間活動，有些人想告訴我們生死是何物，例如母親有她關於出生的看法；醫生、宗教人士也有其各自對生死的見解。但這些猶如水中望月，教人似懂非懂。至於應該有助於解開謎題的兩個東西，嬰兒和屍體，卻毫無助益，因為他們傳達經驗的發射器，和我們的接收器搭不上線。

所以，我們可以這麼想，人的生命始於一個被遺忘的經驗，終於一個他參與、卻無法瞭〔58〕

解的經驗。這就是小說家打算在小說中介紹的人物，或是說，小說家所創造的人物就是類似這樣。只要小說家認為適當，他可以是無所不知、無所不曉的，他對人物的內心生活一清二楚。他要讓人物在出生後多久登場？之後又要讓他距離墳墓多近？對於這兩種奇特的經驗，他要說些什麼？我們又會感受到什麼？

接下來是**飲食**，這是維續生命之火的燃料補給過程。這個過程在出生之前即已存在，原本由母體供應，出生後由母親繼續補給，最後由個人自行接手。每天，他把各種東西放進他臉上的洞裡，既不驚訝，也不覺得煩。飲食，是已知之事和遺忘之事的聯繫，將無從記憶的出生，延續到今天清晨的早餐。一如睡眠，兩者之間有著許多共同處，飲食不只恢復我們的精神體力，還具有美感上的意義：好吃，或難吃。這個一體兩面的行為，會在小說中發揮什麼作用？

第四，**睡眠**。大抵而言，我們一生當中有三分之一的時間，既不是花在社會或文明之上，也不是處於孤獨狀態，而是進入一個我們所知極少的世界，待我們離開那個世界，部分經驗會因為印象模糊而被遺忘，部分會變成真實世界的扭曲，還有部分會成為未來的預告或警示。「我沒做夢」、「我夢見一個梯子」、「我夢到天堂」……醒來後，我們會這麼說。我不是要討論睡眠和夢的本質，只想指出：睡眠占去人生三分之一的時間，而所謂的「歷史」，

只不過是對其餘三分之二人生的探究和推論罷了。小說，是否也抱著類似態度呢？〔59〕

第五，**愛情**。我用這個熱門字眼，是取其最廣也最單調的意思。首先，讓我們直接了當地面對「性」這個問題。在人出生若干年後，體內會產生某些特定變化，就像其他動物一樣，這些變化會讓一個人和另一個人結合，產生出更多人類，讓種族生生不息。性始於青春期之前，但即使垂垂老矣，失去孕育生命的能力，還是不會停止；的確，性與我們同時壽終正寢，只是它對社會的影響，在求偶期比較明顯。除了性，還有其他情感也會催化人的成熟：心靈的各種提升，譬如愛情、友誼、愛國心、神祕主義。如果我們想去界定性與這些情感的關係，勢將引發一場論戰，激辯砲火之猛烈，可能更甚於批判史考特。所以，我只列出各種相關論點。有些人說，性是最根本的，是其他形式的愛的基礎，對朋友、對神、對國家的愛，都源自於此。另外一些人認為，性和其他感情有關，但它們的關係是平行的，並非以它為基石。另外還有些人主張，性和其他感情根本毫無瓜葛。而我認為，我們可以把各種感情概括稱為「愛」，它只是人人必須經歷的第五種主要經驗罷了。當人們有愛時，就會想獲得些東西，同時想付出些什麼，這個雙重目的，把愛情變得比吃飯睡覺還複雜。愛同時是自私的與無私的，但是這兩種特性卻互不牴觸。愛占了人生多少時間呢？這問題聽來唐突，卻必須提出，因為這關係到我們正在討論的主題。一天二十四小時當中，睡眠大約占了八小時，吃飯約兩小時，那我們是否能把兩小時撥給愛情？但這似乎多了些。愛可以和我們的其他活動交融在一起，打瞌睡和肚子餓也可能和其他活動並行。愛可能促成各種附屬活動，譬如一個人基於對家庭的愛，而投注許多時間在股市交易上，或是因為對上帝的愛，而花很〔60〕多時間上教會。但是，他每天與他愛的人所進行的情感交流，是否超過兩個小時，則大有疑問。不過，正是這種情感交流、這種施與受的欲望、這種慷慨付出與期望回報的混雜情緒，讓愛和其他四種主要經驗大不相同。

這些事實構成人類的生活，或部分生活。小說家的生活也是由此組成，他提起筆，進入一種可稱之為「靈感」的不尋常狀態，努力創造人物。在小說當中，人物也許必須遭遇其他的經驗；這種情況常發生（詹姆斯的作品就是個極端的例子）譯5，因此他的生活組成當然必須經過修改。不過，我們現在討論的是比較單純的情況，也就是小說家的主要熱情是在人物身上，而且為了人物目的，他會犧牲掉許多東西，如故事、情節、格局，以及不經意的美感（incidental beauty）。

那麼，在什麼樣的意義上，小說國度會異於人間國度呢？對此，我們無法做出結論，因為從科學觀點來看，兩者之間根本沒有共同性，譬如說，小說人物不需要各種腺體，但在真實世界卻人人都有。然而，儘管我們無法給予明確的界定，他們卻似乎沿著相同的路線在前進。

首先，就出生這件事來說，相較於人類，小說人物的誕生比較像包裹。小說中嬰兒的出場，通常都有幾分「郵寄」的味道，他是被郵差「送來」的，由較年長的小說人物把他取出來，秀給讀者看。然後，在嬰兒學會說話前，通常被放在冷宮，即使難得有現身機會，也只是充作小說情節的陪襯。小說世界的出生和真實世界的情況之所以有如此大的差別，有好與壞兩個原因，詳情容後再述，現在，我們只要好好觀察，看看小說王國子民的誕生方式有多麼草率。從史坦恩到喬伊斯（James Joyce），鮮少有小說家嘗試去應用出生的事實，或是〔61〕創造一套新的事實；而且，除了婆婆媽媽式的寵溺外，也從來沒有人試著去瞭解嬰兒的內心世界，善用蘊藏其中的文學寶藏。也許，這並不可行，待會兒我們再來定奪。

死亡。根據觀察，處理死亡的方法琳瑯滿目，這表示這類題材較符合小說家的脾性。之所以如此，一來是因為死亡可以給小說一個俐落的結尾，還有個比較不明顯的原因，是因為小說家發現，在時間之中，從已知寫向未知，比從出生的未知寫向已知來得容易。在書中人物死亡之前，小說家瞭解他們，他可以根據現實和想像，用最強的結合去塑造角色。接下來，我們以《巴色特的最後紀事》（*The Last Chronicle of Barset*）一書中普洛迪太太（Mrs Proudie）的死為例，來看一下死亡為何物。書中的情節安排合宜，但效果卻很嚇人，因為作者特洛普把普洛迪太太推入宗教的胡同裡，不厭其煩地描述她的一步一履、踉蹌失足，要我們徹底瞭解普洛迪太太這個人，甚至包括她令人厭煩之處，她的性格、習慣、宗教信仰、靈魂觀，然後她在床緣心臟病發。一直到這兒，她走得夠遠了（戲拖得夠久了），最後普洛迪太太走到人生盡頭。似乎沒有什麼東西是小說家不能從「日常死亡」中借用的，也沒有什麼是他為了便宜行事而不能創造出來的。那扇未知之門對他敞著，倘若他有足夠的想像力，而且不會試著要把陰間訊息帶給讀者的話，他甚至能隨著筆下人物穿門而入。

第三項主要事實，飲食，又是如何？小說中的用餐，泰半都具有社交意義。它把所有人物聚在一起，但是這些人物吃飯，鮮少是基於生理需要，也很少享受美食，而且除非特別提及，他們也從不消化食物。就像真實生活一樣，他們呼朋引伴聚餐，但是我們對早餐和午餐的需求，在他們身上卻不復見。甚至，詩對飲食的處理還多於小說，至少在美感面是如此。像彌爾頓（John Milton）和濟慈（John Keats）對於飲食美感的體會，遠比梅瑞狄斯來〔62〕得深刻。

睡眠。小說對睡覺的處理，也是極為草率。沒有任何小說家嘗試說明被遺忘的或真實的夢境。夢，可以合乎邏輯，也可以像馬賽克一樣，由許多過去和未來的片段拼貼而成。夢出現在小說當中，當然有其目的性，但這個目的並非為了襯托人物的完整生命，而是基於突顯他清醒時的那一部分。人物從未被小說家視為是一個有三分之一時間處於未知狀態的生物。歷史學家的目光只侷限在人的白天生活，小說家宜避免如此。為什麼他不去瞭解或重塑睡眠？記住：小說家有權向壁虛構，而且我們也知道他真的是在杜撰，因為我們隨著他的狂熱在荒誕的事物裡載浮載沉。但是，他既不描摹睡眠，也不創造睡眠。睡眠只是個混合物。

愛。大家都知道，小說中有關愛的描述不可勝數，不過你或許和我有同感，這些內容不是寫得太過火，就是太乏味。為什麼和這種特殊經驗有關，尤其是和性愛有關的作品會如此之多？如果你對小說的思慮不清的話，可能會把它視為一種愛的關係，一對男女，兩情繾綣，接下來也許就是翻雲覆雨。如果你對自己的生活，或是對其他許多人的生活茫然無所知，那麼這種有關愛的生活，會讓你留下深刻複雜的印象。

愛之所以顯眼，即使在好的小說中也是如此，原因有二。

首先，當小說家不再去描述人物，而改為創造人物時，各種形式的「愛」在他心中的分量就重了起來。而且，雖然他無意如此，卻會自然而然地對愛過度敏感，這種過度指的是，現實生活中的人們，並不會為愛所苦到那般誇張的地步。小說人物對彼此之間的過度敏感，甚至連被視為下筆氣勢磅礴的亨利．費爾丁（Henry Fielding）都無法豁免，那種過度敏感迥異於現實生活，當然，日子過得太悠哉的人或許例外。一時的激情也許存在，但是絕非像小說人物這般持續注意，不斷重新適應，以及不止地渴望。我認為這些都反映了小說家〔63〕創作時的心理狀態，而小說中那種支配一切的愛，部分歸因於此。

其次，從邏輯上看來，第二個原因其實應該要在其他部分討論的，但是我想在這兒先談一些。愛，一如死亡，因為可以輕易地結束一本書，故深受小說家青睞。他可以把愛寫得永垂不朽，讀者也樂見其成，因為愛給人的幻覺之一，正是它的永恆不變。但這是不可能的。歷史和經驗告訴我們，沒有任何關係是永恆不變的，它就像那些創作者一樣捉摸不定，而且他們必須像雜耍者那樣，如果想繼續存活的話，就得努力維持平衡。倘若它停止變動，那就不再是人際關係（human relationship），而是一種社會習慣（social habit），其中的重點已經從愛轉為婚姻。關於此點，我們都了然於心，只是不願把這種苦澀的體會加諸到未來；未來應該要有所不同；完美的另一半終會出現，或是身邊的這個人有朝一日能變得完美。屆時一切底定，無須時時保持警戒。未來，幸福也好，痛苦也罷，永恆不變。所有強烈的感情會帶給人天長地久的錯覺，小說家正是抓住這一點，他們通常以幸福快樂的婚姻作為書的結局，而我們並不反對，因為這就是我們的夢想。

有關「真實人」（Homo Sapiens）和「虛構人」（Homo Fictus）這兩個相關物種之比較，在此我們必須做個結論。「虛構人」比其親戚「真實人」更難捉摸，它是在成千上百位小說家心中創造出來的，其誕生方式多所不同，甚至衝突牴觸，所以無法一概論之。但還是可以說些什麼。虛構人通常其來有自，也會老死，但是他很少進食、睡覺，全副精神就專注在人際關係上，而且最重要的是，我們對他的瞭解，遠比對周遭同類的認識更加透澈，因為它的創造者和敘事者是同一個人。所以，我們或許可以誇張地說：「如果上帝能傳述宇宙〔64〕的故事的話，那宇宙就變成虛構的了。」

經以上討論後，讓我們找個簡單的人物來稍做研究。摩爾・法蘭德絲（Moll Flanders）是個好例子。[2]在《情婦法蘭德絲》（*Moll Flanders*）這本以她為名的小說中，她無所不在；或是說，她孑然屹立在書中，就像公園裡的大樹一樣，我們可以從各方面去觀察她，不受其他人物的干擾。狄福和史考特一樣，以說故事為主，他們為鋪陳後情而埋設伏筆的手法，也如出一轍；摩爾早先的那群小孩就是一例。不過，兩人之間的共通點僅只於此。狄福的興趣所在是女主角，全書格局隨著女主角的性格順勢發展。摩爾先受到某個男人的引誘，後來卻嫁給這個人的哥哥，她在較順遂的人生早期中，不斷尋覓丈夫人選（一共結七次婚）；不過她並非水性楊花的女子，反而厭惡淫蕩，亟力保有一顆高雅和深情的心。她和狄福筆下大多數的底層社會人物一樣，待人寬厚、重情講義，而且勇於助人。這些下層人物始終流露著善良本性，儘管作者有其他較佳的判斷選擇。這一點顯然是基於作者本身在新門監獄（Newgate）譯6的非常經驗。我們並不清楚這種經驗是什麼，或許狄福自己也不記得了，畢竟他是個忙碌的記者兼敏銳的政客。不過，在新門坐監時，他身上肯定發生了某些事情，而這種模糊但強大的情感，催生出摩爾和羅珊娜（Roxana）。摩爾是個有血有肉的人物角色，她長手長腳，善於床笫之事和扒竊。她不炫耀自己的美貌，可是我們卻受她感動，因為她有骨氣、有力量，生氣蓬勃，還做了許多通常會被遺漏的事。找丈夫是她早年的工作，但她不是三房、就是第四房，其中一任丈夫甚至是她哥哥。她和他們相處融洽，他們對她不錯，她也對他們很好。現在，我們來看看她的布商丈夫帶她去旅行時的愉快情形。

〔65〕

> 「親愛的，來！」有一天他跟我說，「我們到鄉下去走走，玩一個禮拜好不好？」「啊？親愛的，」我說，「你打算去哪裡？」「哪兒都可以，」他說，「我想體面風光地逍遙一星期。我們去牛津。」「我們要怎麼去？」我說，「我不會騎馬，坐馬車又太遠。」「太遠！」他說，「坐六馬大車，到哪兒都不算遠。我要妳像個公爵夫

2《情婦法蘭德絲》和《羅珊娜》（*Roxana*）有重印本，收錄在 Abbey Classics（Simpkin, Marshall & Co.）。一九七五年，這兩本小說也同時收入牛津英文小說系列（Oxford English Novels）；《情婦法蘭德絲》另有其他兩個版本，分別由 Signet Books（New American Library）和 Everyman's Library（Dent）出版。

人一樣，和我一起出門旅行。」「嗯，」我說，「這聽起來有點胡鬧，不過，如果你打算這麼做，我都無所謂。」於是，日期確定了，我們僱了一輛豪華馬車，配上幾匹好馬，請兩位車夫，左右各一，兩名穿著漂亮制服的腳夫，一個騎著馬的侍從，和一位帽上飾著羽毛的侍僮騎著另一匹馬。這些僕人都尊稱我丈夫為大人，想當然耳，旅館主人也是如此；而我則是伯爵夫人，我們一行人就這樣浩浩蕩蕩地前往牛津，旅途很是愉快。因為我丈夫該打賞的絕不手軟，我想，天底下沒有人比他更懂得擺貴族排場了。我們逛遍牛津的名勝古蹟，我家大人還和兩三位大學教授談話，說他打算把一個姪兒送到這所大學，想請他們指導他。我們還去捉弄幾個寒酸學者，讓他們誤以為可以成為我家大人的私人牧師，還裝模作樣地給他們戴上領巾。我們就這樣一路灑錢、耍派頭，接下來我們離開牛津轉往北安普頓，最後遊覽了十二天才回到家裡，一共約花了九十三鎊。

和這一幕相呼應的，是摩爾和她摯愛的蘭開夏（Lancashire）丈夫的另一個橋段。他是個強盜，他們各懷鬼胎，冒充富人，計誘對方走進結婚禮堂。儀式結束後，兩人現出原形。如果狄福因襲守舊，必定會落入讓他們交相指責、反目成仇的俗套，如同《我們共同的朋友》（*Our Mutual Friend*）書中拉默（Lammle）先生和太太那樣。但是，他跳出框架，用女主角的幽默和善良，協助丈夫度過難關。

「沒錯，」我對他說，「我知道自己很快就會被你征服。不過，我可不想讓你看出來〔66〕我這麼輕易就會妥協，非但不計較你騙我的種種詭計，還處處遷就你，這就是我現在的煩惱。但是，親愛的，」我說，「現在我們該怎麼辦？我們兩個都栽了觔斗，就算言歸於好，以後該靠什麼來過日子？」我們想了很多可以做的事，但是兩袖清風，根本無從著手。他最後求我別再講下去，因為……這使他傷心。所以我們聊了些其他事，最後，他以丈夫之姿跟我道晚安，我們才去睡覺。

這一幕不但比狄更斯的故事生動逼真，而且讓人讀來愉悅暢快。這對夫婦面對的問題是事實的真相，而不是作者的道德理論，他們是聰明而善良的惡棍，不會大驚小怪。摩爾的後半段人生，任務從找丈夫改為當扒手。她認為這是自己走霉運的轉折，所以，這一幕自然瀰漫著一股晦暗氣息。不過，女主角依舊堅強和討喜。她是怎麼反省她偷走一個從舞蹈學校下課的女孩的金項鍊的！這件事發生在通往史密斯廣場上聖巴托羅繆教堂的一條小路（這是狄福經常流連的地方，有空可以去尋幽探古）[譯7]，她有股衝動，想把那個小女孩給殺了。不過，她還不夠衝動，並沒有真的下手。可是，當她一轉念，想到小女孩形單影隻可能陷入險境時，便開始憤怒地怪罪起她的父母，「竟然讓可憐的小羊兒獨自回家，這件事可以讓他們學到教訓，以後要多加小心。」現代心理學家很難表達這種感情，即使表達出來了，也會顯得虛假造作！但它卻輕易地從狄福的筆下流瀉而出，類似的情形，也見於另一個段落。話說摩爾騙了某個男人，事後她又笑盈盈地把事情全盤托出，結果她慢慢受到他善良美德的感動，以致不忍再繼續欺騙他。她做的每一件事都能給我們微微的震撼，那不是因幻滅而造〔67〕成的衝擊，而是源自於生命的感動。我們雖然取笑她，但沒有任何挖苦或優越感；因為她既不虛偽，也非笨蛋。

在故事的尾聲，摩爾在一家布莊失風，被兩個從櫃檯後面冒出來的女士逮個正著。她說：「我想跟她們好好解釋，但是她們根本不相信；兩條暴怒的噴火龍，也不會比她們張牙舞爪的模樣來得可怕。」她們找來警察，她被判處死刑，後來改判流放到美洲新大陸的維吉尼亞。厄運霎時消失。流放的航程很是愉快，這得歸功於當初教她偷竊的那位老婆婆。更幸運的是，她的蘭開夏丈夫也在流放之列。他們在維吉尼亞上岸，但是有件事卻讓她困擾，她的哥哥丈夫竟然定居在那兒。她隱瞞這個事實，哥哥死後，蘭開夏丈夫只是怪她沒把這件事說出來，就不再責備她了，因為他們依舊相愛。所以，這故事順利落幕了，一如女主角在開場時的高呼一樣堅定：「我們決定用我們的餘生，為過去的邪惡生活，誠心誠意地懺悔贖罪。」

她的懺悔是真誠的，只有膚淺的法官才會認定她是偽善者。像她那般個性的人，始終分不清犯錯和被捕之間的差別，在某一兩次審判中，她弄清楚了，沒多久卻又搞糊塗了。這就是為何她看起來一派倫敦客模樣，卻又天真自然的原因，她把「生活就是如此」（Sich is life）譯8當作一種哲學，而新門監獄則在地獄裡。假如我們逼問她或是她的創造者狄福：「嘿！老實說，你相信無限（Infinity）嗎？」他們也許會（以他們的現代子孫的口吻）回答：「我當然相信無限，你把我看成什麼東西啊？」這番信仰告解直接把無限之門重重關〔68〕上，讓任何否定無限之詞望塵莫及。

《情婦法蘭德絲》為我們立下一個範例，說明人物至上、文隨人轉的小說。狄福原先有意以哥哥丈夫為主軸，發展出一套情節，但是這個角色斧鑿不夠深刻，不足以挑起大樑。至於那位合法丈夫，也就是帶女主角到牛津一遊的那位，之後就未再現身。唯有女主角始終像棵大樹，屹立在曠野之中。而且，既然我們曾說過，從各方面看來，她活脫脫就是個真實人物，那我們必須自問，倘若我們在日常生活中遇到她，能否認出她來？因為這就是我們必須繼續探討的問題：真實人物和小說人物的不同。奇怪的是，即便我們在小說當中找到一個自然生動如摩爾的人物，她的一舉一動和日常生活毫無二致，我們應該還是無法在真實生活中找到一個和她一模一樣的人。假如我突然不用演講的語氣，而改用平時與人說話的口吻對你們說：「注意！我發現摩爾就坐在聽眾席！X先生……小心！」我點名一位聽眾：「她離你近到可以拿到你的手錶了。」你們一定馬上知道我在胡說，而且，這句話不只因違反機率而毫無意義，也悖離現實生活和小說的規則，還踰越了兩個世界之間的鴻溝。假如我改口說：「注意！我發現聽眾當中有位像摩爾一樣的人。」你或許不會相信我，但也不會被我低俗的行為給惹惱：因為我應該只違反了機率。總之，只要有人說摩爾今天下午在劍橋或是在英國某個地方出現，或是曾經在英國某地出現了，就是很愚蠢。這是為什麼呢？

這個特別問題的答案將在下週揭曉，屆時我們要討論結構較複雜的小說，會提及人物與小說其他面向的配合問題。我們將能夠做出一個像所有文學教科書和考卷上常見的回答，一種美學式的回答：小說，是一種藝術作品，有其異於日常生活法則的法則，而且在符合這個法則的前提下，小說人物就是真實的。到時候，我們可以說，阿美麗亞（Amelia）和艾瑪之所以無法出現在這個講座現場，是因為她們只存在於那兩本以她們為名的小說當中，只存在於費爾丁和珍・奧斯汀的世界中。藝術的界限將她們與我們分隔兩界，她們之所以真實，並非因為她們像我們（雖然她們可以像我們），而是因為她們令人信服。

這是個好回答，可以導出一些合理的結論。但是，對於像《情婦法蘭德絲》這般人物至上的小說而言，仍有不足。我們要的是一個少幾分美感、多幾分心理學的回答。為何她不能出現在這兒？是什麼將她和我們分隔開來？答案其實早已在亞倫的那段引文中隱約浮現：她不能在這兒，是因為她屬於一個內心生活清楚可見的世界，一個不是、也不可能是我們的世界，一個敘事者就是創造者的世界。現在，我們可以對小說人物的真實性梳理出一個較清楚的概念：當小說家對筆下人物的一切瞭若指掌時，人物就是真實的。他可以選擇不告訴我們他所知道的每件事；很多事實，甚至是大家一目瞭然的事實，他都可以避而不說。不過，他必須讓我們覺得，縱使未經解釋，人物還是清晰可辨；我們由此見識到現實生活中不曾見過的另一種真實。 〔69〕

關於人的往來，如果我們將它從社會之中抽離出來單獨看待，而不將它視為社會的附屬品的話，總有幾分被鬼魅纏身的感覺。我們無法相互瞭解，頂多只能粗略地認識彼此；即使我們願意，也無法將自己完全掏出來給別人看；我們所謂的親密關係，也只不過是鏡花水月；完全瞭解彼此只是種虛妄想法。然而，在小說裡，我們可以全然瞭解其中的人物，除了享受閱讀的樂趣，還能為現實生活的幽微隱晦尋得些許補償。就此論之，小說比歷史更真實，因為它超越了可見的事實；而且，根據親身經驗，我們每個人都知道事實之外還有其他東西，即便小說家並未正確掌握，但至少他嘗試過了。小說家可以讓筆下人物從嬰兒時期開始發展，也可以讓他們不吃不睡，可以讓他們相愛、相愛，除了相愛，什麼都不愛。只要他對他們瞭如指掌，只要他是他們的創造者，就能隨心所欲地自由發揮。這就是摩爾不能在這兒的原因，也是阿美麗亞和艾瑪不能在這兒的原因之一。他們是內心生活讓人一覽無遺，或〔70〕是可以被窺見的人物，而你我的內心生活，卻是隱匿無形。

這就是小說，甚至是有關壞人的小說之所以能夠給我們慰藉的原因：它們表現出的是一群較易理解，也因而較易掌握的人種，它滿足了我們對智慧和權力的幻想。

譯註：

譯1　星期五是《魯賓遜漂流記》中的土人。魯賓遜解救了一個食人族，將其命名為星期五，後來又救了他的父親，引導他們信奉基督教，在島上過著遵循白人價值的生活。所以，魯賓遜的角色基本上是統治主宰者的角色，種族主義色彩強烈。

譯2　《巴特瓦人：眞正的黑人小說》（*Batouala: veritable roman negre*, 1921），法國作家何內．馬杭（René Maran）的作品，

被視爲是法語文學中第一部「眞正的黑人小說」，摘下一九二一年法國龔固爾文學獎的桂冠。從星期五和巴特瓦人可看出，（白人）文學家處理原住民的手法，三百年來已有明顯改變。

譯3 吉卜齡的狼出自吉卜齡的《叢林之書》（*Jungle Book*，或譯《森林王子》）。雖然吉卜齡貴爲英國首位諾貝爾文學獎得主，也是桂冠詩人，作品呈現出高超的文學性和複雜性，但因其處於歐洲殖民帝國瘋狂擴張的年代，筆下人物的形象經常是愛國、保守，野蠻、喜好侵略；因此，他部分的作品被批爲富有帝國主義和種族主義色彩。

譯4 「標題音樂」，相對於「絕對音樂」，是指「有故事」的器樂曲。作曲家將文學概念、故事情節、自然景象，或個人趣事等超音樂意義注入音樂當中，並將作品冠上和內容相襯的標題，甚至一篇解說，讓聆賞者能更容易瞭解作曲家的創作理念，並以其創作心情去欣賞樂曲。標題音樂在十九世紀風靡一時，白遼士、李斯特、柴可夫斯基、理查·史特勞斯等人，皆爲著名的標題音樂作曲家。

譯5 亨利·詹姆斯許多作品涉及靈異事件（無論是在小說世界眞有其事，或書中人物心理作用），所以他筆下人物的主要經驗逸出「生、死、飲食、睡眠、愛」的範圍。例如：《碧廬冤孽》（*The turn of the screw*）、《聖源》（*The Sacred Fount*）、《仕女圖》（*The Portrait of a Lady*）、《奉使記》等。

譯6 新門監獄位在倫敦西門，是英國管理最嚴密的監獄，所有罪行重大的犯人都關在島上，狄福曾因捲入叛亂事件，被關在這裡。書裡頭的摩爾也被關在那裡。

譯7 倫敦史密斯廣場（Smith-field）是傳統焚燒異端人士的地方。附近的史密斯市集，已有八百多年歷史，狄福譽之爲全世界最偉大的市集，也是他經常流連的地方。廣場附近的聖巴托羅繆教堂（St. Bartholomew's）建於西元一一二三年亨利一世時期，經過一六六六年倫敦大火、兩次世界大戰的炸彈襲擊後，依然倖存，至今仍是倫敦著名景點。

譯8 在蘇格蘭方言裡，sich=such，"Sich is life" 即爲 "Such is life"。

第四章　人物（下）

人物受到召喚一一就定位，只是他們的個性叛逆難馴。因為他們和我們這樣的真實人物太過近似……倘若賦予他們全然的自由的話，他們可能會把整本小說踹得支離破碎；倘若加以嚴格約束的話，他們恐怕也會以死相逼，讓故事因內在崩壞而毀滅。

現在，我們的主題要從人物的移植問題，轉到環境的適應問題。我們已經討論過能否將〔71〕人物從現實生活中取出，置入小說之中，以及人物能否走出小說，坐在這個房間裡。答案是否定的，而且由此衍生出一個更重要的問題：在現實生活中，我們能否相互瞭解？今天要討論的問題學術性較強，我們要探討人物和小說其他面向的關係，例如情節、道德、周遭人物、氛圍等等。人物必須適應創造者加諸他們身上的其他要求。

我們已經不再期望小說人物和真實人物完全吻合，只求他們能夠近似現實生活中的人。當我們說奧斯汀筆下的某個人物，譬如《艾瑪》一書的貝慈小姐（Miss Bates），「好像真的一樣」，意思是說，她展現出的種種言行舉止，和真實人物有點吻合，但整體而言，她只是近似於我們在下午茶聚會時遇到的某個喋喋不休的老處女而已。貝慈小姐的生活和海柏瑞（Highbury）這個村子關係密切。我們無法將她和她母親切割開來，也不能不提費爾法克斯（Jane Fairfax）和邱吉爾（Frank Churchill），以及整段柏克斯山（Box Hill）之旅；然而，至少在實驗目的上，我們卻能將摩爾．法蘭德絲抽離出來單獨討論。奧斯汀的小說比狄福的作品來得複雜，因為人物的相互依存，以及情節的錯綜曲折。《艾瑪》書中的情節並不精采，貝慈小姐也沒有太多發揮餘地。但是，她就在那兒，與故事主軸相連結，結果就像一塊密密織成的布料，一絲一線都不容抽開。貝慈小姐和艾瑪就像是灌木叢中的一棵棵小樹，而非如摩爾那般孑然屹立的大樹；任何想把灌木叢整理得扶疏有致的人都知道，一旦把某些〔72〕小樹從中拔起移植他處，小樹的模樣會有多狼狽，而留在原地的灌木又有多慘不忍睹。在大多數的小說當中，人物都不能盡情伸展。他們必須在相互的約束中活動。

我們開始看到，小說家有一大堆形形色色的元素得處理。有以「然後……再然後……」的時間序串起的故事；還有一場九柱戲和他說故事的對象有關，他可以說一個球滾來滾去、生動精采的好故事，但是他偏不要，寧可說一個和人有關的故事；他同時處理價值生活和時間生活。於是，人物受到召喚一一就定位，只是他們的個性叛逆難馴。因為他們和我們這樣的真實人物太過近似，他們試圖活出自己的人生，結果卻常常因此踰越了小說的基本架構。他們「失控逃逸」，或是讓小說家「無法掌控」：他們是創作中的創作物，卻經常和作品格格不入；倘若賦予他們全然的自由的話，他們可能會把整本小說踹得支離破碎；倘若加以嚴格約束的話，他們恐怕也會以死相逼，讓故事因內在崩壞而毀滅。

劇作家也得承受這種災難和考驗，而且他還必須打點另一組與之分庭抗禮的元素：男演員和女演員。這些演員有時會和他們所扮演的人物相互輝映，有時會和整齣戲劇合而為一，然而，較常見的情形卻是，演員是劇中人物和戲劇的死敵。他們對劇本的影響難以衡量，而且我也不清楚藝術作品如何才能禁得起演員的摧殘。不過戲劇屬於較低階的藝術形式，我們無須憂心；只是，在我們匆匆帶過之際，對於戲劇在舞台上的演出，其效果經常優於文字呈現，且一群野心勃勃又緊張兮兮的男女涉入，竟然能讓我們更加瞭解莎士比亞和契訶夫，這不是讓人覺得很驚奇嗎？

不，小說家面對的困難已經夠多了，現在我們要來分析他用以解決難題的兩種方法——兩種基於本能的作法，因為他創作時所採取的方法，和我們用來檢視其作品的方法很〔73〕少相同。第一種方法是各種不同人物的運用；第二種方法則和敘事角度有關。

一、我們可以將人物分為二種：扁型和圓型

扁型人物（Flat characters）在十七世紀被稱為「性格人物」（humours）譯1，現今則有時稱之為「類型人物」（types），有時叫作「漫畫人物」（caricatures）。這個類型中性質最純粹的人物，是作者循著單一理念或特質所建構出來的；當它們所依循的要素超過一個，這條弧線就會逐漸趨向圓形。真正的扁型人物，可以一言道盡，譬如：「我對米考伯先生永遠不離不棄。」有一位米考伯太太，她說自己對米考伯先生永遠不離不棄，她做到了，她就是為此理念而誕生的扁型人物。或者是：「我一定得隱瞞主人家道中落的事實，即使說謊也

在所不惜。」《拉美摩爾的新娘》中有一位巴德史東（Caleb Balderstone），說起話來咬文嚼字，但這一句話就將他交代完全。他只活在這句話之中，沒有喜樂，沒有會讓可靠的僕人心思變複雜的私欲和煎熬，無論他做什麼事、去什麼地方、說什麼謊，或是打破盤子，全是為了隱瞞主人家的破落。這不是他的固定理念（*idée fixe*），因為他內心並沒有什麼能拿來固定這個理念。他，就是理念本身；他的生命即迸發自這個理念，以及這個理念和小說中其他元素衝撞時所爆出的火花。或以普魯斯特為例。普魯斯特的作品當中，就有許多扁型人物，譬如帕瑪公主（Princess of Parma），或勒格蘭丁（Legrandin），每一個人物都能一言以蔽之，帕瑪公主說：「我必須小心翼翼地當個仁慈寬厚的人。」她就是一個凡事戒慎恐懼的人，讓比她複雜的其他人物可以輕易看穿她的仁慈，因為這種仁慈就只是謹慎所附帶的結果。〔74〕

扁型人物的一大優勢是容易辨認，無論他何時出現，讀者的情感之眼（emotional eye）都能馬上察覺到。情感之眼和視覺之眼並不相同，後者僅能注意到重複出現的特定人物。在俄國小說中，扁型人物頗為罕見，一旦出現，必定有舉足輕重的作用。他是小說家手中一顆方便好用的棋子，當作者打算畢其功於一役時，扁型人物就能派上用場，因為他們無須著墨太多，不會脫韁失控，毋庸費心照料經營，就能自成一片天地，就像許多形狀固定的小光碟，在眾星之間推來擠去，遊走四方安然自適。

第二項優勢是，他們很容易被讀者記住。因為他們的特質固定，不會隨周遭環境而改變，所以在讀者心中留下不變的形象。他們遊走在不同環境中，環境的變動，讓其不變的特質更顯熟悉與親切，甚至當創造出他們的那本小說被眾人遺忘之後，他們還能繼續存在。《伊凡・哈靈頓》（*Even Harrington*）書中的伯爵夫人正是個好例子。讓我們把她和《浮華世界》的女主角夏普（Becky Sharp）做一比較。我們不記得伯爵夫人做過什麼，或經歷過什麼，但是她的形象，以及可以一語道盡她這個人的句子卻歷歷在目：「我們以親愛的父親為榮，卻必須藏起對他的思念。」她豐富有趣的行為舉止全源自於這句話，她是個扁型人物。夏普是圓型人物（round character），同樣汲汲營營於功名利祿，但我們無法用短短一句話來概括她這個人，我們記得她所經歷過的波折，也因為這些場景不斷修正對她的印象，也就是說，我們無法很輕易地記住她，因為她這個人有消長浮沉，像真實人物一樣複雜多面。每個人，即便是複雜世故者，都嚮往永恆；而對單純的人來說，追求永恆就是藝術創作的主要原因。我們都冀望小說能禁得起時間的考驗，永垂不朽，能成為我們的精神避風港，且書中人物能始終如一，扁型人物於焉產生。

〔75〕

儘管如此，目光只看見現實生活的評論家，就像我們上週那樣，對於這種處理人性的作法難以容忍。他們認為，如果維多利亞女王不能以一言說盡的話，那米考伯太太憑什麼可以存在？才高八斗的作家諾曼・道格拉斯（Norman Douglas）就是持這種立場的評論家。稍後引述的文字，就是他強力反對扁型人物的證據。這段文字出現在他寫給勞倫斯（D. H. Lawrence）的一封公開信當中。當時他們正在打筆仗，雙方針鋒相對，戰火之猛烈，讓我們這些旁觀者顯得如閣中女子。他在一本他們共同朋友的傳記中指控勞倫斯，以「小說家的筆觸」扭曲人生真相，他繼續闡述何謂「小說家的筆觸」：

> 「小說家的筆觸」在於對平凡人心之複雜性的不瞭解；基於文學目的，它只揀取男性或女性的某種特質，通常是最引人入勝的那兩三點，因此也是最能烘托人物效果的元素，至於人性中的其他特性則棄之不顧。任何和這些特地選出的特質不合的東西，都會被剔除，而且必須剔除，否則情節無法圓滿，故事就無法自成篇章。這些林林總總的就是小說的素材，凡是和這些素材格格不入者，全都得淘汰出局。這種作法受小說家合乎邏輯但卻基於錯誤前提的主張所影響；它只取其愛，其餘不受青睞的部分全數丟棄。小說所呈現出來的事實或許為真，但卻因內容太少、範圍太窄而失真；作者所言或許是為真，卻絕非真理。這就是「小說家的筆觸」，它扭曲了人生。

如上所述，「小說家的筆觸」用在傳記寫作上，當然極為不妥，因為真實人生毫不單純。但是，在小說創作上，確有其地位：一本錯綜複雜的小說，通常需要扁型人物和圓型人物穿插其間，兩者交互激盪的結果，所表現出的人生，遠比道格拉斯所能想像的還要傳神。狄更斯的作品，就具有重大意義。狄更斯筆下的人物，幾乎都是扁型的（雖然《塊肉〔76〕餘生錄》裡的皮普〔Pip〕和大衛．考伯菲〔David Copperfield〕頗接近圓型人物的，但他們比較像是圓形泡泡，而非實心圓），也幾乎都能用一句話概括形容，但是所表現出的人性深度，卻令人驚豔。或許，狄更斯本身的無窮生命力，讓他筆下的人物微微顫動，借用他的生命而看似自己活了起來。這是一種巧妙的戲法；不論何時，我們從旁觀察匹克維克先生（Pickwick）[譯2]，會發現他扁得像一張黑膠唱片，但是我們並未近身去瞭解他，匹克維克先生其實非常機靈、老練，他凡事衡量斟酌，深思熟慮，如果我們把他放進女子學校的碗盤櫃裡，憑他的老成持重，分量一定不比溫莎洗衣籃裡的法斯塔夫（Falstaff）遜色。[譯3]狄更斯的部分天才是，善於運用辨認度極高的類型人物和漫畫式人物，創造出生動有趣、富有人性深度的效果。這對討厭狄更斯的人而言，是個絕佳的機會：狄更斯應該是很差勁的小說家。但他卻能躋身大文豪之列，而他運用類型人物之成功，提醒了我們，扁型人物並非尖刻評論家所想的那般平庸。

我們再來看看威爾斯。威爾斯筆下的人物，除了奇普斯（Kipps）和《托諾・邦蓋》（*Tono Bungay*）書中的阿姨（姑媽）之外，全都是像照片一樣扁平無味的人物。但是這些照片人物卻洋溢著一股盎然生氣，以致讓我們忘了他們的複雜特質只存在於紙張表面，只要輕輕一撕或捲起，立時消失。威爾斯的人物的確無法一言以蔽之，有太多地方值得細細觀察，不是簡單的類型人物。但是，他們的脈搏卻不是靠自己的力量在跳動，而是靠創造者那雙靈巧有力的手舞弄著他們，讓讀者誤以為紙上人物活了起來。狄更斯和威爾斯都是優秀但不完美的小說家，擅長渲染之力。他們會善用小說中生氣勃勃的那部分，帶動死氣沉沉的其他部分，順勢拉抬人物，讓他們的一言一行躍然生動，令人折服。他們和那些取材細膩講〔77〕究、下筆斟字酌句、反覆推敲的完美作家截然不同。李察森、狄福、奧斯汀都很完美；即使未必成就曠世鉅作，但他們的筆觸細膩周密，連按鈕和鈴響間的片刻都不放過，對人物的掌控更是有過之而無不及。

我們必須承認，扁型人物不如圓型人物來得有成就，而且只有在耍寶搞笑中，他們才能發揮得淋漓盡致。一個嚴肅或悲劇的扁型人物，通常是乏味無趣的。每次出現時，他就高喊著：「我要報仇！」或是「我的心因為人性而淌血！」無論是怎樣的台詞，都讓我們很失望。當代一位極受歡迎的作家，以一位薩塞克斯農夫為主角，寫了本小說，這農夫的口頭禪是：「我一定要剷掉那叢金雀花。」通篇故事就是有個農夫，有叢金雀花，他說要把它剷掉，最後他做到了，就是這樣。這句話和「我對米考伯先生永遠不離不棄」並不相同，因為農夫那股鍥而不捨的莫名堅持讓讀者不耐，以致根本不在乎他最後有無把花給剷了。如果他那句口頭禪和人的七情六欲扯上關係，或許我們就不至於感到厭煩了。可是書中的這句話無法將人物一語道盡，甚至變成他揮之不去的夢魘，也就是說，農夫已經從扁型人物變成圓型人物，唯有圓型人物才適合承擔起各種長度的悲劇表演，他們雖不能逗我們發笑，有時還會有點彆扭，卻能感動人心。

現在讓我們拋開這些平面人物，轉進圓型人物，首先來看看奧斯汀的《曼斯菲爾莊園》（*Mansfield Park*）裡的柏爾川夫人（Lady Bertram），她和獅子狗正坐在沙發上。這隻獅子狗就像小說中的多數動物，是個扁型人物，雖然牠有時會有出其不意的精采表現，不過僅僅如此，而且多數時候，牠的女主人和牠一樣單純空洞。柏爾川夫人的標準台詞是：「我〔78〕雖然好脾氣，但別讓我覺得煩。」這就是她的功能所在。但是在小說尾聲，卻發生了大災難。她的兩個女兒闖了大禍，這在奧斯汀的世界裡，可是比拿破崙戰爭更不幸的事：茱莉亞（Julia）和人私奔；婚姻不幸福的瑪莉亞（Maria），也和情夫遠走高飛。對於這些接踵而來的不幸，柏爾川夫人做何反應？描繪當時情形的那段話，很有意思：

柏爾川夫人並不是個深思遠慮的人，但由於湯瑪士爵士的提醒指點，她在每一個環節上都設想周到，因此，對於已發生的事情，她瞭解其中的嚴重性，但她無須勉強自己，也無須芬妮的勸告，即未多想罪惡和羞恥的問題。

這段話措辭強烈，一度讓我感到困擾，我以為奧斯汀的道德感失控了。當然，她本身大可去譴責罪惡和羞恥之行為，而她確實也這麼做了，她適時地讓艾德蒙（Edmund）和芬妮（Fanny）的內心，因此事感到極度苦惱，不過她有任何權利去騷擾平靜、穩定的柏爾川夫人嗎？倘若這樣，那豈不猶如給了獅子狗三張臉，讓牠去看守地獄之門一般？難道，柏爾川夫人不應該繼續維持其一貫的優雅，坐在沙發上說：「茱莉亞和瑪莉亞惹的大禍，教人傷心欲絕……芬妮到哪兒啦？我的針又掉了。」

我過去是這麼想的，出於對奧斯汀寫作手法的誤解；如同史考特因誤解而盛讚她技巧高明仿如在象牙上雕刻作畫一般。奧斯汀是毫芒雕刻家（miniaturist），出手絕無平面人物，她筆下的角色全是圓型人物，或是具有圓形特質的人物。即使是貝慈小姐，她也有想法，即使是伊莉莎白．艾略特（Elizabeth Elliot）譯4，她也有一顆心，一旦我們瞭解到這一點，柏爾川夫人的道德情操就不會令人感到困惑；平盤突然伸展，變成一顆小球。到了小說尾聲，柏爾川夫人又恢復扁型人物的原貌，這點千真萬確；她給我們的主要印象可以套用一句話來概括。不過那並非奧斯汀塑造她的用意，所以她每一次出場，都能給人耳目一新的感覺。〔79〕為什麼狄更斯的人物每次出場給人的感覺都單調重複，而奧斯汀的人物卻能不斷讓人眼睛一亮？為什麼奧斯汀的人物可以在對話中搭配得如此絕妙，相映其趣卻不著痕跡？答案有幾個：奧斯汀和狄更斯不同，她是一位真正的藝術家，從來不屈就於漫畫式人物。但是最好的答案是，她筆下的人物儘管渺小，卻比狄更斯的來得嚴謹周密。這些人物都是圓型的，即使情節對他們做出過分要求，他們還是足以勝任。假設《勸服》（*Persuasion*）裡的露薏莎（Louisa Musgrove）真的在科布堤（Cobb）摔斷脖子，那麼有關她死亡的描述，想必是軟弱無力，肢體暴力原本就不是奧斯汀小姐的專長，但是如果露薏莎真的死了，當遺體被抬走後，奧斯汀可以透過倖存者的適當反應將人物帶入新的性格，這麼做或許會破壞《勸服》這本小說的完整性，可是卻能讓我們對男、女主角溫特渥斯上尉（Captain Wentworth）和安妮（Anne），有更深一層的瞭解。奧斯汀筆下的所有人物都自成一格，隨時準備好拉大角色格局，不受小說基本架構的囿限，這就是他們之所以特別逼真的原因。讓我們回到柏爾川夫人和她那句關鍵的口頭禪，看看那句話如何巧妙地將她帶到公式以外的世界。「柏爾川夫人並不是個深思遠慮的人。」沒錯，就像每一個公式。「但由於湯瑪士爵士的提醒指點，她在每一個環節上都設想周到。」湯瑪士爵士的提醒指點，仍是公式的一部分，不過卻促使她的柔弱優雅，發展出幾分獨立和出人意表的道德觀。「因此，對於已發生的事情，她瞭解其中的嚴重性，」這裡是她道德觀的高點，力道十分強烈，卻推進得小心翼翼。接下來是以否定語氣拉出巧妙的漸弱：「她無須勉強自己，也無須芬妮的勸告，即未多想罪惡和羞恥的問題。」公式語句再次出現，因為這就是她大事化小、小事化無的處事原則，也是她要芬妮勸〔80〕她的事。確實，在接下來的十年當中，芬妮就一直苦口婆心地如此勸她。這個否定句提醒我們一件事：柏爾川夫人的本性再度浮現。在上一個句子她雖然膨脹成圓型人物，但是下一句又將她打回扁型人物。奧斯汀寫得多好！簡而言之，她拉大柏爾川夫人的格局，增加瑪莉亞和茱莉亞與人私奔的可能。我說可能，是因為私奔是強烈的激情行動，並非奧斯汀這般柔弱優雅女子之所長，除了在她少女時期作的小說中，她從沒讓火爆場面登上她的舞台。所有暴力行為都必須在「台下」進行（露薏莎的意外和瑪麗安〔Marianne Dashwood〕潰爛的喉嚨是極少見的例外），所以，所有關於私奔的後續描繪都必須真實可信，否則我們會懷疑是否真的發生過這些事。柏爾川夫人讓我們相信她女兒當真與人遠走高飛了，而且她們必須如此，不然就是對芬妮不敬。這只是一個小點，一小段落，卻盡現一位偉大的小說家如何將扁型人物寫成圓型人物的細膩絕妙。

奧斯汀的所有作品都見得到這一類人物，表面上看來簡單、扁平，不需再三介紹就能辨認出來，卻又不失深度，《諾桑覺寺》（*Northanger Abbey*）的亨利・提爾尼（Henry Tilney）、《艾瑪》的伍德浩斯先生（Woodhouse）、《傲慢與偏見》的夏綠蒂・盧卡斯（Charlotte Lucas）皆是如此。她可以在筆下人物身上貼上「理性」、「傲慢」、「感性」、「偏見」等標籤，但是這些人物卻不受這些特質所囿。

關於圓型人物的定義，先前的討論中已經隱約道出，在此不需贅述。現在我要做的，是舉幾個我認為的圓型人物作為例子，用以檢驗此定義，使其更加彰顯。

《戰爭與和平》中的主要人物，杜思妥也夫斯基筆下的所有人物，以及普魯斯特《追憶似水年華》中的部分人物，如老管家、蓋爾芒特公爵夫人（Duchess of Guermantes）、夏呂斯男爵（M. de Charlus）、聖盧（Saint-Loup）；以及福樓拜《包法利夫人》中的包法利夫人，〔81〕
她和摩爾・法蘭德斯一樣，有本事左右全書走向，她收放自如，能自行發展新題材。薩克萊《浮華世界》中的某些人物，如貝琪・夏普和碧翠絲・艾斯蒙（Beatrix Esmond）；費爾丁的部分人物：《約瑟夫・安德魯斯》（*Joseph Andrews*）的亞當斯牧師（Parson Adams）、湯姆・瓊斯（Tom Jones）；夏綠蒂・勃朗特的部分人物，尤其是《維萊特》（*Villette*）中的露西・史諾（Lucy Snowe）。當然，圓型人物的例子還有很多，不及備載。一個人物能否成為圓型人物，端賴其有無能耐以令人信服的方式製造驚喜。倘若他從未能為人帶來驚喜，那他就是扁型人物；倘若他能製造驚喜，卻不能令人信服，那就是冒牌的圓型人物。真正的圓型人物渾身充滿驚喜，能在字裡行間為全書注入活力與新奇。小說家有時單獨運用圓型人物，不過更多時候是和扁型人物齊用，相輔相成，並使人物與小說其他面向相互融合。

二、敘事的觀點與角度

對於某些評論家而言，這是小說寫作的基本方法。

「小說寫作的技巧錯綜複雜，」路伯克說，「關鍵全在敘事觀點（point of view），也就是敘述者與故事的關係上。」

路伯克在其著作《小說技巧》中，研究各種不同的敘事觀點，見解獨到，才情洋溢。他說，小說家可以就旁觀者的觀點，公正不阿或有所偏倚地從外描繪人物；也可以站在全知的立場，從內剖析他們；抑或他也可以在小說裡面客串一角，對其他人物的動機毫無品評；

或是抱持折衷的態度。

追隨路伯克的後學，想為小說奠立一個穩固的美學基礎，一個我暫時還無法贊同的基礎。這套見解草率不周，而且對我而言，小說寫作的技巧錯綜複雜，解決之道不在於恪守某些公式，而在小說家吸引讀者接受其作品內容的能力，這種能力正是路伯克曾經提及也表示讚賞的，只可惜他將之視為枝微末節，而非核心關鍵。但是我要將這種能力置於問題中心。〔82〕看看狄更斯如何引我們躍入《荒涼山莊》（*Bleak House*）之中。《荒涼山莊》第一章的敘事採全知的觀點，狄更斯帶我們走進皇廷大臣法庭，將在場人士一一扼要介紹。在第二章，他改採部分全知的觀點，雖然我們依舊透過他的雙眼在觀看，但是因為某些未加解釋的理由，這雙眼睛的視力漸漸模糊：他可以為我們引介戴洛克爵士（Sir Leicester Dedlock），對戴洛克夫人的描述卻未能詳盡，關於達金洪（Tulkinghorn）先生更是隻字未提。到了第三章，狄更斯更該罵，他直接採用戲劇手法，安排一位年輕女子薩默森小姐（Esther Summerson）代他捉刀。「當我提筆撰寫我這部分時，遭遇極大困難，因為我自知不夠聰明。」薩默森強調地說，不過只要作者允許她握筆，她就能帶著毅力和能力繼續寫下去。但作者隨時都可以將筆從她手中奪去，並將她拋開，而由作者親自操刀，對書中人物品頭論足一番，因為他料準我們不會在乎。就邏輯而言，《荒涼山莊》全書結構鬆散，毫無章法，但狄更斯卻能吸引我們繼續讀下去，因而不去計較敘事觀點的再三轉變。

評論家比一般讀者意見更多。為了將小說推上崇高地位，他們對小說特有的問題特別留意，以便區隔小說和戲劇。他們覺得，小說要被視為一種獨立藝術的話，應當先具備獨有的技巧問題；由於敘事觀點是小說獨有的問題，他們就樂於在此大書特書。我個人並不認為敘事觀點會比人物布局的融洽協調更重要，雖然人物布局也是劇作家得面對的問題。小說家必須能吸引讀者，這才是絕對必要的。

讓我們再來看看兩個敘事觀點轉變的例子。

法國知名作家紀德（André Gide）曾出版過一本小說《偽幣製造者》（*Les Faux Monnayeurs*）[1]，此書雖然現代性十足，卻和《荒涼山莊》有個共同點：全書結構鬆散，〔83〕毫無章法。作者有時是全知的：隱身幕後為讀者敘述大小事情，對筆下人物品頭論足；有時他是部分全知；有時他採戲劇手法，透過筆下某個人物的日記來敘述小說內容。這本書同樣沒有一貫的敘事觀點，只不過，狄更斯的雜亂係出於本能，而紀德的散漫則是蓄意複雜的；他在轉變的處理上解釋過多而顯得累贅。一個小說家一旦過於賣弄自己的創作方式，那麼他的作品就無法令人感到有趣；他放棄人物的塑造，反而要讀者去幫忙分析他的想法，結果使

1 根據桃樂斯・布希（Dorothy Bussy）的英文譯本 *The Counterfeiters*（Knopf, 1926）。

人讀興大減。《偽幣製造者》是近期小說中較有意思的作品，但分量卻無足輕重；其整體表現雖足以令人稱頌，但論其結構，我們卻不得不有所保留。

至於第二個例子，我們必須回頭再看《戰爭與和平》。這才是一部曠世鉅作。在作者的吸引下，我們縱橫整個俄國：透過全知，或半全知的敘事觀點，或忽而戲劇化、忽而口述地穿插運用。儘管敘事觀點多重，但讀過全書後，我們都可以接受這種多變的手法。只是，路伯克先生可就無法苟同了，他認為《戰爭與和平》誠然偉大，但如果它能具有統一的敘事觀點的話，會更偉大。他覺得托爾斯泰並未全力揮灑其才華。但我認為小說創作的遊戲規則並非如此；小說家在必要時，是可以轉換敘事觀點的，狄更斯和托爾斯泰皆如此。的確，這種擴充或限縮認知的力量（轉換敘事觀點是其徵兆），幕間穿插（intermittent knowledge）的權利，在我看來，正是小說形式的好處之一，也和我們對生活的認知很類似。我們有時候比較聰明，有時候比較駑鈍；偶爾我們可以瞭解人心，但經常是不得其門而入，因為我們的心〔84〕
靈會感到疲憊；而這個幕間穿插讓我們的經驗更多采多姿。有部分小說家，尤其是英國小說家，即採這種時收時放的手法來處理筆下人物，我並不認為他們有何可議之處。

不過，倘若我們感覺出他們刻意這麼做的話，那他們就該檢討了。的確，這種手法能免則免，而且這衍生出一個問題：小說家能否毫無保留地對讀者洩漏筆下人物們的祕密？答案很明確：最好不要。這麼做很危險，通常會讓讀者興致大減，造成其理智和情感上的怠惰，更糟的是，會讓作品貽笑大方，就像邀讀者到作品背後做親善訪問，見識小說家如何布局所有角色。「某甲長得好看嗎？她是我的最愛。」「我們想想某乙為什麼要那麼做？或許他身上還有很多我們沒看見的東西，對了，瞧！他的心是黃金做的，給你瞄一下，我得趁他還沒發現，趕緊把它偷偷放回去。」「還有丙，他老是神祕兮兮的。」多了點私密，總是會少了點幻想和高貴。就像是請人喝一杯，好讓他不要批評你的意見。在費爾丁和薩克萊的作品中，對讀者推心置腹是致命傷，那就像小酒館裡的閒扯淡，在過去這是對小說最具殺傷力的事。不過，讓讀者走進你的世界卻是另一回事。小說家跳脫人物，如哈代和康拉德的作法，並且概述他認為生命必須經歷的處境，如此並無傷大雅。洩漏個別人物的祕密，才會造成傷害，才會使讀者捨棄書中人物，轉而去分析作者的思維。在這種情況下是找不出什麼的，因為此時他已不再是創作，當他表現出「過來，讓我們來聊聊」時，整個創作過程就已冷卻下來。

有關人物的解說，就此結束，待討論到情節時，再做較完整的呈現。

譯註：

譯1　性格人物的概念，源自醫學之父希波克拉底（Hippocrates, 460-377 B.C.）的「體液論」（Theory of the Four Humours），他認爲人有四種體液（血液、黃膽汁、黑膽汁、黏液）和四種基本元素（火、水、土、空氣）。這四種體液和元素的平衡與否，決定人的心理和生理健康，進而影響性格和行爲。所以，十六世紀的戲劇，有一種意欲透過冷嘲熱諷來平衡人的各種體液，達到身心健康的目的，被稱作 humours comedy（臺大外文系譯爲脾性喜劇），其中的人物即是性格人物（脾性人物）。

譯2　匹克維克先生是狄更斯的《匹克維克外傳》（*The Pickwick Papers*）主要人物，一位瘦小的英國老鄉紳，主持一家匹克維克通訊社，受通訊社的委託到處遊歷、觀察，並和三個朋友組成匹克維克社。途中遇到騙子金格爾（Jingle），數度遭到陷害。其中一次是匹克維克落入金格爾的圈套，夜探女子學校救人，躲在門後而被誤爲強盜。（見《匹克維克外傳》第十六章。）

譯3　法斯塔夫是個老光棍騎士，堪稱莎士比亞筆下最生動有趣的一個喜劇人物，這位色膽包天的胖老頭，既無賴又天眞，機智又樂觀，集可惡、可憐、可笑和可愛於一身。他愛吹牛，動輒惹事生非，活躍於莎士比亞喜劇《溫莎的風流婦人》和《亨利四世》之中。法斯塔夫因爲同時追求兩位已婚女士，風流事蹟敗露之後，女士們爲了教訓他，於是幾度計誘，讓他陷入被對方丈夫抓姦的窘境，他在倉皇避難時，一次是跳進洗衣籃躲藏，連同衣服被丟進水溝裡；一次是反串成洗衣女，被扔到屋外。兩位遭人設計而出糗的老先生，剛好爲佛斯特提供有趣例子做此對照。

譯4　珍．奧斯汀的《勸服》裡的角色。艾略特爵士的長女，漂亮自負。

第五章　情節

倘若這是故事，那我們問的是：「然後呢？」倘若這是情節，我們關心的則是：「為什麼？」這是兩個不同小說面向的基本差異。情節，是不能說給張口結舌的原始人或蘇丹暴君聽的，也不適合他們的現代同類——電影觀眾；他們只有好奇心。情節，需要理解和記性。

〔85〕亞里斯多德說：「性格給我們性質，但是在我們的行動裡，我們的所作所為，我們才有幸與不幸。」我們已經判定亞里斯多德是錯的，現在必須面對不同意他的後果。亞里斯多德還說：「所有人類的幸與不幸都以行動的形式表現。」就我們所知，亦不盡然。我們認為，幸與不幸存在於人的內心世界，不為人知，但在小說當中，小說家卻可觸及人物的內在生活。之所以稱為內在生活，係因其並無外在跡象，也不像一般人所想像的，可以從偶然的一個字或一聲嘆息中得知。一個偶然發出的字眼或嘆息，其實和一場演說或一樁謀殺沒兩樣，都是外在跡象：一旦被表現出來，就失去隱密性，脫離內在世界，變成一種行動。

不過，我們沒有理由去為難兩千多年前的亞里斯多德。畢竟，他讀過的小說很少，更不可能見過現代小說，他讀的是《奧德賽》而非《尤利西斯》。他對內心世界根本興趣缺缺，甚至把人心看成一根管子，裡面的所有東西都能被抽出來檢視；而且，在他寫下我們摘錄的那段話時，他著眼的其實是戲劇，而那段話套用在戲劇上完全正確。在戲劇當中，人物的所有喜樂悲苦，都必須透過行動表現出來，否則這些情感便無從傳達給觀眾。這是戲劇和小說的一大區隔。

小說的獨特之處在於，作者可以談論他的人物，也可以透過人物來陳述己見，或者可以讓我們聽到人物的內心獨白。他可以跨入人物自我溝通的領域，甚至下潛到更深處，窺探人物的潛意識。一個人並不會真的對自己說話；他內心的喜樂或悲苦，經常來自於無法言傳的原因，一旦他試著說明這些情緒時，它們就喪失原有的本質。這就是小說家可以施展的地方。他可以把隱藏在潛意識裡的情緒，直接轉換成行動（劇作家也能如法炮製）；也可以透過獨白去傳達這個潛意識。對於所有內在世界的一切，他都有權評論，這項特權不能被剝奪。「作者是怎麼知道那件事的？」這是一個常見的疑問。「他的看法是什麼？他的描述前後矛盾，敘事觀點從特定角度轉變成全知，現在，他又轉回去了。」類似這樣的問題，像極了法官在審問案情。其實，讀者所關心的，是觀點和內在世界的轉換能否令人信服，以及小說情節有無可能發生在現實生活之中。看來，亞里斯多德可以帶著他最愛的那個字眼（行動）退隱江湖了。〔86〕

然而，在對人性有了廣泛的討論之後，小說家還是留給我們一些疑惑：什麼是情節？大部分的文學作品，有兩大組成要素：第一是適才討論過的「人物」；第二項要素，我們汎稱為「技巧」（art）。我們曾經討論過技巧，只是當時涉及的是最低階形式的技巧：故事，也就是從時間絛蟲身上砍下來的片段。現在，我們要觸及的是較高階的小說面：情節。在戲劇中，人物受限於表演環境，或多或少都必須修剪以配合情節需要。但在小說情節當中，人物是巨大、朦朧虛幻、難以駕馭的，如同只露出四分之一角的冰山那般高深莫測。

對付這難纏的龐然大物，若套用亞里斯多德「糾葛—危機（轉折）—解決」（complication, crisis, solution）的情節三步驟去處理，恐怕只是徒勞。少數人物上場後即遵循這套公式發展，那麼小說到最後會變成劇本。但並不都是這樣。他們也想要獨坐沉思，或做些其他事，而情節（我把它想像成某種政府高層）擔心的就是人物缺乏公眾精神。「這萬萬不可！」它似乎在說，「個人主義是一種極高貴的特質；事實上，我的地位仰賴那些個人；我向來盡可能給他們自由。儘管如此，還是有個限度，現在有人越界了。人物不能獨坐沉思太久，不能〔87〕老是窩在自己的心靈世界流連徜徉，他們必須有所貢獻，顧全大局，否則將會危及其他較高的利益。」「對情節有貢獻！」這句話我們耳熟能詳，對於戲劇人物，這種貢獻乃是天經地義且有其必要；但對小說人物而言，也非得如此嗎？

讓我們來為情節下個定義。我們之前將故事界定為：按事件的發生時間，依序排列而成的敘事。情節也是一種事件的敘述，但其重點在於因果關係（causality）。「國王死了，然後王后也去世了。」這是故事。「國王死了，王后因悲傷過度也去世了。」則是情節。情節之中，仍保有時間順序，只不過已被因果關係所掩蓋。或是我們說：「王后死了，沒人知道死因，後來才發現，她是因為國王駕崩，悲傷過度而去世的。」這也是情節，當中埋著神祕成分，有高度發展的可能性。這句話將時間順序擱一旁，在限度內將故事和時間盡可能地切割開來。關於王后之死一事，倘若這是故事，那我們問的是：「然後呢？」倘若這是情節，我們關心的則是：「為什麼？」這是兩個小說面向的基本差異。情節，是不能說給張口結舌的原始人或蘇丹暴君聽的，也不適合他們的現代同類——電影觀眾。唯有故事中的「然後……，然後……」，才能讓這些人保持清醒；他們只有好奇心。情節，需要理解（intelligence）和記性（memory）。

好奇心是人類的原始本能之一。在現實生活中你會發現，人最愛發問的時候，通常是在他記憶力最差、心智最蒙昧的時期。一個開口就問你有幾個兄弟姊妹的人，絕不是意氣相投的朋友，倘若你一年之後與他重逢，他可能還是問你那個有關兄弟姊妹的老問題，臉上依舊掛著瞠目結舌的表情。和這樣的人交朋友很不容易，兩個同樣愛發問的人，更是難以交心。〔88〕好奇心本身並不會為我們的生活帶來什麼，在小說中亦然，只能讓我們發現故事。假如我們想瞭解進而欣賞情節，就必須再具備理解和記性兩種能力。

先來談理解。有理解力的讀者不同於好問的讀者，他不只用雙眼去搜尋新事件，還會動腦筋。他從兩個角度去看小說：把事件孤立起來單獨看，以及將它和前面提到的事件加以連結。或許當下看不明白，但他不急於馬上瞭解。在類似梅瑞狄斯的《自我主義者》這種結構嚴謹的小說當中，事件之間通常環環相扣，即使是理解力高的讀者，也得等到讀完全書，才能從槃根錯節中理出頭緒。這種驚奇（surprise）或神祕（mystery）的元素，也就是偶爾被汎稱為「推理」的元素，在情節中非常重要。它源於時間順序的懸宕；而神祕則是時間的黑洞。「王后為什麼死了？」是這種成分較粗糙的呈現。至於較高明的手法，則是先以含混的姿態和對話來表現，稍後才會真相大白。神祕是情節的必要成分，但若缺乏理解，將無從領略箇中奧妙。對於好奇愛問的讀者，情節只是另一段「然後……，然後……」；但是要體悟情節之神祕的話，讀者在隨著時間推移前進的同時，還必須挪出部分心思來思考。

如此一來，我們進入第二種能力：記性。

記性和理解息息相關，如果我們無法記住前情，後事又該如何分曉？舉例而言，如果王后去世時，我們卻忘了國王曾經存在過，那就永遠無法得知王后的死因。布局情節的小說家，希望讀者能有好記性，讀者則期望作者不要留下草率的結尾。每個動作或對白都有其作用，辭簡意足，即使在錯綜的情節下，亦能生動不板滯。動作和對白難易繁簡不拘，可通透明白，也可神祕隱晦，但是絕對不能誤導讀者。當情節開展時，它會在讀者的腦中盤旋（記憶是心靈的暗夜，而理解是它將要破曉的曙光），讓讀者看到新的線索、新的因果關〔89〕
係，情節不斷重組和反芻，而最終（如果情節夠好）不是一堆線索或因果關係，而是一個在美感上簡潔有力的東西，小說家原本可以直接講出來，只是如果他直接說了，那就不美了。這是我們在講座中第一次提到「美」這件事。小說家不能把美設定為追求的目標，但作品不美，就是失敗之作。關於美，稍後我會在適當的地方做討論。但現在，請將美視為完整情節的一部分。她的出現看來有些驚奇，而美確實必須是令人驚奇的；情節中的驚奇元素正是和她最相稱的情感。譬如波提且利（Sandro Botticelli）譯1，當他畫著維納斯女神在飄著花瓣的風中，乘浪登岸時，就已經悟出這個道理。而仕女畫中的美女，因過分強調其主角地位，力求展現自身的美，反而難以令人驚豔。

接下來，我們要以梅瑞狄斯為例，繼續討論情節。

二、三十年前，梅瑞狄斯的威望如日中天，當時他轟動世界文壇和整個劍橋。猶記得我曾讀過他的一句詩，內心為此沮喪不已：「人生在世，不成刀劍便成廢材。」兩種結果我都不想要，而且我自知非刀劍之材。不過，這句話似乎也沒什麼好教人沮喪的，因為梅瑞狄斯本人不也身陷低潮？儘管潮浪能稍稍將他拉起，但是他在一九〇〇年被尊為文壇精神象徵的榮景已不復返。他的價值觀不太禁得起考驗，他對濫情的嚴厲抨擊，讓現代人感到厭煩；現代人同樣受不了濫情，只是他們表達反感的方法比他得宜，而他們也傾向認為喜歡大放厥詞的人就是濫情主義者。此外，他對大自然的描繪，無法像哈代那般歷久彌新，通篇只見瑟里（Surrey）風情，文字鬆散凌亂如雜草。他寫不出《還鄉記》（*The Return of the Native*）開場篇章的蒼涼遼闊，而柏克斯山也不會是薩里斯伯利平原（Salisbury Plain）。[譯2]由於他對英〔90〕國山川所蘊藏的悲壯和不朽茫然無知，也就無從澈悟生命的悲壯。因此，當他很認真地想有一番作為時，結果卻只能發出刺耳的威嚇叫囂，反而讓自己更沮喪。其實，我覺得他和丁尼生（Alfred Lord Tennyson）[譯3]很像，都是自制力欠佳、沉不住氣的人。他的小說裡面的社會價值觀也是捏造出來的。裁縫師不像裁縫師，板球比賽不像板球比賽，甚至連火車都沒有火車的樣子，而且他筆下的家族成員，彷彿是剛從盒子裡拿出來的玩具，沒準備好就被作者倉促地趕上檯面，鬍子上甚至還沾著包裝盒裡的紙屑。他筆下人物身處的社會背景實在很詭異；一部分原因是出於他的想像力，而這沒錯；另一部分問題則是他令人冒冷汗的捏造，錯即在此。由於他虛構的內容空洞，說教陳腐，令人無法苟同，加上格局褊狹，總把家鄉小鎮寫成全世界，終而被潮流所淘汰。儘管如此，就某一方面來看，他仍是一位偉大的小說家，放眼英國小說界，他是最高明的布局者，任何有關情節的討論，都必須向他致敬。

梅瑞狄斯的小說情節並不嚴謹。我們可以用一句話道盡狄更斯的《孤星血淚》，但是對梅瑞狄斯的《哈利．里奇蒙》（*Harry Richmond*）卻無法如此，雖然這兩部作品都是敘述一個年輕人用不當方法獲取財富的故事。梅瑞狄斯的情節不屬於悲神，甚或是喜劇女神的聖殿，反而比較像是山林間錯落有致的小涼亭，小說中的人物各憑本事，交鋒攻防間淬鍊出新貌。人物催生事件，事件影響人物，兩者相輔相成，緊密結合，這就是梅瑞狄斯布局的巧妙。這些布局通常令人賞心悅目，有時則動人心弦，但總是出乎意料之外。這些教人震撼，卻會讓讀者恍然大悟的布局，就是情節經營成功的象徵；人物要四平八穩，力求〔91〕逼真，而情節則須出其不意。在《柏強普的一生》一書中，夏普尼爾醫生（Shrapnel）遭到鞭打就是一件出其不意的事。我們知道朗弗里爵士（Lord Everard Romfrey）討厭夏普尼爾，因為誤解而痛恨他的激進作風，對於他對柏強普的影響力更是忌妒：我們也看到羅莎慕德（Rosamund）受到的誤解漸深，還目睹巴斯克里特（Cecil Baskelett）的挑撥離間。梅瑞狄斯就像玩紙牌似的，將人物一一搬上檯面，但是當意外發生時，卻讓讀者和小說人物同感震撼！一個老人基於最高尚的動機而鞭打另一位老人，這個悲慘又滑稽的事件，影響兩位老人的生活，也徹底改造書中的所有人物。這件事並非《柏強普的一生》的重心，其實這本書壓根兒沒有任何重心。這就是一個布局，一扇為了讓小說通過，進而呈現新貌，而特地打造的門。在全書接近尾聲時，柏強普溺斃，夏普尼爾和朗弗里當著他的遺體，盡釋前嫌。在這一段，梅瑞狄斯企圖使情節合乎亞里斯多德的對稱性（symmetry）[譯4]，試圖將小說變成一座冰釋誤會、握手言和的殿堂。但是他終究功敗垂成：《柏強普的一生》依舊是一連串布局的結合（造訪法國也是布局之一），不過卻是源自人物又影響人物的布局。

現在，我們扼要地舉例說明情節中的神祕元素：「王后死了，後來才發現，她是因為悲傷過度才去世的」這個公式。我要再找個例子說明，雖然《孤星血淚》是個好例子，但我不打算找狄更斯；而我太過拘泥古板，難以享受柯南・道爾（Conan Doyle）；因此，我們繼續借用梅瑞狄斯的作品，以《自我主義者》當中一段關於隱匿情感的精采情節為例。這件事發生在書中人物拉蒂迪亞（Laetitia Dale）身上。

一開始，作者就把拉蒂迪亞的內心世界做了完整交代：威洛比爵士（Sir Willoughby）曾兩度拋棄她，她很傷心，卻還是認命。但是接下來，為了製造戲劇效果，作者把她的內心世界隱藏起來，不再讓我們窺見。故事很自然地發展下去，直到那一個不尋常的午夜，威洛〔92〕比因為沒把握能贏得另一名女子克拉拉的芳心，轉而回頭向拉蒂迪亞求婚，這時她的內心世界再度在我們眼前呈現。而這一回，已脫胎換骨的拉蒂迪亞斷然回絕。梅瑞狄斯將這種轉折過程隱而不宣。倘若我們完全知曉這個轉折的話，勢必壞了這場喜劇的驚奇氣氛。威洛比爵士是該當得到教訓，讓他嘗嘗苦頭，受些打擊。但是如果作者事前就讓我們看著他設下陷阱，那麼這個轉折就無法製造驚喜，甚至會令人感到粗俗，所以作者刻意不提及拉蒂迪亞態度趨於冷淡這件事。在小說中，此類情節安排和人物發展無法兼顧的例子不計其數，而梅瑞狄斯在此別出機杼，讓情節勝出。

現在，我們來看看選擇錯誤的例子。夏綠蒂．勃朗特的《維萊特》一書，儘管情節營造成功，卻因一個失誤而美中不足。女主角露西發現約翰醫生就是兒時玩伴葛拉漢，但作者讓她對讀者隱瞞這件事。當真相大白時，我們確實因情節轉折而大感震撼，但是露西這個人物卻也因此被犧牲。因為她原先呈現出的是忠誠的形象，有義務要知無不言。但此時，她竟然屈服於壓力而隱瞞事實，這一點雖然不至於造成難以彌補的傷害，卻讓讀者悵然若失。

有時候，完全以情節為重。每到情節轉折處，人物勢必會受到壓抑；或是隨著命運推移而消失，讓人感受不到他們的真實性。此類例子亦見於哈代的作品中，哈代是一位比梅瑞狄斯偉大許多的作家，但是作為小說家，他顯然略遜一籌。我認為哈代本質上是一位詩人，他站在極高處構思小說。這些作品是筆力萬鈞的悲劇或悲喜劇；換句話說，哈代鋪陳事件的重點在於因果關係，情節就是故事基礎，人物只能配合情節需要。除了黛絲（Tess）姑娘這號人物以外（她給人一種超越命運的感覺），哈代小說中的人物面總是無法令人滿意。他筆下的人物個個身處各種陷阱，最後都落得手足被縛，處處皆強調命運安排，然而，由於一切為〔93〕情節而犧牲，我們完全看不到像《安蒂岡妮》（*Antigone*）、《貝芮妮絲》（*Bérénice*）、《櫻桃園》（*The Cherry Orchard*）所散發的逼真感。[譯5]高高在上的命運，而非發生在你我之間的命運，就是哈代威塞克斯小說（Wessex Novels）[譯6]的最大特色。尤塔莎（Eustacia Vye）的足跡尚未踏過的艾格登荒原（Egdon Heath）；沒有林地居民的樹林；皇室公主們在睡夢中仍拂曉馳騁過的巴德茅斯鎮白堊丘（Budmouth Regis），皆是如此。譯7哈代的史詩劇作《統治者》（*The Dynasts*，採用另一種寫作形式）是各方面臻至的佳構，筆力萬鈞，人物之間的因果關係緊密相扣，演員和情節之間的銜接天衣無縫。但是他的小說總是無法掌握住人性，儘管同樣至高且可怕的命運在操縱一切；在《裘德悲歌》（*Jude the Obscure*）之中，有個關鍵問題未能交代清楚，甚至完全未加處理。也就是說，書中人物太過於遷就情節，除了保有幾分鄉土味之外，全都缺乏活力，乾枯乏味。這正是我從哈代的小說中所領會到的缺失：他對因果關係的強調，遠超過小說形式所能負荷。哈代是詩人、先知和觀照者，梅瑞狄斯與之相比，猶如雲泥之別；但是梅瑞狄斯懂得拿捏小說的分寸，清楚何時能犧牲人物遷就情節，也知道何時該讓人物自由揮灑。至於我們從中得到什麼教訓——其實我不認為有任何教訓，因為哈代的作品深得我心，梅瑞狄斯的作品則否；然而，這些演講要點所含寓意，仍然不利於亞里斯多德。在小說當中，人的所有喜樂悲苦並非藉由行動來表現，除了透過情節，它還試圖尋求其他傳達方式，小說家不能硬將之納入情節之中。

在情節對上人物這場毫無勝算的戰爭中，情節常趁機報復。幾乎所有小說到了結局就有氣無力了，這是因為結局必須由情節來收拾善後。為何必須如此？難道小說家不能在他覺得了無趣味時毅然停筆？唉，他得把事情交代清楚，在此情況下，他筆下的人物通常了無〔94〕生趣，給讀者的最後印象也是死氣沉沉。《威克菲爾德的牧師》（*The Vicar of Wakefield*）就是典型的例子。故事前半部，直到普萊姆羅斯太太（Primrose）扮成維納斯的家族油畫為止，機智又生動；不過下半段故事卻變得僵硬呆板。前半段的事件和人物各自發展，後來卻為了結局而百般遷就。最後，連作者都覺得自己這麼做有點蠢。「我寫不下去了，」他說，「我必須對那些偶然的邂逅有所思考和回應。但這些是每天都會發生的尋常事，不值得我們大驚小怪，除非遇到特殊場面，才能震撼人心。」奧利佛．高德史密斯（Oliver Goldsmith）當然是個無足輕重的小說家，他多數作品的敗筆都在此處：人性被邏輯給取代，導致糟糕的停頓。除了死亡和結婚，我不知道一般小說家還能夠變出怎樣的結局。死亡和婚姻是他連結人物和情節的唯二法寶，而且讀者也期待他這麼做，他們拘泥於此，認為這些事最後一定會發生。而小說家，這個可憐的傢伙，無論如何都得完成這個差事，因為他和其他人一樣也得過生活。難怪，他作品裡傳出的總是琴聲和釘棺木的聲音。

這就是我們所歸納出的小說固有的缺陷：虎頭蛇尾。造成這種情況的原因有二：第一、精疲力乏，這一點對小說家的殺傷力，和對所有工人的威脅沒兩樣；第二、就是我們前面討論過的困難。一開始，人物精力充沛，賣力打下發展的基礎，後來卻漸漸疲乏，無力繼續經營自己；這時候，小說家為了完工，必須跳下來親自接手。他假裝這些人物是自行發展，他不停地提到他們的名字，讓他們說話，但其實這些人物早就消失或死了。

其次，情節是小說的邏輯理解面：它需要神祕的元素，這些神祕事物必須在後續交代清〔95〕楚；讀者或許可以在渾沌未明的世界中游移，但小說家卻不能有所疑惑。他必須稱職，置身作品之上縱橫全局，在這兒點亮一線光，在那兒灑下一片影，且以布局者和人物販子的兩種身分不斷協商，以求營造出最好的效果。他在下筆之前早已計畫好；他站在作品之上，對因果的重視決定一切。

現在，我們必須自問，如此產生的架構是否就是小說寫作的最佳方法？小說為何必須事先布局妥當？難道不能讓它自然發展嗎？小說為何得像戲劇一樣有個結局？它不能有各種開放的可能嗎？小說家非得居高臨下控制一切嗎？他不能走進作品之中，讓作品將他帶至一個未知的境界嗎？情節很刺激，也許也很美，但它不過是採自戲劇和有空間侷限之舞台的一種迷信，不是嗎？難道小說不能自行發展出一套不那麼講究邏輯，卻更適合其特質的結構嗎？

現代作家對這些問題的答案是肯定的，現在，我們就來討論近期的一個例子：一部拋開情節，試圖建構出其他東西來取代情節的作品。

我曾經提過我們正要討論的這本小說：紀德的《偽幣製造者》。這本書用了兩種方法。紀德也曾公開他創作此書時的日記，我們沒有理由認為，他日後不會將他重讀此書和相關日記的心得公諸於世；而且，將來他也或許會將小說、日記和他對此兩者的心得集結成冊。確實，紀德比其他作者來得重視作品的整體性，這也是他作品最有意思的地方，值得評論家仔細研究。

首先，我們先來看看《偽幣製造者》中具有邏輯客觀形式的一段情節，或是說幾個情〔96〕節的片段。最主要的片段是關於一個名叫奧利維（Olivier）的年輕人，一個迷人、瀟灑又討喜的人物，曾經錯失幸福，最後在作者的巧妙安排下重獲幸福，也將幸福給予他人。這個片段洋溢著「生命的光與熱」（恕我用這個俗不可耐的詞來形容），手法雖稍嫌老套，仍屬成功之作。但是這一段並非小說的重心，書中其他合乎邏輯的片段也都不是——描述奧利維還在念書的小弟喬治（Georges）涉入偽幣流通事件，因而間接造成另一名學生舉槍自盡。（紀德在日記裡完整透露這件事的取材來源：關於喬治，他的靈感得自於他逮到的一個打算偷書的男孩；某偽幣集團在盧昂落網、有小孩在克雷蒙費昂自殺等新聞，也為他提供寫作素材。）無論是奧利維、喬治，或他們的大哥文森（Vicent），或是他們的朋友柏納德（Bernard）都不是書中主角；在我看來，艾杜瓦（Edouard）是比較接近小說核心的人。艾杜瓦是個小說家，他與紀德的關係，和克里梭德（Clissold）[譯8]與威爾斯的關係如出一轍。就像紀德，艾杜瓦也寫日記；同時他和紀德一樣，正在寫一本叫作《偽幣製造者》的書。至於他和克里梭德的共通點在於，都不見容於社會（艾杜瓦是同性戀者）。艾杜瓦的日記在書中全文刊載，記錄的內容始於小說中各個情節片段發生之前，並貫穿全局，集結成紀德這本小說主體的絕大部分。艾杜瓦並非只是個單純的記錄者，他也是其中一角；就是他救了奧利維，也反為奧利維所救；讓這兩位沉浸在幸福之中吧，我們先說到這裡。

然而，以上所提及的全非《偽幣製造者》的重心。書中有一段關於小說藝術的討論，才堪稱是其核心。艾杜瓦把他的祕書和幾位朋友介紹給柏納德認識。他說道：「人生的真理，並不等於小說的真理。」還表示自己打算寫一本能兼容兩者的作品。

> 「那主題是什麼？」（波蘭女醫生）索芙洛尼斯卡問道。
>
> 「沒有主題，」艾杜瓦拉高聲音，有點激動地說，「我這本小說沒有主題。這聽起當然很可笑，不過，聽我說，只要你們覺得沒問題，這本書就可以不要『主〔97〕題』……，『人生的切片』，是自然主義小說家的口頭禪。但是，這一派的通病是，他們老是從同一個方向切入，總是順著時間方向，從縱面下刀。為什麼不由上往下

切？或是橫著切？換作是我，根本就完全不動刀，你們瞭解我的意思嗎？我打算把所有材料全丟進小說裡，不要任何的剪裁來限制我的素材。我這麼做已經一年了，放眼所及，不曾遺漏任何一件事情，所有我看到的、知道的，我從他人經驗、從自己生活所學到的東西……通通都在裡面。」

「天哪！你這樣會把讀者給煩死。」蘿拉尖聲叫著，再也忍不住地大笑起來。

「絕對不會！為了製造效果，我把主角寫成小說家，這本書的主題，就是他和現實生活之間收與受的鬥爭，現實生活提供他什麼？而他又要怎麼運用這些素材？」

「已經計畫好整體架構了嗎？」索芙洛尼斯卡故作認真地問。

「當然沒有。」

「為什麼說『當然』？」

「因為這種形式的書根本不適合任何計畫，假如我在下筆之前就先構思好全部細節，那這本書就毀了。我等著現實生活來指引我動筆。」

「可是我還以為你要拋開現實呢。」

「我筆下的小說家要拋開現實，可我得不斷地把他推回去。事實上，這就是本書的主題；現實生活的真相和理想的現實生活之間的鬥爭。」

「可以跟我們透露書名嗎？」蘿拉絕望地問。

「好吧！柏納德你告訴他們。」

「《偽幣製造者》，」柏納德說，「那現在可以請你告訴我們，誰是偽幣製造者嗎？」

「我還不知道。」

柏納德和蘿拉無言相覷，再轉頭望著索芙洛尼斯卡。房裡響起一聲悠然長嘆。

其實，有關金錢、貶值、通貨膨脹、贋品等等的觀念，慢慢盤據艾杜瓦的小說，有如卡萊爾（Thomas Carlyle）《衣裳哲學》（*Sartor Resartus*）[譯9]一書中的「穿衣理論」（theories of clothing）那般，易客為主，終而篡奪人物在小說中的地位。「你們有誰拿過偽幣嗎？」他沉吟半晌之後問。「試著想像一下，一枚十法郎的金幣，卻是假的，其實它不值一毛錢，但是在它被識破之前，還是價值十法郎。假設我從這個觀念著手……」〔98〕

「為什麼從觀念開始呢？」柏納德突然激動地插嘴。「為什麼不從事實開始？倘若你從事實開始，好好推展一番的話，觀念自然隨之而來。如果換成我來寫這本書，我會從一枚偽幣切入，就從你說的那枚十法郎偽幣談起吧。瞧！這就是！」

說著說著，柏納德從口袋掏出一枚十法郎金幣，拋到桌上。

「你們聽，」他繼續說，「這枚金幣發出的聲音和真的沒兩樣，我早上從雜貨店老闆那兒拿到的，它應該價值不只一毛錢，因為它是鍍金的，但裡面其實包的是玻璃。過陣子，它就會被磨成透明的。喔！別摳它，你會把我的偽幣弄壞。」

艾杜瓦把它拿起來，專注地看著。

「雜貨店老闆怎麼拿到它的？」

「他也不曉得。他起先是開玩笑地把它當成真的錢找給我，看我會不會上當。不過，後來他告訴我這是假的，他很老實吧！我用五法郎跟他買下來，我想，既然你要寫《偽幣製造者》，就該見識見識偽幣的模樣，所以就買下來給你看。你現在看過了，還我吧！看來，你對現實似乎不太感興趣，真教人遺憾。」

「其實，」艾杜瓦說，「我對它很有興趣，只是現實總是把我踹出去。」

「真可憐！」柏納德說。[1]

這段文字才是全書的核心所在。其中包含了人生真理和藝術真理的老問題，以及藉由一

1 引自《偽幣製造者》法文版，頁238-246。毋庸贅言，我的譯文既不巧妙，也無法與原著相提並論。（譯註：佛斯特此段摘要，在少數段落更動了桃樂斯．布希英譯本的順序，特此說明。）

枚真正偽幣的出現，對這個老問題做一番生動的闡述。試圖將兩種真理結合為一的作法，以及要求作者本身與素材融合，被寫作素材磨碾，是新的嘗試；小說家不該繼續高高在上控制素材，而是應該配合素材，被帶著走。至於情節，把它用甕裝好藏起來，把它敲碎或燒了都可以，讓尼采的「結構大崩潰」（formidable erosions of contour）預言實現。所有預先安排好〔99〕的，都是假的。

還有一位傑出的評論家和紀德英雄所見略同——傳聞中有位老太太被姪女們指責為不合邏輯，她一時之間不明白何謂邏輯。「邏輯！天哪！這是啥玩意兒?!」老太太大呼小叫地說：「在我不知道自己要說什麼之前，要如何告訴你我在想什麼?!」她那些受過教育的年輕姪女們以為她落伍了；和她們比起來，老太太才真的趕得上時代潮流呢！

那些和當代法國有所接觸的人說，現在這個世代的人追隨紀德和那位老太太，毅然將自己投入混沌之中，他們還推崇英國小說家鮮少在寫作企圖上有所成功。恭維奉承的話向來讓人賞心悅耳，只是這一記馬屁似乎拍到馬腿上了。這就好像你努力想生個蛋，旁人卻說你下了個半形蛋，雖然珍奇，卻未必能讓人愉快。不過，如果你就是想生個半形蛋的話，後果我實在無法想像，或許，那會把母雞害死吧。由此思考，紀德的處境有其危險性，因為他想生個半形蛋；如果他打算寫潛意識小說，不厭其煩地清楚解析潛意識的話，那他顯然思慮欠周，只是用不當的方法在介紹神祕主義。不過，那是他的事。如果把紀德當作一個評論者，那他是令人佩服的，他那個叫作《偽幣製造者》的玩意兒，變化多端，一定能夠深深吸引那些「要先說出口，才知道自己在想什麼」的人，以及那些厭倦了情節至上，或人物至上小說的讀者。

很顯然，我們還有部分小說面向尚未討論到。我們大可質疑所謂「有意識的潛意識」這說法，儘管如此，潛意識還是廣泛存在這些小說中；而詩、宗教、熱情，也都是該討論卻〔100〕尚未觸及的問題。我們既然身為評論者，就必須試著提出這些問題，將其一一歸類。我們已經在先人墳上翻檢一番。

要歸類必須先定義範疇，現在我們必須帶著我們的心進入幻想這個主題。

譯註：

譯1　波提且利（1445-1510），文藝復興初期的義大利畫家，運用十五世紀新的繪畫方法，發展了中世紀的裝飾風格，創造出富於線條節奏，精緻明淨的獨特畫風。作品有「春」（Allegory of Spring）、「維納斯的誕生」（The Birth of Venus）及但丁的《神曲》插圖等。

譯2 瑟里是英國地名，採用外交部的譯名，梅瑞狄斯於一八六四年起定居在此，最後安眠於瑟里的柏克斯山。至於薩里斯伯利平原是《還鄉記》作者哈代的家鄉。

譯3 丁尼生（1809-1892），英國桂冠詩人，出身牧師家庭，兄弟均有詩才。在進入劍橋大學之前即出版詩集。一八五〇年獲得桂冠詩人榮銜，一八八三年冊封爲貴族，詩以音律見長。

譯4 亞里斯多德的基本治學理念就是：講究對稱，要求由絕對的對稱、簡單與完美的抽象概念，去從事科學、政治、哲學和文學工作。

譯5 《安蒂岡妮》是古希臘悲劇詩人蘇弗克里茲（Sophocles）於西元前四〇六年臨終前完成的壓軸之作。安蒂岡妮是伊底帕斯王的女兒，伊底帕斯死後，在攝政王的輔助下次子繼位，長子叛變奪權，最後兄弟相殘至死。攝政王繼任王位，下令不准埋葬叛國賊，安蒂岡妮不忍大哥曝屍荒野，偷偷安葬，最後被活生生地封入墓穴之中。

《貝芮妮絲》（1670）是法國古典劇作家拉辛（Jean Racine, 1639-1699）的作品，敘述巴勒斯坦皇后貝芮妮絲與羅馬皇帝提杜斯（Titus），以及敘利亞國王安提歐克斯（Antiochus）三人的感情糾葛，最後在羅馬元老們的反對下，三人求愛不能、求死不得，只能分隔三地，屈服於命運的安排。

《櫻桃園》是契訶夫的劇作，藉著櫻桃園易主過程，呈現人在永恆的變化面前永遠的無奈和困境，但契訶夫把這部以變化與失去爲主題的戲劇稱作喜劇，和部分鬧劇。

譯6 哈代有一部分作品係以其故鄉英國西南部、古稱威塞克斯地區的農村爲背景，這類小說總稱爲「威塞克斯小說」，又稱「性格與環境小說」。因這系列作品反映了十九世紀中葉以來英國農村的生活，特別是資本主義侵入農村之後所造成的社會衝擊與變遷，如農民破產，農村經濟、道德、風俗等方面的變化，以及鄉民承受的精神痛苦。哈代對資本主義社會的法律、道德、宗教、教育制度多有批判，作品充滿宿命的無力感和悲劇色彩。

譯7 沒有林地居民的樹林，意指《林地居民》（*The Woodlanders*, 1887）一書：巴德茅斯鎮是《號兵長》（*The Trumpet Major*）書中的場景，爲英國渡假勝地。

譯8 克里梭德是威爾斯所著《克里梭德的世界》（*The World of William Clissold*, 1926）一書主人翁。

譯9 《衣裳哲學》是英國哲學家卡萊爾（1795-1881）於一八二八年出版，Sartor Resartus 的拉丁文原意是「裁縫師拿舊衣料做新剪裁」。作者最初的意旨在於討論德國文學和哲學的觀點，最後卻寫成個人宗教經驗的歷程。這或許就是紀德借艾杜瓦的日記比喻人物地位被觀念一一取代的緣故。

第六章　幻想

很多書，我們不需翻閱就能知道內容是什麼，但是這類小說唯有透過閱讀，才能一探究竟。而且，它們特別需要個人的共鳴，因為它們就像是附屬在展覽中的表演。所以，我寧可盡量謹慎保留一點地說：幻想小說要求我們相信超自然之物的存在或不存在。

一場講座，要不淪為意見評論雜集，就必須有個一以貫之的理念。同時，也得有個討論〔101〕主題，而理念就前後貫穿著整個主題。這是個再淺顯不過的道理，但是只要有過演講經驗的人就明白，要做到這一點可是相當不容易。講座和各種演講一樣，有其獨具的氛圍。它有自己的裝備：講者、聽眾、定期舉行、透過印刷品文宣做預告，以及刻意不為人知的財務問題。講座寄居於這些裝備之上，但卻往往會有自己的生命，貫穿其中的理念很容易和所討論的主題大相逕庭。

貫穿我們這個講座的理念已經很清楚：小說中有兩股力量，亦即人物，以及許多各式各樣的非人物素材，而將這兩股力量加以調和，就是小說家的任務。這道理淺顯易懂，但是它是否真的貫穿小說之中呢？或許，我們的討論主題，也就是我們讀過的那些書，在我們對它們品頭論足時，早已偷偷溜走，彷彿展翅起飛的鳥和牠的影子正漸行漸遠。這隻鳥沒有錯，它向上飛升，飛得又高又穩；影子也沒有不對，它輕盈地掠過街道和花園。只是，兩者之間的相似處愈來愈少，無法像雙腳著地時和影子那般緊密相隨。評論，尤其是一門評論課程，非常容易引起誤解。無論它的目標有多崇高，方法有多可靠，它所要評論的對象都能一聲不響地從下面悄悄溜走，演講者和聽眾這才猛然醒悟，發現他們堅持一種崇高且理智的方〔102〕式，但所到之處卻與他們原先討論的東西毫不相關。

這就是紀德心中縈迴苦思的問題，或是說，讓他煩惱的事情之一，因為他是個杞人憂天者。當我們試著把真理（truth）從這個地方移到另一個地方時，無論是從日常生活搬到小說，或是從小說裡面搬到演講之內，在轉移當中，真理會產生變化，這種質變的過程緩慢且不易察覺。我們先前從《偽幣製造者》摘錄的那一大段對話，剛好可以呼應鳥和影子的概念。真理既然會一再變質，那麼演講的那套舊工具就不再適用了。小說之中，除了時間、人物、邏輯，或是這些元素的衍生物，甚至除了命運之外，還有其他東西。我說的這東西，不包含上述這些元素，亦不存在於它們之外，而是像從中切劃過去的一道光；有時候，它和它們在某處緊密連結，耐心地照亮它們，並指點迷津；有時候它從它們頭上揚長飛過，彷彿它們並不存在。這一道光，我給它取了兩個名字：幻想（fantasy）和預言（prophecy）。

現在我們要討論的每一本小說，都包含著故事、人物和情節，所以適用於討論費爾丁或班奈特的方法，在此也能派上用場。但其中有兩本小說，《項狄傳》和《白鯨記》，卻教我不得不遲疑。鳥和影子離得太遠了。單是可以在同一個句子裡提到項狄和白鯨，我們就必須另尋新方法。這兩本小說真是絕配！風格南轅北轍。沒錯！就像南極和北極！他們有一個相同的東西，是赤道附近地方所沒有的——軸心。而史坦恩和梅爾維爾作品的精髓，正在於這個新的小說面：幻想—預言的軸心。梅瑞狄斯對此也有所涉略，他的作品透著幾分奇幻色彩。夏綠蒂・勃朗特也是如此，她偶爾會搖身化成一位女先知。不過，幻想和預言並〔103〕非梅瑞狄斯和勃朗特的必要元素，如果把這種成分從他們的作品中抽離出來，並無損於小說的完整性；《哈利・里奇蒙》仍是《哈利・里奇蒙》，《雪莉》也還是《雪莉》。但是，如果將幻想和預言成分從史坦恩、梅爾維爾，甚至從皮考克（Thomas Love Peacock）[譯1]、畢爾彭（Max Beerbohm）、吳爾芙、戴拉梅爾（Walter De la Mare）、威廉・貝克佛（William Beckford）、史威弗特（Jonathan Swift）[譯2]等人的作品中剔除的話，那會只餘下一堆空殼子。

定義小說各面向最容易的方法，是考量它對讀者的要求。譬如說，故事需要讀者的好奇心，人物需要讀者的感情和價值觀，情節則需要理解和記性。那幻想對我們的要求是什麼呢？它需要我們額外付出一些東西。它迫使我們去適應，一種不同於藝術作品所需的適應，一種額外的適應。有些小說家認為：「這裡的事情是日常生活中可能發生的事情。」但幻想小說家則覺得：「這些事情是不可能發生在現實生活中的。首先我要你將我的小說視為一個整體而予以接受，接著要接受書中必然會發生的事物。」大多數讀者可以同意第一點，卻無法接受第二點。「我們都知道，小說裡面寫的並非真人真事，」讀者說，「我們希望它寫得自然就好，至於有關天使、小矮人、幽靈，或嬰兒賴在媽媽肚子裡不出來的荒唐事，就太過火了，我才不信。」然後，他們不是連接受都不接受，將小說棄之不讀，就是冷漠地繼續看下去，完全不去理會小說家苦心孤詣的發想所蘊含的意義。

當然，以上這種評論取向有所缺漏。我們都知道一件藝術作品是獨立的個體，有其獨具且不屬於真實世界的法則，對它而言，任何適用於它的法則就是真理，所以，對於出現在小說中的天使等東西，我們只要問它適不適合，無須管它是真是假。為什麼我們要用不同的兩套標準去看天使和股票營業員呢？在虛構的小說世界裡，一個幽靈和一件抵押品有什麼兩樣？這話說得通，但我卻打從心底難以苟同。小說的一般語調是不誇張的，一旦引入幻想成〔104〕分，會產生一種特別效果；有些讀者覺得興奮刺激，有些人則是難以忍受；因此，它需要讀者做額外的適應，適應它在書寫方法或取材方面的怪誕。就像展覽當中的特別表演一樣，除了展覽門票之外，你還得多付些錢去看表演。這筆錢，有些讀者樂於支付，因為欣賞表演就是他們看展覽的唯一目的，而這些人才是我這場演講的對象。其他人則氣沖沖地拒絕，不過我們依然必須尊重他們，因為討厭幻想文學並不等於不愛文學。而且這也不意味著缺乏想像力，他們只是不願為此多做付出罷了。聽說英國首相亞斯奎斯（Herbert Henry Asquith）譯3就無法接受《淑女變狐狸》（*Lady into Fox*）譯4這本書，他說，假如狐狸最後能再度變回淑女，那他就不會心生反感，但是結局並未如此發展，這讓他覺得不甚滿意，也不舒服。這種不滿意和不舒服的感覺，無損於這位知名政治家的聲望，也無傷這本小說的迷人特質。它所傳達的僅僅是，亞斯奎斯先生雖是衷心喜愛文學的人，但他不願為這本小說付出額外的幾塊錢，或是他願意多付，只是希望最後能把錢再拿回來。

所以，幻想需要我們額外的付出。

現在，我們來區分幻想和預言之間的異同。

它們的共通處是諸神，相異處則是兩者所呈現的神怪有所差別。它們所包含的神話意味，使它們和小說的其他面向有所不同。求神乞靈還是派得上用場，所以，現在就讓我們以幻想之名，召喚所有棲息於低空之下、淺水之中、小山之上的神鬼仙妖，所有記憶可及的山神樹靈，所有口耳相傳的遠古軼事，森林草原之神，所有墳墓這端的古老諸神。而來到預言的時候，我們不需要朗聲唸咒，但是我們的心意仍然可以傳到那些能力遠超越我們的眾神跟前，傳給印度、希臘、北歐、猶太（Judaea）[譯5]諸神，所有墳墓那邊的古老諸神，以及黎明之子路西法（Lucifer son of the morning）；即使祂們的超能力其實是人類熱情所賦予的。〔105〕以神話根源作為判準，我們就得以明確區隔出這兩種小說。

既然如此，今天應該會有一些小神在這兒遊蕩，不過，我寧願喚它們為精靈，只要這個字眼不會太呆的話。（你相信有精靈嗎？不！絕對不！）人生不如意事十常八九，總會遇到來自四面八方的阻礙；世間總有些小挫折或小悲愁；偶爾，聚光燈會沒來由地或出乎意料地投射在某些事物上；而悲劇本身，雖然不全是令人唏噓的悲慘故事，卻能意外地因為一個字而讓人破涕為笑。在浩瀚宇宙之中，幻想的力量無所不在，卻無法滲透那些主宰它的力量——也就是象徵理性智慧、象徵永恆不變法則，卻又遙不可及的星辰。而這類幻想小說有種即興的味道，這就是它們的力量和魅力的祕密。它們可以實在地描寫人物，可以尖銳、辛辣地批判人類行為和文明，但是我們用來比喻的那一道光必須一直都在，而且如果我們必須召喚某位神靈的話，赫密士（Hermes）譯6必定是不二人選，他既是信差、小偷，還是帶領靈魂通往不甚可怖的死後世界的引導者。

現在，你或許期待我會說出「幻想小說要求讀者相信超自然之物（supernatural）的存在」。我當然會說，但有幾分勉強，因為任何關於幻想小說題材的陳述，都會使它們落入批判，所以避免讓它們招惹上這些麻煩是很重要的事。很多書，我們不需翻閱就能知道內容是什麼，但是這類小說唯有透過閱讀，才能一探究竟。而且，它們特別需要個人的共鳴，因為它們就像是附屬在展覽中的表演。所以，我寧可盡量謹慎保留一點地說：幻想小說要求我們相信超自然之物的存在或不存在。

參照一下這類小說中的上乘之作《項狄傳》，可以讓這個概念更加清楚。項狄家沒有超自然之物存在，但是卻有成千上百的意外，讓人覺得這些東西就在左近。不過，這並不值得〔106〕大驚小怪。如果是項狄先生在聽到兒子出生的片段訊息，絕望地把自己關在臥房後，房內的家具會自己動起來，就像《秀髮劫》（*The Rape of the Lock*）裡博琳達（Belinda）的妝扮那樣，或是托比叔叔（Toby）的吊橋可以通到利利普特（Lilliput）譯7，那才教人驚奇。整本小說散發一種迷人的森然氣氛；做得愈多，成事愈少；愈不該說話，卻偏偏喋喋不休；想得愈多，卻愈不明白。所發生的事都在解開過去，而不是向前去成就未來，就像在一些處理得宜的小說之中，那些不動的無生命物體，譬如史洛普醫生（Dr. Slop）的助產包，才是最教人起疑的。在《項狄傳》裡，顯然藏著一個精靈，名叫「搗蛋鬼」（Muddle），但是有些讀者無法接受它。搗蛋鬼這個角色其實相當具體，只是史坦恩並不願把他的恐怖模樣露出來嚇人。他是隱身在這部鉅作背後的一位神祇，惹出一大堆麻煩事，把世界搞得像個燙呼呼的燒栗子。也難怪，另一個了不起的搗蛋鬼約翰生博士（Samuel Johnson）會在一七七六年寫下這句評語：「奇詭譎怪無法久長。《項狄傳》不會流傳很久。」約翰生博士在文學評論方面，偶有馬失前蹄，但他的這句評論難以服人。

上述即是我們對於「幻想」的說明。幻想雖然暗示著超自然之物的存在，但未必需要將它表現出來。當然，有些作品會將超自然之物明明白白地放在小說中，如果能夠將幻想小說加以分類，自是有助於做進一步闡明。我們可以將幻想小說家的表現手法條列出來，譬如：在現實生活當中引入神、鬼、天使、猴子、妖怪、小矮人、巫女；或是把凡人放到無人之境，放進未來、過去、地心、四度空間；或是潛入人格深處，去切割人格；甚至可以把其他作品拿來嘲仿（parody）或改編（adaptation）。這些手法不會因過時而淘汰，他們可以翻新花樣，很自然地出現在偏愛幻想之道的小說作品裡。但是，幻想的寫作方法種類相當有限，這事耐人尋味，同時也暗示著貫穿幻想小說的那一道光，只能以某些特定方法精巧操縱。

〔107〕

近來出版的《弗雷克的魔法》（*Flecker's Magic*），是諾曼・麥特森（Norman Matson）[1]所寫關於女巫的一本小說，可以拿來作為典型範例。我覺得這本書寫得不錯，推薦給一位很有文學鑑賞眼光的朋友，他卻評為內容貧乏。唉，這就是新書的麻煩處，無法給人閱讀古典文學時的那份愜意安適。《弗雷克的魔法》內容了無新意，說的是一枚會帶來悲慘或是根本沒有任何法力的許願戒指，稱不上幻想小說。弗雷克是個在巴黎學畫的美國青年，有一天，在咖啡館裡，有個女孩給了他這枚戒指；她說自己是個女巫，只要他確定自己真正想要的東西，就一定會得到。為了證明自己的法力，女孩讓一輛公車慢慢地騰空升起，然後在半空中

1 Ernest Benn 出版。

翻了過來，車內的乘客並未摔出車外，試著裝出一副若無其事的樣子。當時站在路邊的公車司機滿臉驚嚇，當他看到車子平安地重回地面時，他覺得還是趕緊回到駕駛座，照常開車比較好。公車並不會騰空慢慢翻轉，所以一切回到正常。弗雷克收下那枚戒指。雖然只是三兩行輕描淡寫，卻已經突顯弗雷克的獨特性格，而這種明確性很快就抓住讀者的心。

故事的發展愈來愈緊張，一連串驚愕不斷出現。這正是蘇格拉底的手法。弗雷克從最平淡無奇的東西開始想起：要一輛勞斯萊斯好了！可是該上哪兒找地方放這個龐然大物？許一個如花似玉的大美女如何？只是，該怎麼幫她弄張身分證？錢！有錢比較實在，他剛好窮得像個乞丐。那就要個一百萬好了。弗雷克準備好為這個願望轉動戒指，但是他突然覺得要兩百萬應該比較保險……。不！一千萬吧……還是兩千萬……。金光閃閃的錢令人瘋狂。同樣的情況發生在他想到許願讓自己活得久一點時：活到四十歲的時候死好了；不！五十歲再死比較好……；那一百歲呢……喔！這太可怕了！最後總算想出一個好辦法。他〔108〕一直夢想成為一個偉大的畫家。好，這個願望馬上就要實現了。可是，要怎樣的偉大呢？是像喬托（Giotto）譯8那樣？還是塞尚（Cezanne）譯9？當然不！他要的是屬於自己的偉大，只是他不知道那是一種什麼樣的偉大，所以這個願望也泡湯了。

這時候，有位長相可怕的老婆婆日夜纏著他，連睡夢中都無法擺脫。她讓弗雷克想到給他戒指的那個女孩。老婆婆知道他在想什麼，於是對他說：「好孩子，我的好孩子，許個願望，說你想得到幸福快樂吧！」這時候，我們才知道，老婆婆才是真正的女巫，先前的那個女孩只是她找來接觸弗雷克的凡人。這位世上僅存的女巫非常寂寞。她的其他同伴都在十八世紀時自殺了，因為她們無法忍受活在牛頓二加二等於四的世界裡，甚至連愛因斯坦的世界也沒有她們的容身之處。而她之所以苟活到現在，全賴一個希望——粉碎這個世界。所以他要這個年輕人許下擁有幸福快樂的願望，因為有史以來未曾有人向這枚戒指許下這個願望。

或許，弗雷克是第一個陷在這種困境的現代人。古老世界裡很少有人知道自己真正要的是什麼。他們只曉得土地上空一哩處有個蓄著長鬍子、坐在搖椅裡的萬能上帝。生命既短促又漫長，因為每天有幹不完的活兒，但腦子卻無用。

在古代，人們的願望是擁有一座築在高山峰頂的美麗城堡，能夠在那兒活到終老。然而，那座山不夠高聳，他們無法倚窗遠眺過去三千年來的滄桑；而現代人只要從平房裡就能看到。城堡中沒有卷帙浩繁，充滿著人類本著不斷的好奇心，在世界各個角落，從沙土底下挖掘出來的文字和圖畫。城堡之中，有的只是一種半信半疑對龍族的情感，但是對於龍是否曾經存在於地球上，人的先祖是否是龍，他們卻一無所知。城堡之中，沒有電影如思想般閃熠在白色牆上；也沒有留聲機；沒有可以體驗速度感的機器；沒有繪著四度空間的圖表；沒有美國明尼蘇達瓦特佛（Waterville）和法國巴黎的生活對比。城堡之中，油燈昏黃微弱，穿堂昏暗陰〔109〕森，房間幽闇深邃。城堡外面的小天地，同樣是陰影重重。而住在堡內的人，心靈最高處所點的也是一盞黯然微光，燈下只有陰影、恐懼、無知、蒙昧。不過，最重要的是，峰頂上的城堡缺乏一種令人屏息的豁然開朗之感——今天，或者應該是明天，人類的力量會突然倍增，再次改變世界。

在那個又高又遠又破的小天地裡的人，腦子塞滿有關魔法的古老傳說。真是討厭啊，至少弗雷克這麼認為。這個傳說完全不能為他指點迷津，他的世界和他們的世界有如天壤之別。

弗雷克在想自己以前是否會不假思索就接受幸福快樂的願望？他左思右想，毫無頭緒。看來他不夠聰明。在那些古老的傳說裡，從來沒有人許下幸福快樂的願望，為什麼？他猜不透原因。

或許他可以試試看，看看到底會發生什麼事。這個念頭讓他不自覺地打顫。於是，他從床上跳了起來，搓著雙手，在紅色磁磚地板上踱來踱去。「我想要幸福快樂……永遠，」弗雷克輕輕說著，仔細聽著自己的聲音，小心翼翼地不去碰到那枚戒指。「幸福快樂……永遠，」前四個字就像堅硬的小石子，敲著他心中的幻想之鐘，發出清脆悅耳的樂音；然而，後面那兩個字卻是一聲嘆息。永遠……，他的心在它低緩沉重的撞擊下，直往下沉。這幾個字在他腦海裡盤旋，交織成悲悽的旋律，又慢慢散去。「幸福快樂……永遠」——不！

麥特森堪稱真正的幻想小說家，他用共通的語言，將魔法世界和現實世界融合為一，他所創造出的合體世界栩栩如生。我不想透露故事的結局，你們也許已經猜到精髓，但是第一次讀的人總是會感到驚喜，而到了故事尾端，好的文學作品將圓滿此願望的概念。

我們從這個有關超自然的簡單例子轉進另一個較為複雜的例子——畢爾彭的《傾校傾城》。這是一本極為成功的作品，內容有趣絕倒。我想，你們都認識道普遜小姐（Dobson），當然不是真的和她有往來，否則你們也不可能坐在這兒。她就是那位風靡整〔110〕個牛津大學的美女，在短短兩個月之間，讓所有大學部學生都為了她而跳河，只有一個年輕人例外——他，從窗戶跳了下去。

這是絕佳的幻想主題，不過得要有巧妙的鋪排。作者將現實、機智、魔咒和神話揉雜在一起，其中以神話為最重要。畢爾彭借用或創造了許多超自然的機械道具，當然，要讓祖蕾佳（Zuleika）操作這些超自然道具是很可笑的；而且，在此情況下，幻想很難發揮功效，其結果不是過了頭，就是起不了作用。於是，我們從汗流浹背的羅馬皇帝們身上，一下子跳到黑珍珠和粉珍珠上面，或是咕嚕叫著的貓頭鷹當中，連繆思女神克里奧（Muse Clio），蕭邦和喬治桑（George Sand）[譯10]、妮利・歐默拉（Nellie O'Mora）的鬼魂都來湊熱鬧。就這樣，一個接一個，撐起這場最精緻完美的葬禮。

他們穿過廣場，越過高街，走上小園林街。公爵抬頭看著墨頓高塔，最後一次看著，它將來不會再跟現在一樣了。真奇怪，墨頓高塔仍然立在那兒，透露出樸實的美，仍然俯視著屋頂與煙囪，注視那座與它相匹配的抹大拉高塔。未來的無數世紀，它仍會如此立在那兒，如此凝視。他畏縮著，牛津的城牆讓我們相形之下顯得渺小，而公爵不願意認為自己的命運非常微不足道。

哎，所有的礦石都在嘲笑我們。那些每年都會落葉的植物倒是顯得更有同情心，紫丁香與金蓮花把那條通到基督教堂草地的欄杆小徑點綴得可愛。這些花兒在公爵走過去時對他搖擺點頭。「再見，再見，公爵閣下。」它們低語著。「我們為你感到難過……真的很難過，我們不敢想像你會比我們早逝，我們認為你的死是一大悲劇。再見！也許我們會在另一個世界再見——如果動物跟我們植物一樣具有不朽靈魂的話。」

公爵不瞭解它們的語言，當他經過這些輕語的花兒時，至少看到了它們對他致意的模樣，於是他微微一笑，表達茫然卻有禮的謝意，臉時而向右時而向左，對它們留下不錯的好印象。

這段文字是不是有一種嚴肅文學作品難以企及的美感？這種描述既有趣又迷人，如此絢爛又深遠。書中對人性的批判並非像箭一般落下，而是繫在風之精靈的羽翅上。到了尾聲（唉，糟糕的結尾通常是小說的致命傷），這篇小說變得鬆弛乏味：從近處看，這個牛津所有大學生的自殺活動已經失去它應有的歡愉氣氛，而諾克斯（Noaks）跳窗身亡更是慘不忍睹。儘管如此，《傾校傾城》仍不失為一部偉大作品。它堪稱是當代在幻想上表現最為極致的作品，尤其是以祖蕾佳臥室為場景，預告著未來災禍的最後那一幕，更是無懈可擊。

〔三〕

此時，她屏息靜氣，心臟跳得很快，站在那兒凝視鏡中的女人，卻視而不見；此時，她轉動身體，迅速跑到放著兩本書的桌子旁，抓起那本 Bradshaw 的《火車旅行指引》。

我們總會介入 Bradshaw 以及任何向他求取訊息的人之間。

「小姐會允許我幫妳找所要的訊息嗎？」梅麗珊問。

「安靜。」祖蕾佳說。我們最初總會排斥任何人介入我們和 Bradshaw 之間的人。

我們總是會在最後接受這種人的介入。

「看看是否可能從這兒直接到劍橋？」祖蕾佳說，把書交給梅麗珊。「要是不可能……，嗯，看看人們怎麼到達那兒的。」

我們從來不會對介入者有信心，介入者在處理關鍵事情時也不會懷著希望。祖蕾佳的不信任升高為憤怒，坐在那兒注視侍女無力又瘋狂似地尋找著訊息。

「不要找了！」她忽然說：「我有更好的主意。妳早一點到車站去見站長，為我訂特別的火車票，譬如說十點鐘。」

她站了起來，手臂伸展到頭上方，嘴唇張開，打呵欠，形成微笑的模樣。接著她用雙手頭髮從肩上推回去，繫成一個鬆弛的結，然後輕悄悄地滑上床，很快睡著了。譯11

所以，祖蕾佳本來應該早已從牛津轉進劍橋。只是她似乎沒有順利抵達，我們只能猜測，這也許是眾神的干預，讓她的專車動彈不得，很可能她的專車至今仍停在布雷契利（Bletchley）譯12的側軌上。〔112〕

在前面條列的方法中，我提過嘲仿和改編，現在我們就進一步討論。這一類的幻想小說家選擇某一部早期作品作為他的神話，並借用其架構，或據己意使用。我們要以《約瑟夫．安德魯》（*Joseph Andrews*）為例，但這是個失敗的例子。費爾丁一開始將李察森的《潘蜜拉》（*Pamela*）設定為他的喜劇神話，為了增加趣味性，他為潘蜜拉找了一個哥哥，是個秉性純良的僕人；再讓布畢先生（Mr B.）多了一個姑姑布畢夫人（Lady Booby），費爾丁認為，潘蜜拉的哥哥應該要拒絕對他大獻殷勤的布畢夫人，以便重現潘蜜拉讓布畢先生吃閉門羹的那個橋段。如此一來，他不但可以嘲弄李察森，還能順便表達自己的人生觀。然而，費爾丁的人生觀很簡單，僅以創造出實實在在的圓型人物為足，所以當亞當斯牧師（Parson Adams）和管家史莉普史羅普太太（Slipslop）一出場，幻想立時消散，然後我們讀到的是一部獨立作品。《約瑟夫．安德魯》除了有其歷史重要性之外，還提供我們一個錯誤起頭的示範。作者從愚弄李察森的世界下筆，最後卻板起臉來退回自己的世界——那個屬於湯姆．瓊斯和阿美麗亞的世界。

嘲仿或改編對某些小說家有相當多的好處，尤其是那些有很多話要說且極具天賦，但卻無法從各色人物的觀點去看這個世界的作家，也就是那些無法得心應手創造人物的小說家。這類小說家該如何入手？既存的作品或文學傳統可以激發他們的靈感：他們可以在飛簷浮雕中找到範本；或是在椽樑間來回擺盪，擷取創作力量。狄更生的奇幻作品《魔笛》就是這麼寫出來的：他以莫札特的世界作為自己的神話。塔米諾（Tamino）、薩拉斯特 〔113〕
羅（Sarastro）、夜后（Queen of the Night）站在他們的魔幻王國裡，等待作者在他們體內挹入思想，讓他們重獲新生，而一部絕妙新作也就此誕生。而另一部奇幻鉅作——喬伊斯的《尤利西斯》[2]也是如法炮製而成。這部偉大巨構，堪稱是這個時代最有趣的文學實驗，但是如果沒有《奧德賽》，喬伊斯就無法成就出《尤利西斯》；《奧德賽》正是喬伊斯的創作指引及嘲弄的目標。

幻想只是《尤利西斯》其中一面，當然它絕非只是一本幻想小說，它有一股亟欲把這世界埋於污泥中的企圖，它顛覆維多利亞價值（Victorianism），讓暴戾和墮落取代善美和光明，為了地獄而將人類性格簡化。所有的簡化都很吸引人，帶領我們遠離真實（相較之下，《項狄傳》的混亂反倒很接近真實）。《尤利西斯》不會讓我們想到什麼道德倫理，否則我們就必須同時探討亨芙蕾・華德夫人（Humphry Ward）[譯13]的作品。我們之所以關心《尤利西斯》，是因為喬伊斯透過神話，成功創造出他所欲的奇特舞台及人物。

這本四十萬言的鉅著，敘述的只是一天之中發生的事，場景在都柏林，主題是一次旅行——一個現代人從黎明到午夜，從床鋪到日常粗活，到葬禮、報社、圖書館、酒館、廁所、醫院、海邊漫步、妓院、咖啡館，兜了一大圈，最後再度回到床上。這趟旅程完全繫於一位英雄（尤利西斯）遊歷希臘海的旅行，就像一隻掛在飛簷上的蝙蝠。

尤利西斯就是布魯姆先生（Leopold Bloom），一個改宗信基督教的猶太人，貪婪、〔114〕好色、懦弱、輕浮、散漫、膚淺、溫吞，他最讓人看輕的地方是，老是裝出一副有抱負的模樣。他用身體去探索生命的真相。潘尼洛普（Penelope）是布魯姆太太（Marion Bloom），一個過氣的女高音，對追求者總是來者不拒。第三個人物是年輕的狄達勒斯（Stephen Dedalus），布魯姆先生在精神上把他當兒子看待，一如尤利西斯將特勒馬科斯（Telemachus）[譯14]視若已出。狄達勒斯希望藉由理智去探索人生，我們在《一位年輕藝術家的畫像》（*A portrait of the artist as a young man*）中已經見過他，而現在他在這部污穢、

2 巴黎莎士比亞書店（Shakespeare & Co., Paris）於一九二二年發行的《尤利西斯》初版，現在（指一九二七年）英國已經絕版，但在更文明的美國，當地出版界倒是發行了數種版本，全是未經作者授權，連一分錢版稅也未付給作者的盜版。（取得作者授權的完整版，一九三四年在美國發行；英國正本則是在一九三六年出版。）

幻滅的史詩中再度出現。他和布魯姆先生在前往夜城（Night Town）途中相遇（這一段和荷馬《奧德賽》中「魔女瑟西的宮殿」〔Circe's palace〕及「遊冥府」〔Descent into Hell〕兩段相呼應）。在那些神奇又骯髒的巷弄裡，他們建立起平淡而真摯的友誼。這是書中最關鍵的轉折，在此小怪小妖處處，彷如毒蛇體內無所不在的毒液一樣。天堂和人間充滿了惡魔般的怪物，人格消融，性別混亂，直到整個宇宙，包括可憐的、縱欲的布魯姆在內，全都捲入一場悲慘的狂歡為止。

故事是不是到此為止？不，還沒！不管是在朱文納爾（Juvenal）、史威弗特或喬伊斯的作品中，文學中的憤怒從來都是沒完沒了的，簡潔的文字中另有弦外之音。夜城那一幕是不會結束的，而是幻想的再次重現，所有回憶的荒謬集結。幻想所能達到的滿足在此皆已成就，全書從頭至尾不乏類似的實驗；其目的在於將世間所有事物內外翻轉、上下顛倒，使其墮落沉淪，尤其是人類文明與藝術。或許，有些狂熱份子會認為《尤利西斯》不應該被歸類為幻想小說，而是屬於即將討論的預言小說。我瞭解這種批評，不過我比較傾向於將它和《項狄傳》、《弗雷克的魔法》、《傾校傾城》和《魔笛》相提並論，因為喬伊斯那股熊熊的憤怒之氣，其實和其他幾位作家的歡愉或冷靜的氣質相仿，在本質上都屬於幻想，而且缺少了〔115〕我們即將聽見的聲調之美。

我們將對這種神話觀做更進一步且更縝密的探討。

譯註：

譯1　皮考克（1785-1866），英國小說家和詩人。大半生都在東印度公司服務。延襲十八世紀諷刺文學作風，喜以作品嘲諷浪漫主義潮流。他的小說以人物對話爲主，人物描寫和故事情節居次要地位，較有名的作品有《噩夢修道院》（*Nightmare Abbey*, 1818）。

譯2　史威弗特（1667-1745），愛爾蘭出生的英國作家，被譽爲最傑出的英語諷刺散文作家，代表作是《格列佛遊記》（*Gulliver's Travels*, 1726）。

譯3　亞斯奎斯（1858-1928），於一九〇八至一六年間擔任英國首相。

譯4　《淑女變狐狸》（1922）作者大衛．加涅特（David Garnett），二十世紀初期英國的知名評論家和小說家，爲《新政治家和國家》（*New Statesmen and The Nation*）期刊的藝文主編。

譯5　猶太即古巴勒斯坦的最南地區，北連撒馬利亞（以色列），西瀕地中海，包括今巴勒斯坦的南部地區和約旦的西南部。最初是「迦南人」的居地，西元前十四世紀，愛琴海沿岸的腓利士（Philistine）遷徙定居。公元前一〇二五年，摩西出埃及，回到以色列之後，一個以耶和華神爲信仰統一的希伯來王國慢慢形成，之後的所羅門王（King Soloman）建立耶和華聖殿（The Temple），作爲猶太教的信仰中心，史上稱之爲第一聖殿，所在位置即今天所稱的神殿山。西元一三五年羅馬帝國統治猶太人，將耶路撒冷夷爲平地，改建新羅馬城「愛利亞加比多連」；同時，參考舊名，將猶太更名爲敍利亞巴勒斯坦那（Syria Palestine），即現今的巴勒斯坦。更在耶和華聖殿原址，興建了一所供奉羅馬天神朱庇特（Jupiter，即宙斯）神廟。佛斯特此處的猶太，應該就是指神殿山上、羅馬的朱庇特神廟，及羅馬神話的眾神。

譯6　赫密士是阿波羅之弟，希臘神話中的信息之神，天神宙斯的信差。

譯7　利利普特是《格列佛遊記》中的小人國。格列佛一共遊歷了四個神祕國度：首先到達好戰的小人國利利普特，再到愛好和平的巨人國布羅丁納格（Brobdingnag），然後登陸熱鬧的天空之城拉普達（Laputa），最後到智馬和犽猢國(Houyhnhnms and Yahoos)。史威弗特在後兩段敘述中，幻想天賦發揮得淋漓盡致，堪稱是現代科幻小説的先驅。

譯8 喬托（約1266-1337），義大利畫家、雕刻家和建築師，佛羅倫斯畫派的創始人，也是文藝復興的先驅者。喬托卓越的繪畫技巧是中世紀與文藝復興的分界線，不但使西方美術擺脫中世紀的美術框架，開創寫實畫風，同時奠下文藝復興藝術的現實主義基礎，被譽爲「歐洲近代繪畫之父」。

譯9 塞尚（1839-1906），後印象主義的代表畫家，他反對印象主義那種忽視素描、把物象弄得朦朧不清的風格；極力追求一種能塑造出鮮明、結實的形體的繪畫語言，脱離了西方藝術的傳統，因而贏得「現代繪畫之父」的美譽。

譯10 蕭邦（1810-1849），波蘭音樂家，有「鋼琴詩人」之稱，父親是法國人，母親是波蘭人；他和喬治桑的愛情故事，是十九世紀法國藝文界的一則傳奇。喬治桑（1804-1876），法國女作家，浪漫主義女性文學和女權主義文學的先驅。

譯11 此段文字摘錄自《傾校傾城》，陳蒼多譯，八方出版，二〇〇六年。

譯12 布雷契利位於牛津大學和劍橋大學中間的火車站。二次大戰後因布雷契利園區（Bletchley Park）而聲名大噪。

譯13 亨芙蕾．華德夫人（1851-1920），生於澳洲的英國小説家，著有《羅伯特．埃爾斯梅爾》（*Robert Elsmere*, 1888）等二十五本小説。本名爲瑪麗．奧古斯塔．阿諾德（Mary Augusta Arnold），爲英國教育家阿諾德博士（Dr.Thomas Arnold）的孫女。

譯14 特勒馬科斯是希臘神話中的希臘英雄奧德賽和妻子潘尼洛普的兒子。

第七章　預言

預言需要兩個條件：謙虛和放下幽默感……謙虛在此是絕對必要的。少了它的佐助，我們就聽不見預言者的聲音，也看不見預言的光華，只看到可笑的事物。至於幽默感則是必須揚棄的，這種附庸於有教養人士的特質必須擱置在一旁。

狹義的預言，也就是揭露未來之事，並非我們的討論重點；而它作為正義的籲求，也〔116〕不是我們所關心的。我們有興趣（我們必須加以回應的，因為「興趣」一詞已變得不適當）的是：小說家敘事時的聲調（accent），一種幻想的管簫已為我們預奏過的聲調。小說家的主題浩瀚寰宇，但是他未必得「說出來」；他想要用唱的，但那出奇的歌聲若在小說殿堂響起，勢必會嚇到讀者。歌聲如何能和凡俗的家具相融呢？我們可以問問自己，答案必定是：「不太好。」歌者未必都有可以伸展的空間，於是乎，桌子椅子可能被撞毀，這就是為什麼那些帶有吟遊詩人之味的小說通常給人滿目瘡痍之感，就像地震過後或一群小孩嬉鬧過後的客廳。讀過勞倫斯小說的人，應該就能體會我的意思。

在我看來，預言是一種聲調（a tone of voice），可以暗示任何和人性有關的信仰，例如：基督教、佛教、二元論（dualism）、魔鬼崇拜（Satanism），或是僅僅是一種人們對於自身所沒有的力量的愛恨情感；至於這些觀點究竟何者值得推薦，就和我們沒有直接相關。這種暗示的意含才是重點所在，會在小說家的措辭起伏間流瀉出來，而這次演講的主題大而籠統，我們卻可以更靠近風格（style）的細微之處。我們將著眼於小說家的心靈狀態，以及他實際使用的對白；我們將盡可能不去理會一般凡俗的問題。之所以說「盡可能」，是因為所〔117〕有小說當中都必定會有桌子椅子之類的俗物，而絕大多數讀者會先看到這些道具。在我們指控小說家捏造或歪曲事實之前，必須先瞭解他的寫作觀點。他的目光並不會落在那些雜物上頭，所以它們自然並非焦點所在。我們只看到他不在乎的那些東西，而非他所在乎的，卻盲目地嘲笑他。

我說過，小說的每一個面向都要求讀者必須具有與之相對應的條件。預言需要兩個條件：謙虛（humility），和放下幽默感。我對謙虛這種人格特質沒什麼好感，在現實生活的許多情境下，謙虛只是一種天大的誤解，還落得成為懦弱或虛偽。然而，謙虛在此卻是絕對必要的。少了它的佐助，我們就聽不見預言者的聲音，也看不見預言的光華，只看到可笑的事物。至於幽默感則是必須揚棄的，這種附庸於有教養人士的特質必須擱置在一旁。就像聖經裡的那幫小夥子，在看到頂著滑稽禿頭的先知時，忍不住大聲嘲笑他；但是，我們能夠克制想笑的念頭，也能瞭解這種嘲弄行為不但沒有價值，甚至會害自己成為熊的食物。譯1

接下來，我們要來區辨預言小說家和非預言小說家。

舉兩位小說家為例。這兩位都是自小浸淫在基督教文化中，卻在深思熟慮後，放棄原有的宗教信仰。儘管如此，他們還是不曾離棄，或不欲離棄基督教精神，因為他們視此為一種忠誠。他們都主張罪愆必須受到懲罰，如此才能滌盪心靈，而且他們並不像古希臘人或現代印度教徒一樣超然旁觀，而是以淚眼看待這個過程。他們認為，憐憫是一種氛圍，在其中道德才能發揮作用，否則將流於粗暴和無意義。在罪人受罰滌罪之後，如果沒有神的恩澤作為附加治療，何以奏效？而這種附加之物又從何而來呢？當然不是設計製造出來的，而是來〔118〕自於這個過程的氛圍，（他們堅信）來自於上帝的慈愛和悲憐。

這兩位小說家實在很像。不過，一位是喬治．艾略特，另一位則是杜思妥也夫斯基。或許有人會說，杜思妥也夫斯基的作品有異象（vision），但其實艾略特的小說也不乏異象。要分辨他們並非易事，不過卻是必須的。如果我從他們各自的作品中擷取一段來讀，那麼兩者的差異立見。對分類專家而言，這兩段文字其實大同小異；但在一個有音樂鑑賞能力的人看來，絕對是兩個不同世界的產物。

我先從《亞當．畢德》（*Adam Bede*）的一段文字談起，在五十年前，這是一段讀者耳熟能詳的文章。這段內容敘述的是：女主角海蒂（Hetty）在獄中，因被控謀害自己的私生子而判處死刑。她沒有認罪，冥頑不靈、毫無悔意。衛理公會教徒迪娜（Dinah）到監獄向她傳福音。

> 迪娜開始懷疑海蒂是否察覺到陪在她身邊的是誰……但是她自己愈來愈強烈地感覺到聖靈（Divine）的存在，甚至，彷彿她自己就是聖靈的一部分，聖靈的慈悲在她

內心跳動著，一心想要拯救眼前這個無助的人，為她滌淨罪惡。最後，她決定開口刺探，看看海蒂對聖靈降臨這件事究竟感應到幾分。

「海蒂，」她輕聲地說，「妳知道現在坐在妳身邊的是誰嗎？」

「知道，」海蒂慢慢回答，「就是妳，迪娜。」然後，她頓了一下，繼續說：「但是妳也無能為力，什麼忙也幫不上了，他們下星期一就要把我送上絞架，今天已經是星期五了。」

「可是……海蒂，在這間牢房裡面，除了我，還有另一個人陪在妳身邊。」

海蒂低聲驚呼說：「誰？」

「一個當妳犯罪和受難時始終與妳同在的人，祂知道妳心裡的所有念頭，對於妳去過哪裡、在哪裡躺下又起身，以及對妳想隱瞞的一切事情全都瞭如指掌。而且，到了下星期一，當我無法繼續陪著妳，我的手無法觸摸到妳，當死亡讓我們陰陽兩隔時，現在陪著妳、知道一切的這個人，到時候仍會與妳同在。無論何時都一樣，無論我們活著或死了，神都與我們同在。」

「迪娜！真的沒有人可以幫我了嗎？他們一定會把我吊死嗎？……我還想活下去……幫幫我……我沒像妳那樣感覺到任何東西……我的心是剛硬的。」

〔119〕

迪娜握住那隻緊扣著自己的手，全神貫注地禱告：

「大能的救主！降臨吧，讓死者聽到您的聲音；讓眼瞎的人得以看見；讓她看見神與她同在；讓她除了切斷她與神之連繫的罪之外，無所畏懼。主的愛融化她剛硬的心，開她緊閉的唇，讓她全心全意地向您呼求：『天父神！我有罪！』」

「迪娜，」海蒂哭了起來，雙手抱緊迪娜的頸子，「我說……我承認……我不會再繼續隱瞞了。事情是我做的，迪娜……小寶寶……我把他埋在樹林裡……他一直哭……我聽到他在哭……即使距離那麼遠……整個晚上……我又走回去，就是因為他在哭。」

她停了一會兒，又急忙地拉高音量，用一種懇求的語氣繼續說。

「但是，我想他應該沒死，也許有人發現他。我沒有害死他，不是我親手殺他的。我把他放在那兒，蓋起來，但是當我走回去時，他已經不見了……。直到發現寶寶不見時，我才知道自己的真實感受。當我把他放在那裡時，就是希望有人能發現他，把他救走。但是，當我看到他不見時，我嚇得全身僵硬，心裡覺得好害怕，腦子一片空白，整個人快要虛脫了。我明白自己不能逃走，看到我的人都會知道有關寶寶的事。我的心變成石頭，無法奢望或做任何事，我好像會永遠待在那兒，動彈不得，沒有任何事情可以改變。但是，他們來了，把我帶走。」

海蒂沉默下來，卻再次顫抖，彷彿還隱瞞了一些事情；迪娜靜靜地候著，心已滿溢，話未出口淚已先流。最後，海蒂突然放聲大哭，說道，

「迪娜，現在我把一切全都招了，妳想神會帶走那陣哭聲和樹林的那個地方，赦免我的罪嗎？」

「可憐的罪人，讓我們一起禱告；讓我們再次跪下，向慈愛的神禱告。」〔120〕

我就這麼摘錄這一段有失公允，艾略特的寫作必須在長篇中才能彰顯——她並非以細緻風格見長。這一段敘述誠摯感人，充滿基督教精神。迪娜所祈求的神，正是作者心中的活水源頭，她不是拿神來作為打動讀者情感的道具，而是將祂視為人類在犯錯、受苦受難時的守護者。

接下來，我們要來對照一段摘自《卡拉馬佐夫兄弟》的文章。（米嘉〔Mitya〕被控弒父，但其實他只是在精神上有此念頭，而非真的犯下謀殺父親的大錯。）

審案人員著手對筆錄作修訂定稿。米嘉站起來，走到布幔前的一個角落裡，在店家

的一只鋪著氈毯的大箱櫃上躺下，轉眼便睡著了。

他做了一個奇怪的夢。

夢中的時間和地點與此時此地風馬牛不相及。他好像坐車行進在大草原上，很久以前他服役的部隊曾駐紮在那裡。他坐的是一個鄉下人趕著兩匹馬拉的大車，路上雨雪泥濘。米嘉似乎有點冷，時值十一月初，潮濕的鵝毛大雪鋪天蓋地般落下來，著地即化。車夫揮鞭的動作挺精神，他蓄著淺色的長鬍，還算不上老漢，也就五十歲上下，穿一件灰色的土織粗呢外套。前邊不遠有個村落，可以看見幾座黑不溜丟的農舍，有一半已毀於火災，只剩下燒焦的原木。村口路上站著許多村婦，排成長長一列，一個個面黃肌瘦，尤其是最邊上的一個女人，骨瘦如柴，個兒挺高，看上去有四十歲，其實也許才二十，長長的臉上幾乎沒有一片肉，手裡抱著個在哭的孩子，她的乳房那麼乾癟，裡邊一滴奶也沒有。那孩子哭得厲害，伸出兩條光胳臂，小小的拳頭凍得發青。

「他們哭什麼？他們哭什麼？」米嘉問，馬車飛也似的打他們身邊駛過。

「娃子，」車夫答道：「娃子在哭。」

令米嘉感到驚異的是，車夫說了個他們鄉下人土話中的詞兒「娃子」，而不是孩子。他喜歡車夫說娃子：這兩個字包含的憐憫更多些。

「他幹嘛哭？」米嘉像個傻子似地隨口窮究。「幹嘛光著胳臂？幹嘛不把他裹起來？」

「娃子凍壞了，衣服冷冰冰的，穿在身上不暖和。」

「怎麼會這樣？為什麼？」直冒傻氣的米嘉仍不罷休。

「窮啊。房子燒了，麵包沒了，只得指著火場要飯。」

「不，不，」米嘉好像還是不開竅，「你說：為什麼房屋被燒的那些母親站在那裡？為什麼人們那樣窮？為什麼娃子那麼可憐？為什麼草原上光禿禿什麼也沒有？為什麼不見她們互相擁抱、親吻，唱歡樂的歌？為什麼她們一個個滿臉晦氣？為什麼不給娃子餵奶？」

他內心感覺到，雖然他問得很愚蠢，毫無意義，但他就是想這樣問，而且就得這樣問。他還感覺到，一種前所未有的惻隱之心在他胸口油然而生，他想哭，他想為所有的人做點兒什麼，讓娃子再也不哭，讓又黑又瘦的母親再也不哭，讓每一個人從這一刻起都不掉眼淚。他想馬上行動，馬上著手做這件事，拿出不可阻擋的卡拉馬佐夫精神來，什麼也不顧忌，說幹就幹……他的心整個兒都熱了起來，嚮往著光

〔121〕

明。他想活下去，一直活下去；他要往前走，走上一條大路，直奔充滿希望、煥然一新的明天。快，快，立即開始，馬上就幹！

「幹什麼？去哪兒？」他呼喊著睜開眼睛，在箱櫃上坐起來，猶如從暈厥中甦醒，可是臉上卻泛起坦蕩的笑容。尼古拉．帕爾菲諾維奇（Nikolay Parfenovitch）正站在他面前，請他去聽一下審訊筆錄，然後簽字。米嘉估計自己已睡了一個小時或更多時間，但是尼古拉．帕爾菲諾維奇在說些什麼他充耳不聞。他忽然驚詫地發現，他腦袋底下多了個枕頭，剛才他累倒在箱櫃上的時候明明沒有枕頭。

「是誰在我腦袋底下塞了個枕頭？這樣的好心人是誰？」他滿懷感激之情地大聲問道，聲音像是在哭，彷彿別人對他施了不知什麼大恩大德似的。

這個好心人以後史中沒有誰知道，可能是某一個見證鄉民，也可能是尼古拉．帕爾菲諾維奇的年輕文書，出於同情心給他墊了個枕頭，但在熱淚盈眶之餘，他的整個靈魂都為之震盪。他走到桌子跟前，表示願意在任何文件上簽字。〔122〕

「我做了個好夢，二位，」他說話的語氣有點兒古怪，同時容光煥發，喜形於色。譯2

現在，這兩段文章的差異在：第一段文章的作者是位傳道者（preacher），第二位則是預

言者（prophet）。艾略特通篇談論著神，筆觸始終聚焦在此；在她筆下，神和桌子椅子等雜物全處於相同的位階，結果我們完全感受不到整個宇宙需要神的悲憐和慈愛，只有海蒂的牢房才需要。但是，在杜思妥也夫斯基的作品中，人物和情境所表現出的內涵，超越作者所賦予他們的定義，雖然他們只是單一個體，卻能讓自己不斷地延伸發展，直至無窮無盡。這正好呼應聖女加大利納．瑟納（St. Catherine of Siena）譯3的那句傳世名言：神存在靈魂之中，而靈魂也存在神之中，如同海水存在魚身之中，而魚身在大海之中。杜思妥也夫斯基寫下的一字一句，都隱含著這種延展性，而這種延展性正是他作品的優勢。就一般標準而言，杜思妥也夫斯基是一位偉大的小說家，他筆下的人物不脫一般生活但又有其遭遇，還有讓我們為之一振的意外安排，如此等等；他胸懷預言者的偉大，那是非一般標準所能斗量的。

這就是海蒂和米嘉之間的不同，儘管他們都存在於相同的道德和神話世界中。海蒂就其本身來看，已經足夠勝任，她是個貧苦女孩，為自己的罪行懺悔，祈求心靈能歸於平靜。但是米嘉本身的角色塑造其實不夠飽滿，唯有透過他所隱含的延展性，才能窺見他的真實面貌，他不曾侷限在狹隘的心境之中。如果我們只看米嘉這個人，他的輪廓會因為線條斷續而顯得扭曲變形；因此，對於他因那個枕頭而產生的過分感激，我們只會將它解釋為那是因為米嘉累壞了，就和現實生活中尋常俄國人的反應沒兩樣。除非我們看出他隱含的延展性，看出杜思妥也夫斯基對他的著墨重點不在那個木箱櫃，甚至不在那個夢境，而是一個足以〔123〕包容所有人類的廣闊天地，否則我們無從瞭解他這個人。說穿了，米嘉就是我們所有人，阿遼沙（Alyosha）、斯涅爾加科夫（Smerdyakov）也是。他是一個先知得見的異象（prophetic vision），也是小說家的創作物。不過，在這裡，在這個演講廳當中，他並不會變成我們所有人，米嘉就是米嘉，一如海蒂就是海蒂。經由悲憐和慈愛所產生的延展、融化和調和，發生在一個只能意會不能言傳的領域裡，而小說也許並不是到達那種境界的好方法。那個屬於卡拉馬佐夫、麥許金（Prince Myshkin）[譯4]、拉斯柯尼科夫（Raskolnikov）[譯5]的世界，以及我們稍後即將提到的白鯨莫比・迪克的世界，並不是一層簾幕，或是有弦外之音的寓言故事。它是尋常的小說世界，但卻可以讓我們看到背後的更多事情。之前談過的詼諧小人物——那位和獅子狗一起坐在沙發上的柏爾川夫人，或許有助於我們討論這個較深入的問題。我們認為，柏爾川夫人是個扁型人物，一旦情節需要，她可以延展為圓型人物。至於米嘉，雖是圓型人物，但是他也能夠延展；他不具神祕性，沒有隱藏任何東西；他不具象徵性，沒有代表其他東西；他只是德米特里・卡拉馬佐夫（Dmitri Karamazov），但是身為杜思妥也夫斯基筆下的人物，他就會和所有其他人相互連結。於是乎，一股巨流突然襲捲而來，在我看來，這就是文末那一句話：「我做了個好夢，二位。」我有過那樣的好夢嗎？沒有！杜思妥也夫斯基筆下的人物要求和我們體會一些比他們的經驗更深層的東西。他們讓我們感到情緒翻騰，彷彿身在一個透明球體內，往外看著自己的經驗——遙遠微渺，但卻屬於我們自己的經驗。我們依舊是人類，沒有少了什麼，只是「魚身在大海之中，而海水存在魚身之中」。

談到這兒，我們已然觸及討論主題的界限。我們不打算去探究預言者傳遞的訊息，或是說，雖然我們無法將內容和方法全然切割開來，但至少我們盡可能不去涉及這部分。我們的重點是——預言者的聲調和歌聲。海蒂在牢中或許也做過好夢，對她而言，那應該是真的，〔124〕
逼真到令她信以為真，但那只是南柯一夢。迪娜也許會說她很高興，而海蒂則描述著夢的內容，這個夢和米嘉的並不一樣，它和情節轉折有邏輯相關，而艾略特則會趁機針對好夢說些同情的話，讓承受苦難煎熬的心靈獲得不可思議的撫慰。於是，這兩幕場景、這兩本小說、這兩位作家的對比，看似相同卻全然不同。

在此，另一個重點浮現了。如果把預言者當作單純的小說家，會得到一些意想不到的好處。所以，有時候要讓他到客廳坐坐，即使他可能把家具給毀了，卻能令人為之一亮。就像我說過，幻想小說家手上握著一道光，有時會照在被常理之手給弄髒的家具上，把這些家具打點得比平時更加明亮。像這類偶發的寫實片段，在杜思妥也夫斯基和梅爾維爾的鉅作中隨處可見。杜思妥也夫斯基可以不厭其詳地精確描述一場審判或一段樓梯；梅爾維爾則能分門別類地列出鯨魚的相關製品。（梅爾維爾說過：「我發現最平凡的事，就是最棘手的事。」）勞倫斯可以鉅細靡遺地描繪著一片野花盛開的草原，或是通往弗里曼特爾（Fremantle）[譯6]的港口。前庭的小東西似乎攫住預言者當下全部注意力，他就像和同伴玩遊戲的孩子一樣，安靜、忙碌地埋首把玩著這些小玩意兒。在這些幕間穿插的時候，他有何感覺？這是另一種興奮（excitement）的形式？或者他只是稍事休息？毫無疑問地，那種感覺就像A. E.[譯7]忙著做乳酪，或克勞岱（Paul Claudel）[譯8]努力拚外交時的心情一樣，只是，那是怎樣的一種感受？無論是什麼，它顯示出這些小說的特徵，且賦予它們藝術作品令人振奮的特質：粗糙的外表。當它們從我們眼前經過時，映入眼簾的是月球表面般的坑坑疤疤，絲毫引不起我們的任何興致。但是，等它們遠去，我們淡忘了那粗糙的表面，看到的卻是一輪晶瑩通透的明月。

行文至此，預言小說似乎也有其明確的特色。它需要讀者具有謙虛之心，並放下幽默〔125〕感。但它另有言外之意，我們不能從杜思妥也夫斯基的例子下定論，認為它暗喻的必然是悲憐和慈愛。它有時是寫實的，給予我們來自歌曲或聲音的感動。它和幻想不同，因為它的臉永遠朝著某個固定方向，而幻想卻游移不定。對預言小說而言，混亂（confusion）是偶發的現象，但混亂卻是幻想小說的本質——《項狄傳》就亂成一團；《傾校傾城》不停地變換其神話根源。也有人認為，預言小說家比幻想小說家更抽離（gone "off"），他在寫作時是處於一種更遙遠的情感狀態。具有這種能力的小說家並不多。愛倫・坡（Edgar Allan Poe）偶有這方面的表現。霍桑（Hawthorne）對於個人的救贖問題憂慮太多，無法施展。哈代身為哲學家和偉大詩人，或許可以有一番作為，只可惜他的小說縱覽全局，卻發不出聲音來。因為作家雖然往後退，但筆下人物卻未跟著向後展延，所以他雖然讓我們看到人物揮舞雙臂，他們承受著和我們近似的苦難，可是他們永遠無法向後延展——因此，裘德不會像米嘉一樣，跨步向前對我們說：「我做了個惡夢，二位。」而使我們的情緒獲得抒解。康拉德和哈代相同，在《黑暗之心》（*Heart of Darkness*）一書中，馬羅（Marlow）[譯9]的聲音也因為塞滿太多經驗，而無法引吭高歌，許許多多錯誤的、美麗的回憶，讓他喑然失聲；他的創造者看了太多東西，以致於無法超脫因果的框架。為了建立哲學，即使是哈代和康拉德那種既詩意又飽含情感的哲學，小說家陷入對生命和事物的沉思之中。然而，預言者不沉思，也不執意強求，這就是我們不將喬伊斯納入預言之列的原因。喬伊斯具有許多近似於預言的特質，而且他也展現出一種對惡極富想像力的理解（尤其是在《一位年輕藝術家的畫像》書中），只可惜他過於匠氣，像個工人似地到處找工具；而且，儘管內在鬆弛，他卻表現得過於嚴謹，除非是深思熟慮後，否則他絕不模糊其詞；他的作品就是不停地說、說，卻從來不唱歌。

〔126〕

因此，即便我認為這次演講所討論的是小說中極為有特色的一個面向，並非揑造的面向，但我僅能舉出四位作家來說明：杜思妥也夫斯基、梅爾維爾、勞倫斯，以及艾蜜莉．勃朗特。杜思妥也夫斯基已經談過，勃朗特留待最後再論，至於梅爾維爾正是此處重點，而核心則是他的《白鯨記》。

如果我們把《白鯨記》當成一本富有詩意的捕鯨故事的話，它算是相當淺白易讀。然而，一旦我們抓住隱在書中的預言之歌，那麼它就會變得難懂，且非常重要。如果將《白鯨記》的精神主軸用文字來表現的話：一場拖得過久又方法不對的邪惡對抗戰。白鯨是惡的化身，亞哈船長（Captain Ahab）對它追擊不休，結果他的行俠仗義最後變成復仇行動。如果我們要的話，這句話可以作為這本書的象徵，但它大抵就是一個冒險故事，所以這句話其實並不能幫助我們更進一步瞭解，反倒可能拖著我們往後退，誤將一切事件等而視之，無法領略其粗糙的外表和豐富的內涵。爭鬥（contest）的概念可以保留：所有行動都是一場戰爭，唯有快樂才是和平。但這是什麼和什麼之間的爭鬥？倘若我們說是善與惡，或是兩股不能相容共存的邪惡勢力，那就錯了。《白鯨記》的本質，亦即它的預言之歌，就像一道伏流，貫穿這整個行動及其表面寓意，不是筆墨所能形容。即使在全書尾聲，當船沉沒，天之鳥（bird of heaven）被困在桅杆上的旗幟內，空棺從漩渦中迸出海面，將伊希梅爾（Ishmael）帶回人間，我們還是無法抓住它的歌詞。這曲調時強時弱、時放時收，卻沒有明確的答案，當然也無法向後延展，達到以普世的悲憐與慈愛為依歸的境界，更不可能聽到這一句：「我做了個好夢，二位。」

這本書的不尋常特質，出現在開場的兩件意外當中：一是有關於約拿（Jonah）的證道詞；二是伊希梅爾和貴奎格（Queequeg）的友誼。〔127〕

那段證道詞和基督教義完全無關，它要求的是不求回報的堅忍與忠誠。證道者「跪在講壇前邊，把他那雙棕色的大手交叉抱在胸前，閉著眼睛仰起頭來，心懷虔誠地做起禱告，彷彿他是跪在海底禱告似的。」譯10 最後他以比恫赫更令人驚駭的歡呼作為結束：

> 願那些能夠抗拒現世的魔鬼和船長的、永遠表現自己堅韌不拔的本性的人得到喜悅——一種非常非常昂揚而又深沉的喜悅。當這個卑鄙、險詐的世界的船已在他腳下沉落，而他堅強的臂膀還撐得住自己的人，願他得到喜悅。在真理上毫不寬縱的人，他把一切罪孽殺盡、燒光、毀淨，雖然這些罪惡是他從參議員和法官的袍服下拉出來，也願他得到喜悅。喜悅，願至高的喜悅，願那個不承認別的法律和主宰，只認得主耶和華，只對上天忠誠的人得到至高的喜悅。願那個在萬浪

翻騰，波濤洶湧中永遠動搖不了他那萬世不易的龍骨的人得到喜悅。永恆的喜悅和歡悅將屬於他，屬於那個雖然行將結束生命，卻在彌留時分還會說這話的人——我的天父啊！——首先使我認識的是您的責罰——不管是進地獄還是進天國，我就要死了。我竭力想歸屬於您，是遠超過想歸屬於這個世界，或歸屬於我自己。然而，這是微不足道的：我把永恆歸給您；一個人如果活得比他的上帝更長久，那算什麼人呢？譯11

我們在《白鯨記》尾聲，災難降臨前看到的最後那艘船，也叫作「喜悅號」（Delight），我認為這並非巧合；這是一艘不祥之船，她和白鯨曾有過遭遇戰，還被撞得支離破碎。我不知道預言者的這番安排究竟有何玄機，不過他也無法為我們解答。

在證道詞之後，緊接著上場的情節是：伊希梅爾和食人族貴奎格結為莫逆之交。因為這一點，使得這本書乍看之下頗有幾分兄弟英雄史的況味。然而，人際關係在梅爾維爾眼中無足輕重；而且，在那一幕光怪陸離、驚天動地的出場之後，貴奎格幾乎被作者給遺忘了。幾乎，不是全部。到了接近尾聲的地方，他大病一場，其他人為他釘了副棺木，但沒派上用場，因為他康復了。就是這副空棺，最後像救生圈一樣，將伊希梅爾從最後的大漩渦中救了〔128〕

出來。不過，這也不是巧合，而是一個突然躍進梅爾維爾心中，未經琢磨過的連結。《白鯨記》一書蘊藏著豐富的涵義，這些涵義是另一個問題。如果我們把「喜悅號」或棺木救生圈視為象徵符號，那是不對的，因為即使這些象徵意義是正確的，也只會使整本書沉靜無聲。對於《白鯨記》，我們除了說它是一場爭鬥之外，無法再用言語加以詮釋。剩下的都是歌。

梅爾維爾對「惡」的概念，是他作品力量的來源。一般來說，在小說裡幾乎無法想像惡，它躲在行為不端下面，很少浮上來，或是撥開神祕的烏雲。對絕大多數小說家而言，惡不外乎是有關性或是社會，抑或是某種極度含混不清的東西，透過特殊風格，以著詩的蘊含才能適切地表現出來。小說家需要惡的存在，因為它可以仁慈地幫助他們推展情節；只是在小說之中，惡所扮演的絕非什麼仁慈的角色，通常都是作惡多端的壞蛋或惡棍，比如羅弗雷斯（Lovelace）[譯12]或尤萊亞．希普（Uriah Heep）[譯13]，但他們對作者的戕害其實遠大於對小說中人物的傷害。不過，要看真正的大反派，必須到梅爾維爾的另一作品《比利．巴德》（*Billy Budd*）[1]中才找得到。

1《比利．巴德》並未發行單行本，只能在作品精選集找得到。約翰．傅立曼先生（John Freeman）有關梅爾維爾的研究專著鞭辟入裡，讓我獲益良多，特此致意。（譯註：*Billy Budd, Sailor* 現今已有單行本，由美國 Simon & Schuster 於一九九九年出版。）

《比利．巴德》雖是短篇小說，仍有值得一提的必要，因為這篇作品所投射出的光，有助於瞭解梅爾維爾的其他作品。故事的發生場景是：一艘英國戰艦上；時間是諾爾兵變（the Mutiny at the Nore）譯14後不久。雖然這只是一幕戲，描述得卻極為逼真寫實。主角是一名俊俏的年輕水兵，秉性善良；他擁有一種和惡誓不兩立的侵略性善良。他本身並不具侵略性，可是蘊藏在他內在的那團光，卻會因為受到挑釁而爆炸。從外表看來，他是個快活開朗，有點傻氣的楞小子，儀表堂堂，可惜的是他有個小缺點——口吃，而這個小毛病最後竟害他葬送性命。他：

〔129〕

> 被拋進一個處處是陷阱的世界，光有勇氣，卻沒有任何可以自我防衛的醜惡心機，是很難保護他不掉入陷阱的。當人陷入道德危機時，他所具有的天真單純並不能為他激發潛能，或是照亮意志。

克拉加爾（Claggart）是一名低階軍官，打從一開始就認定比利是他的敵人，因為克拉加爾就是惡。於是，發生在亞哈船長和白鯨之間的爭鬥，在軍艦上上演。這一次，壁壘更為分明，我們離預言較遠一點，靠道德和常理較近一些，雖不算太近。克拉加爾不像普通的壞蛋。

> 本性上的墮落……有其某種負面的力量，悄悄助長著……。說它和罪行或小過犯無關，也不甚為過。在那種墮落裡有著非凡的驕傲，使他們不屑於貪財好色。簡言之，這裡說的墮落，和貪婪色欲無關。它固然令人髮指，卻不會尖酸刻薄。

他控告比利意圖叛變。這項罪名很可笑，孰料最後竟釀成慘劇。因為當比利被傳喚去為自己的清白辯護時，他嚇傻了，口吃讓他一句話也說不出口。結果，他內在的那團光爆發了，把誣陷他的人擊斃在地，害得他自己被送上絞架。

《比利·巴德》是一則遠離塵世的小故事，卻是一首有歌詞的預言之歌。無論是其中蘊含的美感，或是作為通往艱深作品的敲門磚，都值得我們細細品味。在這則短篇裡，橫行在海洋或世界各地的惡都被貼上標籤，並加以擬人化，所以我們得以比較輕易地領略梅爾維爾的內心世界。我們注意到他所憂心的並非個人，所以當我們分受了他的這些憂慮，我們變大了而不是變小。他的作品之中沒有其他嚴肅小說家之作品常見的那種令人厭倦的瑣事——良〔130〕心（conscience），霍桑或拉塞福（Mark Rutherford）[譯15]的良心。梅爾維爾在經歷最初的粗糙寫實之後，立刻轉身回歸宇宙之中，回歸到一種超越個人經驗，與光明難以區辨的黑暗和悲愁之中。他說：「在某些情緒下，人唯有朝著世界丟擲某些東西，譬如用原罪之類的東西，去撞擊那個不平衡的天平，我們才能稱出這個世界的重量。」而梅爾維爾丟出了某個不知名的東西，竟然使天平達到平衡，因而賜給我們和諧與暫時的救贖。

無怪乎，勞倫斯能把兩篇研究梅爾維爾的文章寫得入木三分。因為就我所知，勞倫斯是當今僅存的預言小說家，其他的都是幻想小說家或傳道者。他是目前尚在的小說家中，唯一一位作品以歌取勝、具有吟遊詩人特質，也是文學評論者最難予以置評的人。不過，他卻招來許多批評，因為他是個愛說教的傳道者，這雖是他作品中較次要的面向，卻是使他變得令人費解且易受誤解的地方；他也是一位極端聰明的傳道者，知道該如何玩弄聽眾。沒有什麼比當你端坐在預言者面前，他卻冷不防地一腳踹在你的肚子上，更令人狼狽失措。你大叫說：「如果這樣我還保持謙卑的話，那我就不是人！」然後又坐下來聽他繼續嘮叨。勞倫斯說教的主題也很具有煽動性，不是大加撻伐地要其他人揚棄某些東西，就是激動地力勸別人要接受些什麼。到最後，你根本不記得該不該保有這副臭皮囊，唯一確定的是，自己真沒用。這類威脅恫嚇以及甜言蜜語（通常是恫嚇者的一種反應），在勞倫斯作品的前景隨處可見。不過，他的偉大之處並不在此，而是在遙遠的後方，不是杜思妥也夫斯基的基督教精神，也不是梅爾維爾的爭鬥觀，而是一種美感上的東西。聲音是光明之神巴爾達（Balder）[譯16]的聲音，手卻是以掃（Esau）[譯17]的手。這位預言者將自己的性格由內向外四射，所以他作品中的每一種顏色都燦爛奪目，每一種樣貌都清晰可辨，這是其他方法所無法企及。這讓我想到《戀愛中的女人》（*Women in Love*）之中令人難忘的一幕：某個晚上，書中某個人物〔131〕朝著湖心丟石頭，只為擊碎映在水面的月影。他為何要丟石頭？這一幕有何象徵？都不重要。但是，這樣的水和月是其他方法所無法呈現的，唯有作者獨具的手法，方能呈現出這般超越我們想像的景致。這就是一種延展，預言者藉此延展回溯到創作的起點，延展到我們都一起立在湖邊等待。雖然我們都瞧見他的水和月，卻永遠沒有他那種再造和重現的力量。

像勞倫斯這樣脾氣暴躁又惹人生氣的作者，實在很難教人對他謙虛，因為我們愈謙虛，他就愈超過。但是除了謙虛以外，我想不出還有什麼法子可以讀他的大作。一旦我們開始發火或嘲弄，他作品中的寶藏就會立時消失，正如我們開始服從他一般。勞倫斯的價值是語言所無法形容的，他用來描繪書中人事物的色彩、姿態和輪廓，雖然也是其他小說家的慣用手法，但一經他的妙筆，立刻活出新面貌。

那勃朗特又如何？《咆哮山莊》為何值得我們討論？那是一個有關人的故事，內容和宇宙大道理扯不上關係。

我的答案是，希斯克利夫（Heathcliff）和凱瑟琳（Catherine Earnshaw）的感情表現，不同於其他小說所呈現的感情。那種感情並不是直接存在於人物身上，而是像雷雨一樣環繞在他們周遭，然後產生一連串的閃電，從洛克伍德（Lockwood）在窗邊夢到那隻手的那一刻起，到希斯克利夫被發現死於敞開的同一扇窗子底下為止。《咆哮山莊》裡處處聞風聲——狂風暴雨，以及風呼嘯而過的聲音——一種比語言和思想更為重要的聲音。讀完這部偉大的小說之後，除了希斯克利夫和凱瑟琳以外，居然什麼也想不起來。他們的分離，為整個故事拉開序幕；而他們在死後的重逢，也讓這個悲劇收場落幕。難怪，他們總是不停地〔132〕「走」（walk）；除此之外，他們還能做些什麼？甚至，當他們還活在世間時，他們之間的愛恨情仇也早已超越了他們本身。

在某些方面，勃朗特是很平淡嚴謹的。她擬定的小說寫作進度表，甚至比奧斯汀的來得嚴謹複雜。她將林頓和恩蕭兩個家族安排得相稱平衡。在希斯克利夫謀取兩大家族財產的各種法律程序上，她的思慮更是清晰精確。[2]那麼，她為何要刻意地將糾葛、混亂、暴風雨丟進小說裡？因為在我們的理解中，她是一位預言者；因為對她而言，暗示比明說來得重要；而且，只有在混亂之中，希斯克利夫和凱瑟琳才能把他們的熱情向外延展，讓它穿越山莊，流遍沼澤。《咆哮山莊》並未借用神話作為基石，這兩個人物提供了書中的一切；沒有任何一部偉大作品可以像它這樣，全然切割和天堂地獄的聯繫。它是在地的（local），我們可以在任何水域遭逢大白鯨莫比．迪克，然而，唯有在這個開滿藍鈴花、遍布石灰岩的故里，我們才有幸得見希斯克利夫和凱瑟琳兩人。

結論是：在我心靈深處，一直潛藏著一個保留給預言之物的地方，有些人比我更善於運用這個小天地，但大多數人則根本置之不理。曾經，幻想要我們為了欣賞它而付出額外的代價；現在，預言又要求我們必須謙虛，甚至放下幽默感，所以當我們欣賞完那齣名為《比利．巴德》的悲劇之後，連竊笑都不行。我們確實把單一觀點（single vision）的老方法擱置一旁，那是我們最常用來瞭解文學和日常生活的方法，我們前面幾次討論也是用這種方法。現在我們改用另一套工具。這麼做對不對？另一位預言者威廉．布雷克（William Blake）[譯18]想必會毫不遲疑地支持這個作法。

> **願上帝令我們**
> **遠離單一觀點和牛頓的麻木不仁！**

他如是高喊著，還依樣繪下一幅牛頓像，手持圓規，正在畫一個歪歪扭扭的三角形，對

2 相關的精闢分析，請見查爾斯．聖格（Charles Percy Sanger, 1871-1930）從律師的專業角度所做的研究：《咆哮山莊的結構》（*The Structure of Wuthering Heights*, Hogarth Press, 1926）。

於他背後由《白鯨記》掀起的驚濤巨浪完全無動於衷。鮮少人會附議布雷克的說法，認同他筆下那個牛頓的人更是寥寥無幾。我們絕大多數人都是隨著自己的個性或左或右。人的心〔133〕靈並非是個崇高的東西，除了折衷，我不知道還有什麼方法可以誠實地運作心靈。對於我志同道合的折衷夥伴們，我所能貢獻的唯一忠告是：「勿以己之見風轉舵為傲，那是一種悲哀，那是一種因我們的卑劣心靈而來的悲哀，那是一種因成就與誠實不可得兼的悲哀。」

在最初的五場演講中，我們採行的是同一套研究方法，但這次和上一次則擱置未用。只不過，下次討論中，我們不得不再度拾起這套工具，但這並不表示這個工具就是評論者的最佳利器，或者世間是否真有所謂評論工具這玩意兒。

譯註：

譯1　這段「嘲笑禿頭先知，最後變成熊的食物」的文字，典故出自於聖經舊約列王記下〔2:23-24〕：「以利沙從那裡上伯特利去，正上去的時候，有些童子從城裡出來，戲笑他說：禿頭的上去罷！禿頭的上去罷！他回頭看見，就奉耶和華的名咒詛他們。於是有兩個母熊從林中出來，撕裂他們中間四十二個童子。」

以利沙（Elihja）原是富農，被上帝揀選爲先知，接受呼召後，殺牛焚軛，一心致力於先知的角色，後來帶領以色列十二個支派回到上帝的面前。

譯2 摘錄自《卡拉馬佐夫兄弟》版，榮如德譯，貓頭鷹出版，二〇〇〇年，頁726-728。

譯3 聖女加大利納．瑟納（1347-1380），加大利納於一三四七年三月二十五日聖母領報瞻禮日生於義大利中部小城瑟納，自幼受到多次神啓，甚至有和耶穌神婚的神祕經驗。她畢生獻給天主，一四六一年榮列聖品；一九三九年受封爲義大利「國家主保」；一九七〇年教宗保祿六世授予教會女聖師頭銜；一九九九年十月一日，教宗若望保祿二世封之爲歐洲女主保之一。

譯4 麥許金公爵是杜思妥也夫斯基《白痴》（*Idiot*）一書的主人翁，是杜思妥也夫斯基典型的基督教人物，純潔、善良、坦率，充滿悲天憫人的胸懷。

譯5 拉斯柯尼科夫是《罪與罰》（*Crime and Punishment*, 1866）的主角，是杜思妥也夫斯基筆下呈現犯罪與價值糾葛問題的重要人物。

譯6 弗里曼特爾位於澳洲西部，伯斯（Perth）近郊的海港小鎮。勞倫斯於一九二二年和妻子一同造訪此地，著手他的澳洲小說《袋鼠》（*Kangaroo*, 1923）並與澳洲當地女作家莫莉．史金納（Mollie Skinner, 1876-1955）合寫小說《叢林中的男孩》（*The Boy in the Bush*, 1924）。

譯7 A. E.是喬治．羅素（George William Russell, 1867-1935）的筆名；愛爾蘭詩人兼藝術家，愛爾蘭文學復興的主要人物，活躍於愛爾蘭民族運動，也曾投身於農業改良運動。曾出版許多詩作，以《回家》（*Homeward, 1894*）爲代表作。

譯8 克勞岱（1868-1955），法國詩人、劇作家、散文家兼外交官，作品具有鮮明的天主教色彩，長期以來一直是位爭議性作家。克勞岱於一八九五至一九〇九年派駐中國（清朝），先後在上海、福州、香港擔任法國領事，還曾將中國詩歌譯成法文。

譯9 馬羅是康拉德《黑暗之心》的主角。

譯10 引自《白鯨記》，歐陽裕譯，志文出版，一九八四年，頁85。

譯11 引自《白鯨記》，歐陽裕譯，志文出版，一九八四年，頁94。

譯12 羅弗雷斯是李察森作品《克拉麗莎》中薄情寡義的浪蕩子。

譯13 尤萊亞．希普是狄更斯小說《塊肉餘生錄》中卑鄙狡猾的反派人物。

譯14 諾爾兵變：一七九七年英國皇家海軍士兵先後發動幾次兵變，諾爾兵變是其中影響最大的一次。諾爾兵變之所以讓英國大爲緊張，是因爲士兵掛起紅旗，並與倫敦親法共和組織建立了聯繫，諾爾的領導者理察．派克（Richard Park）威脅要把艦隊開去投靠法國。幾次喋血事件下來，不少士兵慘遭槍殺或絞刑或投海，不過英國海軍士兵的待遇也因此獲得改善。

譯15 拉塞福是威廉・海爾・懷特（William Hale White, 1831-1913）的筆名。英國小說家、評論家和宗教思想家。最初有意服神職，被神學院開除後，曾從事新聞工作，後來一直在英國海軍部工作。

譯16 巴爾達（原爲Baldr），北歐神話主神歐丁（Odin）之子，爲日神。冰島詩人兼史學家斯諾里（Sturluson Snorri，約1179-1241）說：巴爾達「是最好的神，人人都對他推崇備至……他容貌清秀姣好，全身散發耀眼光芒……，他是最有智慧的神，口吐天籟般的悅耳話語……。」（見《散文埃達》〔*Edda Snorra Sturlusonar*〕第一部〈欺騙古魯菲〉〔Gylfaginning: 22〕，引自《世界宗教理念史：卷二》中譯本，埃里亞德〔Mircea Eliade〕，廖素霞、陳淑娟譯，商周出版，2001年，頁161。）

譯17 以掃是希伯來族長以撒（Isaac）的長子，原爲族長繼承人，卻因一碗紅豆湯，而將繼承名分讓給城府極深的孿生弟弟雅各。這一點令耶和華不悅，因此舊約中一再出現「我愛雅各，惡以掃」（經文：創二十五：19-34，羅九：6-13，瑪一：2-3）。以撒眼盲，寵愛以掃，他辨認以掃的方式是他覆滿毛髮的雙手，而雅各手裹羔羊毛，騙取繼承權時，以撒說：「聲音是雅各的聲音，手是以掃的手。」後世因而藉此比喻「魚目混珠、以假亂眞」。

譯18 威廉・布雷克（1757-1827），英國浪漫時期的詩人與藝術家，但始終以雕版爲業。他最著名的詩是〈天眞之歌〉（Auguries of Innocence）：「一沙一世界，一花一天堂，掌中握無限，剎那即永恆……。」

第八章　圖式與節奏

圖式是小說中具美感的那一面……圖式主要源自於情節，伴隨情節猶如雲中的一道光，雲隨風散去之後，這道光依舊清晰可見……節奏不像圖式那般隨處都在，而是透過它優美的起伏盈缺，讓我們感受到驚喜、新奇和希望。

我們的兩則插曲，一個輕快、一個嚴肅，業已討論完畢。現在，要回歸到演講的基調。〔134〕一開始，我們從故事出發，然後人物，接著進入從故事衍生出的情節，如今，該是時候好好處理衍生自情節，且與人物和其他小說面相輔相成的某些東西。這些是小說的全新面向，無以名之。事實上，藝術發展愈是蓬勃，各領域定義的互依性就愈高。因此，我們要先跟繪畫借個詞——「圖式」（pattern），再向音樂借用一個元素——「節奏」（rhythm）。不幸的是，這兩個名詞都太籠統；當我們把圖式和節奏套用在文學領域時，很容易表錯意及支吾其詞：「嗯，節奏當然就是……」或「呃，除非你把它稱之為圖式……」。

在開始討論「圖式」的構成要件是什麼，以及讀者必須具備什麼特質才能欣賞之前，我先舉兩本具有明確圖式，且光憑這個圖式就能道盡全書主軸的小說為例。根據圖式，我們可以歸納出兩種小說類型：一、沙漏型小說（a book the shape of an hour-glass）；二、長鍊型小說（a book the shape of a grand chain in that old-time dance, the Lancers）。

阿納托爾・法朗士（Anatole France）的《舞姬黛依絲》（*Thaïs*），就是沙漏型的代表。

《舞姬黛依絲》書中有兩個主要人物：苦行修道者帕弗努斯（Paphnuce），和名妓黛依絲。故事以埃及為背景，帕弗努斯獨居在沙漠之中，小說開場時，他已經得到救贖，安樂過日子。黛依絲則是在大城亞力山卓的皮肉生涯中打滾，解救她是帕弗努斯的大任。他們在故事的中間有了交集，他順利完成任務；她因為遇見他，於是進了修道院，獲得神的赦免。但是他卻因為與她相遇，墮入罪惡的深淵。這兩個人物從彼此接近、交會，然後分道揚鑣，兩〔135〕條動線如數學般精確推移，而我們從此書所獲得的閱讀樂趣，有一部分即來自於此。這就是《舞姬黛依絲》的圖式。如此簡單明瞭，為我們困難的研究提供好的起點。這個圖式和它的故事敘述不謀而合，每個事件都順著時間序開展；它也和情節鋪陳完全吻合，我們看見這兩個人物因為先前的種種行動而交集，又在無法逆料後果的情況下走向不幸。然而，故事意在引起我們的好奇心，情節需要我們用智慧去理解，而圖式要求我們以美感去欣賞，要我們將一部小說視為一個完整的個體。當然，我們不會把它看成是一個沙漏，沙漏型僅是我們在演講中所用的一個術語，在這個探究的深入階段，絕不要按照字面義去解釋它。一開始讀這本書時我們只是覺得很愉快，但不知道為什麼，當愉悅淡去，就像現在，我們就能好好地去詮釋它，而沙漏就是這樣一個有用的幾何明喻。如果不是有了這個沙漏型結構，那小說中的故事、情節，以及黛依絲和帕弗努斯等人物，就無法發揮他們全部的力量，也無法像現在這樣呼吸。「圖式」看起來很僵硬，但其實它和流動的氛圍有著密切關係。

現在，我們來看看具有長鍊型圖式的小說，路伯克的《羅馬映象》（*Roman Pictures*）。《羅馬映象》是一齣社會喜劇。敘述者是一位造訪羅馬的觀光客；他在那兒遇到一個親切卻浮誇的朋友，名叫狄林（Deering）。狄林自以為是地數落他只參觀教堂，並要帶他去見識羅馬社會。他勉為其難答應了。於是他被從一個人的手中交到另一個的手中；咖啡館、藝廊、梵蒂岡、義大利王宮和奎利那爾山（Quirinal purlieu）[譯1]都逛遍了，最後他來到一座氣派非凡但已荒廢的侯爵府邸，他心想除了那個人品不好的狄林之外他還能見到誰；狄林是他女主人的姪子，為了某種內心矜持而特地隱瞞身分。現在，兜了一圈兩人再度相逢，在尷尬的招呼之後，最終釋然而笑。

《羅馬映象》這本書的優點不在「長鍊型」圖式（所有人都能寫出「長鍊型」小說），〔136〕
而在於這種圖式和作者心境搭配得宜。路伯克在整本小說當中營造了一連串的衝擊，而且將一種精心設計過的仁慈加在他筆下人物的身上，讓他們看起來比沒有被施予仁慈時還要糟糕。這就是喜劇氛圍，帶有些許尖刻卻刻意仁慈。在小說尾聲，我們欣然發現這種氛圍已然形成，當這兩個年輕人在侯爵夫人府邸的客廳重逢時，他們都達成作者交付的使命，也就是小說一開始他們就得做的事，於是書中四處散落的小插曲，以一條用他們自己生命編織而成的線，一一串起。

《舞姬黛依絲》和《羅馬映象》提供圖式簡單的例子；並不是每一本小說都能很精確地對應到某種圖式，儘管很多評論者喜歡隨口提到線條之類的東西，但其實他們根本搞不太清楚自己想說什麼。目前我們只能說，圖式是小說中具美感的那一面，而雖然小說當中的任何東西，譬如人物、場景、遣詞用字，都有助於美的呈現，但是美的主要養分來自於情節。在我們討論情節時曾提過：情節本身就能產生美，而美的出現，必須是出其不意的；只要留意，就能在情節的巧妙雕刻間，瞧見繆思女神的丰采；而邏輯在完成它分內的工作之際，也為新工作立下基礎。就在這裡，圖式和它的材料密切結合；這也是我們的討論起點。圖式主要源自於情節，伴隨情節猶如雲中的一道光，雲隨風散去之後，這道光依舊清晰可見。美有時候是小說的型式（shape），一本書的整體觀，一種一致性，如果它總是如此，則我們的討論會容易許多。但有時候不是。當不是時，我稱之為節奏（rhythm），但現在我們只討論圖式。

接下來，我們來看看另一本書，一本結構嚴謹，具有一致性的小說。就此意義而言，它是本平易近人的書，雖然它的作者是亨利・詹姆斯。在這本書當中，我們將看到圖式的極致發揮，以及作者為了圖式，而犧牲了小說的其他面向。

《奉使記》和《舞姬黛依絲》一樣，都是沙漏型小說。史垂則（Strether）和查德（Chad），就如同帕弗努斯和黛依絲一樣換位，正因如此才得以成就這本書的圓滿結局。《奉使記》的情節安排綿密巧妙，每個段落以行動、對話或沉思向前推展。每個事件都經過一番精心設計，鋪排得宜；沒有充當花瓶的人物，沒有像《舞姬黛依絲》中那些在尼夏斯（Nicias）晚宴上滔滔不絕的亞力山卓人；他們都竭盡所能地在烘托小說主題，也稱職地達成任務。最終結果也早安排妥當，讓讀者逐漸瞭解，當真相大白時，整本小說也圓滿成功。小說曲折糾葛的細節也許都會被讀者淡忘，但所經營出的對稱美卻是永垂不朽。

現在，我們就來追尋這種對稱美的發展歷程。[1]

史垂則是一位個性敏感的中年美國人，在老友也是他的心儀對象紐森姆夫人（Mrs. Newsome）的請託下，前往巴黎這個宜人城市，去拯救她那個墮落的兒子。紐森姆家是個殷實的商人家族，靠著生產一種家用小玩意兒而致富。詹姆斯絕對不會透露這個小玩意兒是什麼東西，現在我們就來探究箇中原因。儘管威爾斯在《托諾．邦蓋》中直言不諱；梅瑞狄斯在《伊凡．哈靈頓》也將它攤在讀者面前；特洛普在《索恩醫生》（*Doctor Thorne*）一書中，也很爽快地幫當斯黛伯小姐（Miss Dunstable）開藥方；但是對詹姆斯而言，要說明故事人物如何致富卻很難，讓讀者知道那是有點卑微、不太體面的東西就夠了。倘若你硬要冒〔138〕失莽撞地臆測，說它是鈕釦之類的東西，那可是你自己的事，跟作者絕對沒有關係。

總之，不管這小玩意兒是什麼東西，查德都得回來繼承家業。史垂則既然答應要去找他，就必須把他從那個放蕩和敗家的生活之中拯救出來。

史垂則是詹姆斯筆下典型的人物，穿梭在全書之中，是小說結構的主要部分。他是個旁觀者，卻試圖去影響情節的發展；他最後失敗了，不過也因此得到更多觀察的機會。而書中其他人物，只要透過那付由一流的眼科醫生（譯按：這醫生就是無所不能的作者！）所配製的眼鏡，就能和史垂則一樣擁有敏銳犀利的觀察力。每一件事情都條理分明地呈現在他眼前，但他可不是光站著看，而是在作者的巧妙安排下，帶著我們邊走邊看。

在他踏上英國領土時，（對於詹姆斯這位美籍英國作家而言，踏上英國是一個至高、難忘的經驗，就像新門監獄對狄福的意義一樣；他的詩和生活，都不離這個登陸經驗），儘管僅是舊地重遊，但史垂則卻開始對他的任務產生懷疑，而當他抵達巴黎之後，這股疑慮更深了。因為查德在那兒不但沒被污染，反倒長進出息了；他看起來神采奕奕，從容自信，還慇勤款待這個奉命來逮他回家的人。他所往來的朋友都高雅體面，而他母親口中那些「壞女人」則不見蹤跡。看來，巴黎讓查德豁然開朗也得到救贖，史垂則很肯定這一點。

他最覺惴惴不安的是差不多只要在巴黎略一隨俗，即會放棄權威的印象。這個巨大光明的奢侈墮落都市今早陳現在他眼前，像是一個巨大的多采多姿的物品，一個燦

1 路伯克在《小說技巧》一書中，從另一個觀點對《奉使記》有精闢分析。

爛堅硬的珍寶，其組成部分無從區分，其差異也不易識別。它光輝炫耀，流動融合；一時似呈現在表面上，過一刻又似全在深處。這一定是查德所喜愛的地方；如果史垂則也太喜歡它，他們二人有此同好，那還得了？譯2

〔139〕

於是，詹姆斯精心且篤定地營造出他所要的氛圍——巴黎從頭到尾照耀著整本書，她是書中一個沒有軀殼的角色，是一個可以度量人類感情的天秤，當我們讀完整本小說，書中所有事件都淡出記憶時，我們就能發現圖式漸漸浮現，而在這個沙漏圖式正中央閃閃發光的就是——巴黎，一個無法用善惡一言以蔽之的城市。史垂則很快就體悟到這一點，也發現查德比他自己更加瞭解巴黎，在這個階段鋪陳完成之後，小說有了轉折：有個壞女人終究現身了。隱身在巴黎背後，引領查德認識巴黎的，是那位風華絕代的維安妮夫人（Mme. de Vionnet）。現在，史垂則的使命，變成不可能的任務了。世間所有高貴優雅的特質，維安妮夫人身上都有，而且她哀戚的神情、楚楚可憐的遭遇，使她更顯淒美動人。她懇求史垂則別把查德帶走，他毫不猶豫地答應了，因為他的心要他這麼做，他之所以繼續留在巴黎，不為了執行任務，而是要阻止他人繼續完成這個任務。譯3

接下來，有一批肩負這項使命的人從新大陸來到巴黎。紐森姆夫人對於史垂則的拖延感到不悅與困惑，於是派了查德的姊姊、姊夫和準未婚妻美美（Mamie）到巴黎找人。事情發展到這裡，小說內容變得有趣起來。一邊是查德姊姊和維安妮夫人之間的針鋒相對，另一邊是美美，這個悲慘的美美，透過史垂則的雙眼，我們可以將她看清。

> 美美在兒時，在「含蕾待放」時，然後在美艷如花時，在家中差不多不斷開啟的門庭中，對他毫無拘束地開放。他記得她最初全不怕人，然後非常羞澀，因為他在一個時期曾在紐森姆夫人的客廳中（哦，紐森姆夫人的階段和他自已的階段！）講授英國文學，佐之以考試及茶點。最後她又變得非常大膽。但是他沒有感覺到有何種接觸之處，依伍勒特的規矩，最美艷的鮮花不會和萎縮的老蘋果在一起陳列。……但在他與那個美妙的少女同坐一室時，感到雙方的互信大見增加，實在 〔140〕
> 說，她雖有顯然可見的自由與隨便的習慣，但確是美妙動人。他知道她確是美妙，雖然他如果不認為她美妙就不免有認為她可以稱之為「奇怪」。是的，她是奇怪，這個絕妙的美美，卻不自知。她溫柔，她像個新娘，但是他沒有看見有新郎從旁支持；她美麗、豐滿、大方、健談、溫柔親切，宛如小鳥依人。如果我們要挑剔，她的服裝不像青春少女而像較長的婦人，如果一個較長的婦人會被史垂則認為如此

好美；她的髮型複雜，也不像青年人那樣輕鬆；她修飾入時的雙手相握，放在身前時，具有略形俯就，像是從事鼓勵與嘉獎的一種成熟姿態。這一切在她身上造成了「接見賓客」的光采，像是把他永遠放在兩窗之間，在冰淇淋的匙碟聲中，列舉所有的姓名，全屬於一個類型的交際人士，她欣得「會晤」……。[譯4]

美美是詹姆斯筆下的另一種人物典型。幾乎他的每一本小說中都有一個美美——《寶恩頓之劫》（*The Spoils of Poynton*）中的蓋瑞斯太太（Mrs. Gereth），或《仕女圖》（*The Portrait of a Lady*）中的亨瑞艾塔．史黛克波（Henrietta Stackpole）。他有種本事，可以瞬間並持續地呈現出一個人物的二流性格。這類人物感性不足、庸俗有餘，但是詹姆斯賦予他們蓬勃的生命力，讓各種荒誕可笑的行為都能博君一粲。

史垂則的臨陣倒戈，讓他娶紐森姆夫人的夢想完全破滅。巴黎的風情萬種令人著迷，但接著他又有了新發現。他懷疑查德的堂堂儀表，難道只是偽裝出來的假象？他眼中的巴黎，只不過是個尋歡作樂的地方？他的憂慮獲得證實。他隻身到鄉間走走，傍晚時分他和查德與維安妮夫人不期而遇。他倆坐在一艘船上，假裝沒看到他，因為他們的關係其實是男女之間的偷情，根本見不得人。他們希望在激情尚存的時候，到鄉間小棧祕密地共度週末。〔141〕

由於這股激情終將過去，總有一天，查德會厭倦高貴優雅的法國仕女，她只不過是他荒唐生活的一部分，他終將回到母親的身邊，繼承生產家用小玩意兒的事業，並且娶美美為妻。他們彼此心照不宣，史垂則也很清楚這一點，雖然他們設法想隱瞞他。他們都在說謊，他們全都俗不可耐，甚至連維安妮夫人，連她楚楚可憐的遭遇，儘管以前那麼雍容華貴，現在全被庸俗給污染了。

他具有這種前所未有的清楚認識，像是一陣寒意；這樣好的一個人竟因某種神祕力量成為如此被人利用的人，簡直可怕。因為追根究柢，它們確是神祕。她只將查德造成他現有的樣子，又怎能以為她使他達到無窮無極呢？她使他更好，她使他最好，她使他成為一個人所能達到的任何地位；但是我的朋友很奇怪地認為他只是查德。史垂則覺得自己也有一點使他那樣。他的大加讚賞只是對她的工作表示尊敬。但是這個工作不管如何值得讚美，仍然純粹是人的工作。共同經驗範圍內的塵世歡愉，舒適，及荒誕（不管視之為何種類）的同伴竟會受到如此超凡出眾的珍視，實非尋常……。

在他今晚看來，她較前老了，顯然不免歲月的摧殘；但她仍然照舊是他一生所遇到

> 的最優美，最聰明的人，最可喜的精靈；然而他卻在此地見到她粗俗地傷心，實在就像是一個女僕為男朋友痛哭。唯一不同的是她對自己的判斷與女僕不同；這種行為的弱點，這種判斷的恥辱，似乎使她更見傷心。譯5

就這樣，史垂則也失去了他們。他說：「我失去所有了——這就是我唯一的邏輯。我要置身事外，不想從這事情當中為自己撈到好處。」所以，並非他們背棄他，而是史垂則選擇離開。他們讓他看到巴黎的某一面，現在他也能讓他們見識巴黎的另一面，倘若他們能夠看到的話，就會發現這一面的巴黎比他們所認識的那一面美好許多，而且他的想像力比他們的青春更有精神價值。這本小說的沙漏型圖式至此完成；史垂則和查德換位，這個轉換手法〔142〕比黛依絲和帕弗努斯的更見細膩巧妙，而且，《舞姬黛依絲》書中那一道雲中之光，並非發自燈火通明的亞力山卓城，而是生自珠寶「閃爍明滅、終而消失不見的火光；以致於這道光忽明忽滅，一會兒看似全露在表面上，一會兒似乎又整個埋入雲堆」。

瀰漫在《奉使記》之中的美，是一位藝術家苦心孤詣的營造成果，詹姆斯很清楚自己想要的是什麼，於是他在狹隘的美學小徑上努力追索，得到他所能獲得的最大成就。《奉使記》所呈現出的圖式，編織得疏密有致，收放合宜，這是法朗士所無法企及的境界。然而，詹姆斯為此所做的犧牲卻也巨大！

由於這種犧牲過於慘烈，以致於很多讀者對詹姆斯的作品提不起興趣。儘管他們還是能領會書中的涵義（詹姆斯作品的難度，其實被過度渲染了），也能欣賞他的努力成果，但就是無法認同他的寫作前提，亦即在他下筆之前，大部分的人類生活都必須銷聲匿跡。

首先，他書中的人物太少。我已經提過他的兩種人物典型：一種是想去影響情節的旁觀者；第二種則是二流人品的局外人（《梅西所知》〔*What Maisie Knew*〕一書的精采開場，就是由這種典型人物獨挑大樑）。然後，需要一位深富同情心的配角，這通常是活潑開朗的女性，在《奉使記》之中，瑪莉亞．葛斯蕾（Maria Gostrey）扮演的正是這個角色。接下來，要有一位令人驚豔的絕代佳人擔綱女主角，維安妮夫人的角色接近這個典型，但《慾望之翼》（*The Wings of the Dove*）中的米莉（Milly），[譯6]方是這一典型的極致代表。此外，有時還會安插一個惡棍，或一位慷慨豁達的年輕藝術家。這就是詹姆斯筆下的人物。對於一位如此秀異的小說家而言，這張人物表實在太過單薄了。

其次，詹姆斯筆下的人物不但少，而且缺少變化。他們不能嬉笑玩樂，不能有劇烈動作，不能有男歡女愛，也不太能表現出英雄氣概。他們永遠衣冠楚楚，他們生什麼病、靠什麼維生都必須隱而不宣，他們的僕人總是安靜無聲，或是和主人像是同一個模子印出來的。

我們所瞭解的社會知識，都無法套用在他們身上，因為他們的世界裡沒有傻子，沒有語言隔閡，也沒有窮人。甚至，他們的知覺感受也是有限的，他們可以到歐洲欣賞藝術作品，或探〔143〕訪彼此，但僅只於此，再也沒有其他活動。唯有殘缺不全的生物才能在他的書裡呼吸；殘缺卻被專化。這讓我聯想到阿肯那頓王朝（Akhenaten）[譯7]，埃及藝術裡表現出來的優雅的瑕疵——大頭小身體，四肢短且瘦弱，卻依舊迷人。不過，改朝換代之後，他們就消失不見。

這種徹底壓縮人物數量和特質的目的，即在於建立圖式。詹姆斯創作得愈多，對於小說應是一個整體的觀念愈是深信不疑。他認為，小說未必一定要有《奉使記》那般精確如幾何圖形的圖式，但全書內容一定得圍繞著一個單一主題、情境和表情。這個主題負責豐富人物的內涵、提供情節，還必須由外而內地將小說中的人事物收攏扣緊——將零零落落的敘述全數網羅，井然有序地彼此連結成一個行星，在記憶的天空裡迴旋運轉。圖式必須清楚呈現，任何不安於圖式、橫生蕪雜的枝葉都得修裁乾淨。只是，有什麼東西會比人類來得難以掌控？我們如果把湯姆．瓊斯或艾瑪小姐，甚至把卡蘇朋先生（Casaubon）[譯8]其中一人放進詹姆斯的小說當中，肯定會把整本書燒成灰燼；但是我們如果把這三人角色互換，分別放進其他兩本書中，頂多只是引發一場小火。雖然詹姆斯的人物不是死的，但他們只適合存在於某些經過作者精心篩選、仔細推敲出的經驗深處，因為他們不食人間煙火，不像其他小說人物，也不像我們這些凡夫俗子，他們內在的庸俗雜物早被作者挖空掏盡。這種超凡脫俗非關天國的榮耀，也和小說之中的哲學、宗教（除非小說主題涉及迷信）、預言或求道修行無關，唯一的目的僅僅為了建立一種特殊的美感。這種效果最後是達到了，但付出的代價卻沉重得難以承受。〔144〕

威爾斯對這一點極感興趣，也深入思索。他在一本生動作品《恩惠》（*Boon*）當中，對詹姆斯下了一番工夫，並拿他寫了一篇極為出色的嘲弄文章。

> 打從一開始，詹姆斯就理所當然地認為小說是一種藝術作品，其高低優劣必須以其「一致性」作為唯一判準。最初，這個見解其實是別人給他的，並非他的創見，只是他從未發現真相。他沒有發現真相，甚至似乎也不想發現什麼真相，他欣然接受，並加以發揚光大……在他的小說當中，人活著的唯一動機，只是為了某種欲望，以及一種全然膚淺的好奇心……他的人物嗅出疑點的氣味，以一再暗示、抽絲剝繭的方式去探索真相。你在現實生活中看過有人這樣嗎？他小說所談的事永遠都在那兒，就像一座燈火通明的教堂，裡頭卻沒有教友來分散你的注意力，每一道光線全都聚集在高高的祭壇上；而祭壇上，有人恭敬虔誠地擺著祭品，有一隻

死貓、一個蛋殼、一條繩子……就像《死者的祭壇》（*The Altar of the Dead*）[譯9]一書，其中完全不見獻給亡者的祭品……，即使有，那也不會全是蠟燭，效果也會化為烏有。

威爾斯將《恩惠》當成禮物送給詹姆斯，他顯然以為這位大師會像他自己一樣，欣然接受他這份熱忱與坦誠。結果大師一點兒也不高興，兩人之間因而有了一段令人莞爾的魚雁往返。[2]詹姆斯的回信，措辭含蓄有禮，但看得出他感到困惑，也很生氣：他承認那篇嘲弄文章並未讓他「感到欣喜」，而他能做的只是在信末署名「你忠實的朋友亨利・詹姆斯」。威爾斯也同樣摸不著頭緒；他不懂對方為何會如此惱怒。這除了是他們兩人之間的一場鬧劇，其中還存在一個相當重要的文學議題。那就是我們正在討論的圖式問題：無論是沙漏型、長鍊型、核心輻輳型、凱薩琳之輪型（Catherine wheel）[譯10]，或是普克拉提斯之床型（bed of Procrustes）[譯11]，任何你喜歡的圖形都行，只要它具有一致性就可以。這種圖式能否和生命所提供的豐富素材相結合？威爾斯和詹姆斯都承認並不能，威爾斯繼續闡明說，生命應該放在優先位置，不能為了圖式的關係就削足適履或令之膨脹擴張。我的私心是偏向威爾斯的觀點。詹姆斯的小說是獨樹一幟的成就，無法接受他創作前提的讀者，是會錯失某些可貴美妙的體悟，但是我們無意再讀更多這一類的小說，尤其不是出自於他個人手筆的，一如我不希望阿肯那頓的藝術風格，延續到圖坦卡門（Tutankhamun）譯12王朝。

這就是圖式過於僵化的小說弱點。它原本可以具體呈現氛圍，可以很自然地從情節之中衍生圖式，然而它卻把生命關在門外，讓小說家獨自在客廳裡孤軍奮戰。在如此操作下，美是呈現出來了，卻美得太霸氣。在戲劇之中，以拉辛的戲劇為例，美可以霸道得天經地義，因為在戲劇舞台上，美是至高無上的女王，我們能夠接受「犧牲人物成就美」的作法；然而在小說之中，美愈壯大，她的霸氣愈不足取，因而造成了類似《恩惠》一書所表達的遺憾。換句話說，小說並不能像戲劇那樣有過多的藝術性發展：小說的人性，或寫作素材的粗俗（grossness），不允許它這麼做（你可以使用其他字眼來形容）。對大多數小說讀者而言，圖式給人的感動，並未強烈到足以彌補小說其他面為它所做的犧牲，讀者的評語是：「美，但不值得。」

至此，我們的討論尚未結束，我們尚未放棄對美的期望。難道，除了圖式以外，沒有其他方法可以把美引進小說之中？接著，就讓我們如履薄冰地到「節奏」這個概念。〔146〕

節奏，有時很淺顯易懂，譬如貝多芬第五號交響曲第一樂章起奏的「噹！噹！噹！

2 見《亨利．詹姆斯書信集》（*Letters of H. James*），卷二。

噹——」我們都聽得出節奏，也能跟著打拍子。但是將整首交響樂視為一個整體，它也有一種節奏——這節奏主要源於各樂章之間的關係，非一般人所能聽出來，更是無人能擊出它的節拍。第二種節奏難度高，它和第一種節奏有無實質上的異同，只有音樂家才能解答。而文學家想說的是，第一種節奏，也就是「噹！噹！噹！噹！噹——」可以在某些小說中找到，並營造出美感。至於高難度的另一種節奏，亦即第五號交響曲的整體節奏，或許存在，只是我找不到可與之比擬的文學作品。

普魯斯特[3]的作品，可以為我們說明第一種簡易的節奏。

普魯斯特這部作品的結局目前尚未出版，但是景仰他的人認為，小說走到尾聲時，每一件事定能各適其位，逝去的年華將能一一重溫，並且在內心棲息安定，我們將看到一個圓滿完美的整體。但我不相信這種預測。在我看來，這部作品是一段往前回溯的自白，而非美的追尋；而且在細膩刻畫阿爾貝蒂娜（Albertine）之後，作者已是精殫智竭，沒有餘力繼續發揮。或許尚未出版的部分仍有些新東西等我們去發掘，只是恐怕扭轉不了我們對整本書的定見。這部小說毫無章法可言，結構鬆散，外在沒有、也不會有明確具體的形貌，而全書各部分之所以能緊緊交織，是因為它的內部牢牢縫合，因為它有節奏。

書中有好些例子可以說明，外婆的口述歷史是其中之一，不過，從縫合的觀點來看，〔147〕

最重要的是作者對凡德伊（Vinteuil）音樂中一小段樂句的運用。這段樂句在全書穿針引線，發揮的作用非書中其他東西所能比，甚至比先後毀掉斯萬（Swann）、男主角、夏呂斯男爵（Charlus）的那份嫉妒來得大，讓我們覺得自己是活在一個同質性世界（homogeneous world）。書中第一次出現凡德伊這個名字，是在一個令人反感的情況下。這位音樂家已經作古，他生前只是個藉藉無名的鄉村小風琴手，而他女兒正在破壞他的身後名。這駭人的一幕延伸到幾個場景，不過當它消逝，我們也就忘了。

接著，我們來到巴黎一處沙龍，有人正在演奏一首小提琴奏鳴曲，在緩緩奏出的行板中，一小段樂句引起斯萬的注意，偷偷潛入他的生命中。這段樂句是活的，只是用不同的形式出現。曾經，它守護著他對奧黛特（Odette）的愛，後來戀情消失，這段樂句漸被淡忘，我們也忘了它。現在，當斯萬受著嫉妒的啃噬，這段樂句又再次出現，不失其優美特質，並伴隨他此刻的苦楚和過往的喜樂。這首奏鳴曲是誰寫的？聽說是凡德伊寫的，斯萬說：「我以前認識一個潦倒的小風琴手，也叫這名字，不過不可能是他。」但正是他寫的。凡德伊的

3《追憶逝水年華》前三冊已有出色的英文版，由史考特・蒙克里夫（C. K. Scott Moncrieff）翻譯，書名為 *Remembrance of Things Past*，Chatto & Windus 出版。（原著編按：《追憶逝水年華》英文完整版已發行，蒙克里夫去世後，先後由史帝芬・哈德森〔Stephen Hudson, 1929〕和安卓雅斯・梅爾〔Andreas Mayor, 1970〕接手完成。）

女兒和朋友重新整理謄譜，讓這首奏鳴曲得以發行。

小說內容大抵就是如此。這段小樂句就像回音或回憶，來回穿梭在全書之中，我喜歡看到它，但此時它尚未擁有縫綴全書的力量。過了幾百頁之後，凡德伊搖身成為國寶級音樂家，眾人討論著，要在他窮愁潦倒、默默無聞時所住過的小鎮上立一座雕像，他的另一首作品也登上音樂廳的舞台，那是他身後才發表的一首七重奏（septet）。小說的男主角聆聽著這段樂曲，彷彿置身在一個可怖的宇宙之中，一道不祥的曙光將大海染成一片殷紅。突然間，他和讀者同時聽見奏鳴曲的那段小樂句在耳際響起，朦朦朧朧，面貌已改，但卻指出一個清明的方向，於是他回到童年的鄉間，也明白它屬於那個未知的世界。

我們可以不認同普魯斯特對音樂的描繪（那對我而言太過圖像化），但他在文學之中運〔148〕用節奏，以及某種能夠產生和節奏類似效果的東西——也就是那段小樂句的技巧，卻令人歎為觀止。聽到這段樂句的有好幾個人，先是斯萬，再來是男主角，所以凡德伊的樂句並不侷限在某些人身上。它和我們在梅瑞狄斯作品中發現的象徵並不相同；梅瑞狄斯在《柏強普的一生》中，種了一棵櫻花樹來陪襯克拉拉，也為瑟西莉亞（Cecilia Halkett）買了艘可以在地中海航行的小船。但象徵物只能重複出現，節奏卻能發展，所以那段小樂句發展出屬於它自己的生命，和它的作者與聽眾都不相關，它本身幾乎就是書中的一個角色。我說「幾乎是」，而非「其實是」，是因為這段樂句具有將普魯斯特作品從內部縫合在一起，以及營造美感、勾起讀者回憶的力量。這段小樂句從它卑微的誕生、到奏鳴曲，最後到七重奏，對讀者而言，有些時候它就是一切，有些時候它卻什麼也不是，被拋諸腦後。在我看來，這就是節奏在小說中的功能；它不像圖式那般隨處都在，而是透過它優美的起伏盈缺，讓我們感受到驚喜、新奇和希望。

節奏若沒處理好，會乏味到極點，它會硬化成一個符號，不但不能帶我們悠遊小說世界，反而會變成阻礙。我們會惱怒地發現，約翰·高爾斯華綏（John Galsworthy）[譯13]那隻名叫約翰的小獵犬，或其他什麼小東西，又躺回我們腳邊；甚至梅瑞狄斯筆下的櫻花樹或小船，儘管再優美，不過是詩情畫意的點綴。我懷疑作家在下筆之前可以預先安排好節奏，節奏必須在有適當間隔的情況下，靠著局部刺激才能奏效。不過，節奏的效果非常巧妙，無須剪裁人物就能展現出美，而且對於小說的外在形式也不會要求太多。

關於小說中的簡易節奏問題就討論到此。這種節奏可以解釋為「再現」（repetition）加上變化（variation），並能舉例加以說明。現在，我們要處理一個較棘手的問題：小說是否 〔149〕
具有任何效果，足以臻至第五號交響曲整體節奏的境界？那是一種當管弦俱歇，餘音卻繞樑不絕的效果。從第一樂章，行板，到由三重奏—詼諧曲—三重奏—終曲—三重奏—終曲（the trio-scherzo-trio-finale-trio-finale）[譯14]所交織而成的第三樂章，樂音頓時湧入心頭，彼此延展，終而連成一體。這個新形成的共同體，這整首交響樂，它得以凝聚而成，主要在於三大樂章中管弦合奏所共鳴出的關係，這種關係我稱之為「節奏性」（rhythmic）。這個名稱或許有誤，不過無妨；現在我們要問的是，小說中存有任何與此近似的東西嗎？

我找不到任何近似物。不過，音樂小說中或許可能有與之匹敵的東西。

戲劇的定位就不同了。戲劇趨近於圖像藝術，所以可任由亞里斯多德訂下規矩，只因它不像小說那般對人有著深度依賴。人在小說之中大有可為，他們對小說家說：「只要你喜歡，隨你改造，但是我們非得進去。」所以，小說家的難題始終是：既要讓人物盡情發揮，又要達到某些成就。小說家該如何是好？當然不是去求助他人，而是得找到一個可堪比擬的近似物。音樂，儘管其中不見人影，而且是由一堆繁複的記號和樂理在指揮，但是它最終的表達方式，為小說提供了一種美的形式，那種美是小說可以用自己的方式呈現出來的。這就是：「開展」（expansion）。這一點小說家務必堅守——不求圓滿完成，但求大開大放。當交響曲演奏完畢，我們感受的是曲中的音符和音調已然獲得解放，它們在整首交響曲的節奏中尋得個人的自由。小說難道不能如法炮製？《戰爭與和平》不也給了我們這種感覺？〔150〕這個講座最初以這本書揭開序幕，現在也要由它來落幕。這部小說龐雜蕪亂，但是當我們閱讀時，是否有宏偉合聲在身後響起？而且當我們讀竟全書，書中的林林總總，甚至連那些兵法目錄，不都在當下超越了自身的可能性，變成了更廣大的存在？

譯註：

譯1 奎利那爾山是羅馬城七座小山中最北的那一座，是有名的古蹟勝地。西元一五七四年，羅馬教宗貴格利十三（Gregory XIII, 1572-1585）在此建立奎利那爾宮作爲夏宮；一八七〇年，義大利統一王國建立後，此宮由教皇手中轉移成爲義大利王宮；目前則是義大利總統府、中央政府所在地。

譯2 摘錄自《奉使記》，趙銘譯，香港今日世界社出版，一九七五年，頁60。

譯3 此處敘述有誤導可能，因爲維安妮夫人此時出面向史垂則求情，請他別帶走查德，其實是以女兒作爲幌子，因此史垂則並未將她視爲「壞女人」，而當她是查德未來的丈母娘。

譯4 摘錄自《奉使記》，趙銘譯，香港今日世界社出版，一九七五年，頁302-304。

譯5 摘錄自《奉使記》，趙銘譯，香港今日世界社出版，一九七五年，頁397-399。

譯6 詹姆斯作品中那位風華絕代的女主角，其實是以其深愛卻早逝的表妹米妮．坦波（Minnie Temple）爲創作原型，純眞、不受世俗污染，其中，《慾望之翼》的米莉是最極致的表現。一八七〇年，詹姆斯二十七歲，隻身在歐洲旅行，獲知二十四歲的表妹米妮的死訊，這對他造成很大的衝擊，此後他更是以英國爲家，埋首小說創作，並以米妮爲藍本，一路創造出黛西．米勒（《黛西．米勒》主角）、伊莎貝爾．阿契爾（Isabel Archer，《仕女圖》主角），以及米莉．席爾。

譯7 阿肯那頓（1380-1362），埃及第十八王朝的法老王，在位期間（1352-1338 B.C.）堪稱是埃及最輝煌的時代。阿肯那頓的王后正是埃及人譽爲「世上最美麗的女人」的納芙蒂蒂（Nefertiti），而埃及史上最有名的法老王圖坦卡門（Tutankhamun）則是他的兒子與繼任者。

譯8 卡蘇朋先生是喬治·艾略特《米德馬區鎮》（*Middlemarch*）中的一角，年近半百，是個狹隘固執、不通人情、只會紙上談兵的人。

譯9 《死者的祭壇》（這本書是詹姆斯獻給他摯愛的表妹米妮·坦波的作品，書中道盡詹姆斯對米妮的思念之情，理論上應該不至於像威爾斯所批評的，難怪詹姆斯對這篇嘲弄文章會這麼不高興。

譯10 凱薩琳之輪有多種含意：

一、是指迴旋窗、有車輪形狀的玻璃圓花窗。

二、是指圓形迴轉的煙火，在歐洲慶典中不可或缺。有許多形狀和色彩的變化，製造出不同美感的視覺效果。

三、是中世紀的一種酷刑，又名毀滅車輪。把犯人綁在車輪上，手腳順著輪輻伸直。當劊子手用一根金屬棒或榔頭重重砸下輪輻間的四肢，輪子就會開始旋轉，受刑人就在輪子上受凌遲而死。

譯11 普克拉提斯是希臘神話中的巨人盜匪，他謊稱有一張適合所有人的床，經常把旅人騙到他家，強迫他們睡在床上，如果旅人身體比床長，他就砍掉他們的頭腳，如果身體不夠長，就把頭拉斷。

譯12 圖坦卡門（1341-1323 B.C.），埃及第十八王朝法老王，在位時間雖短（1333-1324 B.C.），卻是埃及史上最負盛名的法老王。他的一生充滿神祕色彩，九歲登基，十八至十九歲離奇死亡。考古學家研判他可能死於謀殺。圖坦卡門其實未曾握有實權，他繼位後，前朝元老先幫他改名，繼而恢復崇拜阿蒙神。一九二二年，圖坦卡門陵墓被英國考古隊發現，他的陪葬品中有大量黃金製品及極具藝術價值的器物，尤其遺體所戴的黃金面具，更成爲埃及古老文明的象徵。

譯13 約翰·高爾斯華綏（1867-1933），英國小說家、劇作家。出身於律師世家，牛津大學畢業後，以二十三歲之齡取得律師資格；爲研究海商法而到海上旅行，結識當時是水手的康拉德，兩人遂成莫逆之交，並因此放棄法律，專事寫作。一九三二年獲諾貝爾文學獎，隔年過世，之後他的創作風格開始受到批判。主要代表作爲有《富賽特世家》（*The Forsyte Saga*）、《有產者》（*The man of property*）。

譯14 佛斯特此處敘述有誤，貝多芬第五號交響曲第三樂章的結構是：「詼諧曲—三重奏—詼諧曲—三重奏—終曲」，而非由「三重奏—詼諧曲—三重奏—終曲—三重奏—終曲」所交織而成。

第九章 結語

歷史持續前進，藝術卻恆久不變。未來的小說家，即使因為創作的心靈改變了寫作的技巧，他們仍舊必須藉由過去的事實，才能看透所有的新事實。

以對小說未來的預測作為本書的結論，似乎是很令人心動的作法：小說或多或少會變〔151〕得比較寫實嗎？小說會被電影取代嗎？預測，無論是悲觀或樂觀，總是有種很了不得的神氣，而且這也是對本書有利，且能令人留下深刻印象的便捷作法。然而，我們沒有權利以它們為樂。既然我們拒絕過去成為我們的羈絆，就不該拿未來作為牟利的工具。既然我們把過去兩百年來的小說家，視為坐在同一個房間內創作的人，認為他們懷著相同的情感，把自己所處時代所發生的各種事件全部倒進那只靈感的大熔爐裡，無論得到的結果為何，我們的方法都很合理；至少對於我們這樣的偽學者很合理。但相對的，我們也必須同樣地將未來兩百年間的小說家，看成是在那個房間內寫作的人，他們的書寫主題或許大不相同，可是他們本身並不會有何改變。我們或許可以開發原子能，可以登陸月球，可以消弭戰爭或窮兵黷武，可以探究動物的心智過程；但是這些都是枝微末節，是屬於歷史而非藝術的小事。歷史持續前進，藝術卻恆久不變。未來的小說家，即使因為創作的心靈改變了寫作的技巧，他們仍舊必須藉由過去的事實，才能看透所有的新事實。

不過，有個問題和我們的演講主題有關，雖然這只有心理學家能夠解答，但我們不妨也提出來討論看看。未來，創作過程本身是否會有所轉變？我們內心那面鏡子是否會重新鍍上一層水銀？也就是說，人性是否會改變？就讓我們稍微想想這些問題的可能性——可以輕鬆地隨興發想。

聽聽老人家談這個問題很有意思。有時候，一個人會很篤定地說：「不管在什麼時代，〔152〕人性都是一樣的，不會因時間的更迭而改變。穴居的原始人就住在我們所有人的內心深處。文明——哼，只是個中看不中用的花瓶罷了。這是不爭的事實。」他之所以會這麼說，那是因為他躊躇滿志、意氣風發。可是，改天當他為了年輕一代不成材而感到沮喪煩憂時，或是當他擔心長江後浪推前浪，後生晚輩達到他所未竟之成就時，他就會用全然相反的語氣，故作神祕地說：「世風日下，人心不古呀！我這輩子，看盡人性的根本變化，你要面對現實啊！」老人家就這麼日復一日，說東道西，在面對現實與拒絕改變現實之間搖擺。

我想做的只是提出一種可能性。如果人性真的有所改變，那應該是出於某些個人想以一種新的方法去看自己。到處都有人在如此嘗試，這群人為數極少，但其中包括一些小說家。所有的機構組織和既得利益者都反對這種探尋：宗教組織、國家政府、家庭（就其經濟面而言），無一能從這種探尋之中獲得好處。因此，唯有當外在阻力減弱時，這種探尋才能稍有進展：歷史將它侷限住，不容它輕越雷池。或許，這些探尋者終將失敗；或許，思考工具不可能自我思考；也或許，這種探尋可能意味著想像文學的目的。假如我的理解沒錯，這就是那位基進探尋者李察士先生所高唱的論調。無論最終結果如何，這種探尋都預告著小說未來的成長，甚至突飛猛進。因為一旦小說家用不同的方法看自己，也會用不同方法看他筆下的人物，於是，一種嶄新的觀照方法於焉誕生。

我不知道自己前述的說法是否能在哲學領域站得住腳，然而，當我回顧自己的知識片段，並洞觀自己的心時，我看到人心的兩種運動：一種是聲勢浩蕩卻冗繁沉悶，這是歷史；另一種是膽怯以龜速向前徐行，即個人對人性的探尋。這兩種運動在這個講座的系列演講中都被刻意忽略；因為歷史只是帶著人類前進，就像一列載滿乘客的火車；而另一種步步〔153〕為營的龜速運動，則是因太過緩慢謹慎，以致於在區區的兩百年間，實在無法看出它有何進展。所以，我們就將這兩者略過不提，而將人性預設為恆久不變，並由此出發。所以，我們可以一本接一本，快速地創作出散文體小說（prose fictions），而超過五萬字以上的小說（fictions）稱之為「長篇小說」（novels）。假如我們有能力或有權力更上一層樓，得以縱覽全人類以及史前的所有活動，那我們的結論也許大不相同。我們或許可以瞧出龜速運動的足跡，以及歷史列車乘客的流動情形，而且，「長篇小說的發展」一詞，也將不再是偽學術的標籤，或是不起眼的雕蟲小技，而會變得舉足輕重，因為「小說的發展」意味著人性的發展。

附錄一：佛斯特《備忘錄》摘錄

認真

有時候，他會信口開河地說，「認真」是個離譜的惡棍，而且他會接著說，是最危〔155〕險的那種，因為他很狡猾；而且他誠然相信，誠實善良的人會在一年裡被它騙光他們的錢財，而不會在七年裡被小偷或扒手給偷光。懷著一個快樂的人可以察覺到的赤裸心情，他會說，那沒什麼危險，除了對它自己以外：然而認真的本質是設計，因此是欺騙；它是個學來的把戲，好讓世界相信他有多於常人的見識和知識；而儘管它再怎麼偽裝，它最多只是一個**法國**才子曾經定義的（甚至經常稱不上），**也就是一輛肉體做的神祕馬車，以遮掩心靈的缺陷**……

《項狄傳》1.2。被自我防衛的本能給玷污的洞見，或許是我剛開始讀的史坦恩的特點。他是怎麼發現忽略他不想說的東西的技巧的？為什麼它再度失傳，直到我們的時代？沒有任何東西可以讓英國小說擺脫查察為明的習慣嗎？史坦恩無疑是個偉大的作家，而他所謂

「諦觀小我」的生活哲學則大煞風景。

但是現在（讀完了《項狄傳》）：人物描寫棒極了！「幽默」和「主要情緒」皆發自內心且成了執念，而不是標籤。念頭的聯想；雙關語的心理學重要性。懷疑體系：

> 那是不可思議的恩典，以著對於信念的巧妙退縮和頑抗（renitency）[1]，就像一〔156〕隻「學不了新把戲」的老狗，自然造了人的心靈。如果最偉大的哲學家讀了這樣的書，看到這樣的事，有了這樣的想法，他大概會一下子就被塞到一個傢伙的毽子裡，不斷地被踢來踢去！

（另見《烏有鄉》〔*Erewhon*〕[譯1]：「這裡有些人似乎努力閃躲每個他們不夠熟悉的意見，把他們的腦子視為某種聖所，如果有個意見託庇於此，其他意見就不可以抨擊它。」）

> 我相信……有一條通往睿智世界的西北道路；而人的靈魂在汲取知識和訓誨時，比我們一般選擇的上工道路要來得近。

他的猥褻很聰明。小說家的一處祕境於焉誕生（現在亦然）。愛是個心癢癢的感覺。時間的虛幻。人生裡最搔首踟躕的時候。這些都讓他很有「現代主義」的味道——比較普魯斯特、喬伊斯和巴特勒（Samuel Butler）。但是他對人生沒有採取什麼「觀點」。（他只在意沾在講道壇上的棉絮。）

懶散卻固執。他的魅力，當它一發不可收拾時，總是教人不寒而慄。

腦子總是有點糊里糊塗。

我愈是反省這部小說，就愈是推崇它：想要讀史威弗特、伯妮小姐（Fanny Burney）譯2、史莫萊特（Tobias Smollett）譯3的人們，會把它擺在一個尖塔。

再引一段：

我們是否註定要永遠這樣，在主日以及平日，總是炫耀**老掉牙的學識**，正如僧侶炫耀他們的聖人的遺骨，儘管他們不曾行任何神蹟？

守貞在本質上是最溫柔的情感，但是讓它恣意而為的話，它就像是一頭暴起咆哮的 〔157〕
獅子。

1 原編註：「抗拒限制或強迫、反對、不情願」（《牛津英語辭典》）。佛斯特把「對於信念的頑抗」誤植為「疏忽」（remissness）。

「奇詭譎怪無法久長。《項狄傳》不會流傳很久,」惜哉約翰生博士(Samuel Johnson)[譯4]在一七七六年如是說。[譯5]

《情婦法蘭德絲》是一部偉大的冒險小說,而《皮克爾傳》(*The Adventure of Peregrine Pickle*)[譯6]則是一本沒腦子的小說,因為那不是狄福(原著編按:作者誤植)最想要說的故事。摩爾是個有血有肉的角色,她長手長腳,善於床笫之事和扒竊。她如此真實,就連她的悔改也不嫌畫蛇添足,狄福亦莊亦諧,卻都一樣地誠摯動人。我不覺得那是可能的,除非他是在寫自傳或為別人拍照。一部令人困惑的書,女性形象(gynomorphic),沒有任何矯揉造作。儘管她煙視媚行,卻始終是個女中豪傑,從來不想博取我們的同情。當她和她的「蘭開夏丈夫」發現彼此都是身無分文的騙子,卻沒有像……(原著編按:闕文,佛斯特可能忘了拉默夫婦的名字:見書信集頁65-66,以及以下各處引文。)[譯7]那樣彼此咒罵。比起狄更斯的小說,它讀來更忠實於生活且更親切愉快。這對夫婦面對的問題是事實的真相,而不是作者的道德理論,他們是聰明而善良的惡棍,不會大驚小怪。然而狄福總是認為偷竊和生張熟魏是不對的事。(?認為被逮到是不對的。)

摩爾的禮貌比他原本要說的還要好笑嗎?她是怎麼反省她偷走一個從舞蹈學校下課的

女孩的金項鍊的！一點也不偽善。我們大笑，沒有任何挖苦或優越感。「我一臉若有所思地說：『不用了，小夥子；跑堂的已經去給我斟一杯麥酒了。』」似乎是技巧高明的喜劇，卻有弦外之音（她正要下手偷酒杯）。聰明的倫敦人的玩笑（就像雷金納·帕默〔Reginald Palmer〕一樣）：「生活就是如此」當作一種哲學，而新門監獄則是在地獄裡。

再引一個不很尋常的段落：〔158〕

人家總愛說我們女人不能守密，我的一生卻告訴我事實恰好相反；但是不管女性也好，男人也罷，人總是需要一個知己、閨中密友去分享祕密，我們可以告訴他們祕密的歡喜悲傷，無論結果是沒事，或是增加心靈的負擔，甚至讓人無法承受；我相信大家都會同意我所言屬實。這就是為什麼無論男女，甚至最了不起最高尚的男人，都會有這方面的弱點，沒有人可以承擔祕密的重量，無論是歡喜或憂傷的，他們總要找人傾訴，即使只是要發洩一下，減輕心裡的負荷和重量。這不是什麼幼稚或輕率的事，而是人性的自然結果；有些人和壓抑搏鬥太久，當然就會在睡夢裡和盤托出……。

摩爾接著說下去，但是當然是以狄福的語氣。他總是說「當然，我相信無限」，就像踩油門的公車司機，沒什麼好說的：比否認更激烈，他乾脆把車門關起來。

騙了一個人，而其後找個機會言笑盈盈地告訴他，漸漸成了他的優點。一個自命不凡的心理學家總要大費周章才弄清楚真相，但是狄福當下就知道了。他在新門監獄裡怎麼了？創作的種子是什麼？

書的**形式**從主題裡跳了出來：摩爾在幾年裡從有夫之婦成了扒手，然後被判刑且悔悟。她的哥哥（前夫）似乎要當作情節的重點，但是此處卻沒有太多著墨。當她和她的蘭開夏丈夫遇到她前夫時，他眼睛已經瞎了，精神也有問題，什麼事都沒辦法做了，這個插曲就在〔159〕她私生兒子如商人般的人情世故裡結束。[譯8]她合法的商人丈夫，在她兒子離開後什麼事也沒有做。顯然狄福在多處埋了伏筆，例如一個孩子，或許事後想要保有孩子，但是其實是他一時衝動的結果。

風格：

……一個侍從騎在馬上，另有一個帽上飾有羽毛的侍僮騎著另一匹馬。

我已說過該地沒什麼好機會作案，唯一所獲是在一間鄉下小歌劇院摸走一個女士身邊的金錶，她大概樂昏頭了，很討人厭，而且我猜她有些喝醉了，讓我更容易下手。

我說，我絕不能否認眼前的事實；我認得他的衣著，我認得他的馬匹，而且我認得他的臉。

……衣著的確令人極為驚豔、完全新穎、很舒服，而且鮮艷得不得了。（《羅珊娜》；「不得了」〔wonderfu〕是國際用語嗎？）[2]

生動的人物：小說裡的生動的人物可以用負面測試去發現。如果一個人物總是讓我們拍案驚奇而點頭稱是，就證明了那個人物在字裡行間死去了。如果一個人物活了起來，我們會注意到更多別的東西：我們在別的地方會忘記它的槁木死灰。所有人物都躍然紙上，跳到書的邊緣？可能嗎？那樣子好嗎？在《戰爭與和平》裡是如此，但是它沒有邊緣。它們可能會撕裂很多書。所以一個小說家的思想貧乏對他有好也有壞。

定理：小說必須有個生動的人物，或是一個完美的圖式：不然就失敗了。（但是《白鯨

2 原編註：在狄福的時代很流行把 wonderful, exceeding, perfect 當副詞用。

記》怎麼辦？）

說故事：隔代遺傳的元素；頭髮蓬鬆的群眾圍著營火瞠目結舌，因為**懸疑**而完全沒有睡〔160〕意。[3]如果故事是關於有生命的東西，那很好，但是群眾似乎也一樣會被木偶感動，甚至更喜歡它們，因為他們會想到堆積在他們心裡的其他故事。（「喔不，不行，那是該我們自己說的話，」他們在伍拉斯頓〔Woolaston〕[譯9]如是抱怨《戰俘》〔*The Prisoners of War*〕[譯10]。）

按：說故事的人不需要收拾散落的線索。只要他能讓瞠目結舌的聽眾開心，他不需要任何情節。電影。有人說大聲讀史考特似乎比較好。

圖式或節奏，對我而言，似乎是一部小說第三重要的元素，但是它們是說得容易卻難以定義的語詞。它們和**故事**有某種關聯。（而故事又和生動的**人物**有某種關聯）。圖式可以是**情節**，在《卡拉馬佐夫兄弟》裡，圖式和情節形影不離：如是強化了這部小說。或者反其道而行，如《荒涼山莊》，當情節如迷宮般複雜且饒富偵探趣味時，圖式就成了倫敦漸漸散去的霧。（讀看看《金碗》〔*Golden Bowl*〕[譯11]；看看詹姆斯為了得到圖式所做的犧牲，我們可以瞭解圖式的意義……，剪下甜菜和青蔥做他的沙拉：因為我知道他會留下這些蔬菜，只要它們的再生組織官沒有突出來……。）路伯克的《羅馬映象》有一個很強的、固定模式的圖式。他認為（《小說技巧》，一本細膩卻畏首畏尾的書）小說旨在能夠給一個說法，「用十個字就能彰顯其整體性」，因此對於《戰爭與和平》就很保留，雖然他「照例」承認它的生命力。這麼說，他應該不難定義圖式或節奏才對：因為他把它們和情節扯在一塊，認為可以〔161〕化繁為簡。我該讀完他嗎？

上一代的東西就像個窒悶的房間，而下一代必須浪費他們的時間去忍受它。他們只得走出去，讓門敞開著。那房間或許很寬敞、詼諧、和諧、親切，但是它很臭，而且躲不掉那氣味。於是他們一方面投書給《泰晤士報》，另一方面則打破窗子。「真可惜年輕人不再寬容了，」的確如此。但是真可惜有死亡這種東西，因為那才是真正的難題。擠滿下一代的公寓沒多久也會發臭。（我覺得發臭的作家：亨利．詹姆斯、梅瑞狄斯、史蒂文生：而如果說哈代沒有臭味，那不是因為他的小說比其他三個人好一點（他們並不是不好），而是因為他在小說裡注入了偉大的詩。）

驚訝者的梯子，從亞當開始。馬修．阿諾德（Matthew Arnold）[譯12]以《恩培多克勒斯在埃特納火山》（*Empedocles on Etna*）震驚世人，晚年則震驚於亨利．瓊斯（H. A. Jones）[譯13]，而現在瓊斯又被自己的一切給嚇壞了，而我很難把他想像為年輕人的事，阿諾德的青年期還

3 或是因爲驚奇和期待驚奇。但是這得假設有更敏銳的聽眾，也讓我們更接近文學。
4 原編註：此處手稿多了「現在被嚇到了」幾個字，但只不過是如唱片跳針般的衍文。

比較容易理解一些。[4]所以，上一代的文學沒有辦法讓我們掙脫時間的暴虐。它的種種限制也招來了我們自己的限制，讓我們變得保守，而我們則反控它故步自封。我們不能像讀菲爾丁那樣單純公平地讀梅瑞狄斯，一隻眼睛盯著作者的旨趣，另一隻眼睛則盯著他的成果。（我在十九歲長水痘的時候讀《湯姆．瓊斯》和《伊凡．哈靈頓》，對此感受很深。）

最大公因數。[5]因為小說**以散文形式寫成**[6]，因此都自詡是在刻畫人生。這是他們的最〔162〕大公因數，低下而無趣：但是躍過了它，他們就開始分道揚鑣。把小說看作書信，不失為好點子。不妨把小說家都當作在大英博物館圓形閱覽室裡寫信，同時又借閱各種主題的書。

在日常生活裡充滿了時間觀念。「她撳了門鈴，侍者前來應門。」「將軍下令停火。」「王子殿下拉繩子解開國旗，推迪先生紀念碑便展現在眼前。」我們不知道王子為什麼到那裡去，也不知道那紀念碑長什麼樣子；要回答這些問題，得有其他配備；但是我們的確明白了事情的先後順序，而我們的日常生活充滿了對於時序的執念，它也成了小說裡很可惜的共同單位。（如果認真看待時序，會有一種悲傷的效果，例如《老婦人的故事》[7]，但不是悲劇的效果：《戰爭與和平》的效果則是依賴其他東西。如果不是很重視時序或是憑著直覺，會讓情緒變得很鬆散，或是讓判斷變得膚淺。於是，許多小說家都喜歡玩時間的把戲。普魯斯特、艾蜜莉．勃朗特、史坦恩、康拉德，都發現時間不是他們的朋友，或只是一時的朋〔163〕

友，而如果他們要暢所欲為的話，時間就得待在它該待的地方。）

《魯賓遜漂流記》，一部英國作品，而且唯有在英國才可能把它當作成人文學：想到比他們笨的人都可以有冒險生活，他們就覺得很安慰。裡頭沒有狂歡、機智或發明（「星期五」和《羅珊娜》裡的艾蜜〔Amy〕或是兩個暴風雨的對照）。活脫是童子軍手冊。不像摩爾或羅珊娜，甚或賽寇克（Alexander Selkirk）[譯14]自己，魯賓遜既沒有成長也沒改變。

和三十年前讀的時候一樣無聊。它唯一的文學價值只在於土著的劇情高潮的布局。它當然具有歷史地位，而且是其他言行不一的故事的始祖，例如《金銀島》。幾乎和《辛格頓船長》[譯15]一樣拙劣，我大概不會讀到第二部。

於是我換個方式問他，是誰創造了大海、我們腳下的土地、山丘和樹林？他告訴我說是老貝納默基造的，他住在很遠的地方：他說不上來這個大人物的任何細節，

5 原編註：原文有闕疑。佛斯特指的可能是「最大公因數」或「最小公分母」，前者或許比較精準，但是後者則比較常用在隱喻的文本裡。

6 它們也應該像戲劇一樣有最大公因數嗎？或許我太離題了，而時間觀念的炫耀在整個文學已經司空見慣，或許也暗示著一個詞寫在另一個詞之後。然而在音樂或是歌詞裡並沒有這樣的暗示：他們和日常生活的時序無關。

7 就像庫佩勒斯（Couperus, 1863-1923）的《老人與往事》（*Old People and the Things that Pass*）不是很偉大一樣，因為它的主題是「老了的人們」。他們當然會老。日常生活就是一天天變老，這就是影響到人類和萬物的時序。而一部偉大的作品不能只是奠基於一個「當然」上面。

只說他很老，比大海和陸地都要老，比月亮或星星都要老。接著我問他，既然這個老頭造了一切，為什麼萬物不膜拜他呢？他很認真地看著我，以天真的神情說：萬物都是對他說「哦」的。我問他說，他們村裡的人死後去哪裡？他說：是啊，他們都去貝納默基那裡了；我又問他，被他們吃掉的那些人也去哪裡嗎？他說：是的。

接著，星期五「聚精會神地聽我說，很開心地接受我們的觀念：耶穌基督是被派來拯救我們的。」但是他並沒有驚訝的神情。狄福從未真正走出新門監獄或巴托羅繆街，儘管我承認他在半真半假的王國裡得到暫時的勝利。上面那段儘管很笨拙，倒還算不錯。有多麼笨拙呢？如果我們讀到：

因為他的法術有很大的力量，
就是我老娘所禮拜的神明瑟底堡斯也得聽他指揮。[譯16]

狄福從不碰關於詩的成就的知識。魯賓遜的小島和普洛士匹羅（Prosepero）[譯17]的荒島不〔164〕一樣，因為那裡沒有土著，也沒有任何原始宗教的蹤影，而這個差別和想像力的差距有關。

我還要提一下《羅珊娜》。它可以媲美《情婦法蘭德絲》，但是裡頭沒有偷竊，因而也受限於它的形式和道德觀念，成了純粹的性愛小說，因而過時了。（另外，為什麼狄福只熱中於女人的性生活呢？他在《傑克上校》譯18裡對於男人的性愛描寫就顯得敷衍了事，只有女人上場的時候，他才會暖身。）艾蜜的被玷辱以及侵襲荷蘭的暴風雨：是我讀過最好的部分。

維吉妮亞．吳爾芙說過三個主要的觀照點，神、人和自然，而魯賓遜逐一喝止我們，強迫我們去注意「一只大陶罐」。狄福很有現實感，她則會稱之為「常識」。再看看布倫斯貝里版的乏味結論，觀照陶罐或許和宇宙一樣有意思，只要作家真的相信一只陶罐的價值。我會說，這樣的作家未免太無聊了吧。

格列佛是童話王國裡的魯賓遜。裡頭的人們不比他小就是比他高，就像馬匹也一樣，他得逐一去解決問題。不同於魯賓遜的老好人脾氣，他則是個性暴躁，他的道德義憤使他漂流到拉普達，那是他最成功的一段旅程。《格列佛遊記》不如《烏有鄉》甚或《侏儒回憶錄》譯19，因為他始終無法讓讀者認為他是在描寫有生命的東西。義憤不是創造力：「是啊，你生氣了，但是為什麼要生氣呢？」我們大聲叫道。

這本書裡繪有許多地圖。是史威夫特畫的嗎？它們並沒有什麼啟發性。

（順便提一提拉普達：）「他說他們通常行為與凡人無異，一直到約三十歲，接著逐漸鬱悶沮喪，」我會把這段話抄到我晚年的文集裡，在這裡我只想說，這句話是巔峰期的史威〔165〕弗特說的。

也許在這群十八世紀的作家裡也有某種乾燥過的詩，它比較接近真實事物，而不像是史考特的裝潢。如果泡在正確的液體裡，魯賓遜、格列佛和項狄或許會膨脹，他們不會腐敗。但是浪漫派認為詩意才是正途。他們受不了我們的。

十八世紀小說的**年代**：

一七二二年：《情婦法蘭德絲》

一七二六年：《格列佛遊記》

過了二十年後，李察森、菲爾丁和史莫萊特一起嶄露頭角，而史坦恩和高德史密斯則在六十年代才起步。

邊緣例子：《天路歷程》、《伊比鳩魯主義者馬里烏斯》《聖經在西班牙》（*Bible in*

Spain）、《小兒子歷險記》、《瘟年紀事》、《傾校傾城》、《拉賽拉斯王子》、《綠廈》，這些小說是邊緣例子嗎？如果我們回答這問題，就能更理解它們或沒有那麼瞭解嗎？

這兩個問題我都無法回答，我也無法回答另一個關於主體與處置行為的對立的問題，照著我的脾氣，會把所有這類東西當作詰問系統的產物或是人們覺得到了年紀而必須認真思考的東西，因而予以摒棄。人們常常因為想要顯得有分量而裝出一副事不關己的好奇模樣。

《一位年輕女士的生平》。我讀了三分之一。讀了故事很長的書，通常會過譽它們，因為讀者會想要說服別人和自己說他沒有浪費時間。試比較聖保羅關於不朽的辯論。我當然會很無聊，但是書不是因為重複才顯得單調的，無窮的變體和抑揚本身並不夠有趣。我從不嘲〔166〕諷。克拉麗莎基於關於交媾以及異性關係的前提，以技巧和事實去做出推論。就她的信念而言，她是站得住腳的。她既是悲劇性的也很有魅力。李察森有一顆悲劇的心。（見該書頁31-32）他無法擺脫膚淺。試比較《亨利八世》裡的凱薩琳王后（Katherine of Aragon）。

這本書提出了「主題」的問題。在它的範圍裡，它很重要。但是那範圍還真狹隘啊！

地方主義。我們一定會記得在我們的地方以外但不在地平線下面的嵯峨群高：托爾斯泰、杜思妥也夫斯基、普魯斯特。他們給了我們評論的尺度，讓我們不至於對《密德羅中之心》太過認真，或是浪費太多時間在《克蘭福特》。偉大的英國作家，狄福、李察森、史坦恩、狄更斯、珍·奧斯汀、艾蜜莉·勃朗特，他們不是不夠偉大，就是或許他們的那種偉大無法讓小鬼們心生景仰。對文學很足夠了，對評論卻有害。英國的詩在質和量上都成果斐然。而英國的小說，儘管汗牛充棟，卻還沒有寫出什麼頂尖作品，無論是在生命力或是強度上。

對讀者洩漏你的人物們的祕密：總是意味著在知性或情感上的自貶。你試著表示友善，以遮掩創作的缺陷，就像是請人喝一杯，好讓他不要批評你的意見。聽起來像是下里巴人的街談巷議。菲爾丁和薩克萊。當史考特也要試一試的時候，那就很恐怖了。結果總是成了戲謔之談，讓人忍不住要看看那些人如何暗通款曲。「某甲長得好看嗎？」「我們想想某乙為什麼要那麼做？」「某丙總是神祕兮兮的。」多了點私密，總是會少了點幻想和高貴。拖垮小說者，莫此為甚。（但是《項狄傳》呢？）

而宇宙的祕密則是小事。如果小說家跳出人物，概述他認為生命必須經歷的處境，如此〔167〕會傷害那些人物嗎？托爾斯泰、哈代、康拉德。

（再提一下上述的人物問題：）那麼幕間穿插如何？只要在書裡一有機會，平庸的小說家總要當個全知者，然後恬不知恥地拉下布幕大搖其頭。純正主義者則直斥其非。如果他真的能唬住讀者，我倒是不反對。沒有閒扯淡那麼嚴重。的確，不動聲色地擴充或限縮認知，是小說形式的好處之一，也和我們對生活的認知很類似：我們有時候比較聰明，有時候比較駑鈍，這個幕間穿插讓我們的經驗更多采多姿。這沒什麼好大驚小怪的。

儘管如此，重要的主體仍然要進行，學術的分工也要去檢討（比較附錄二的〈小說工廠〉），並且要提出更概括性的問題：為什麼有時候可以欺騙讀者，有時候不可以？

《奉使記》（在《小說技巧》〔頁 156-171〕裡分析過）。圖式編織得非常優美。史垂則和查德像阿納托爾・法朗士小說裡的帕弗努斯和黛依絲一樣地換位，但是有諸多限定。史垂則奉派去救查德（原文有闕疑），不讓他在巴黎墮落[8]，但是他發現查德不但沒有被污染，甚至因維安妮夫人而得到救贖且豁然開朗：他放棄他的任務，希望娶紐森姆夫人，他為**巴黎**[9]奮鬥而不是去對抗它。接著，在鄉間，他在宴會上遇到查德和維安妮夫人，他們居然覺得很羞 〔168〕
恥，對他說了謊，讓他覺得他們**俗不可耐**[10]，而他的想像力也比他們的青春更有精神價值。查德很快就會玩膩她，他會回到美國去。而史垂則會失去（且得到）一切。

8（原編註：原註裡接著一段於頁 139-40 前揭引文：）詹姆斯的典型例子，當下且不斷指出人物是次要的，缺乏感受力的，充滿錯誤的俗世性。他爲這類人物賦予的生命力只是徒增其荒謬性。

9 原編註：原註裡有頁 138-39 前揭引文。

10 原編註：原註大部分爲頁 141 前揭引文。

圖式的編織犧牲了什麼東西？大部分的人類生活都必須銷聲匿跡，所有的樂趣、所有的營營擾擾、聲色犬馬，以及十分之九的英勇行為。唯有殘缺不全的生物才能在他的書裡呼吸，殘缺卻被專化。比較在阿肯納頓王朝的埃及藝術裡表現出來的優雅的瑕疵，它們都只有頭部而沒有腳，卻非常迷人。除了對於超人的興趣以外，這種人類的缺陷有什麼價值呢？亨利．詹姆斯對於我們的結構的刪削和專化並沒有推論出一個宗教或哲學，而只是一個和雞尾酒以及看台格格不入的圖式。當他的角色對彼此說「但是你很好」或「但是你很棒」的時候，就前者（圖式）而言是對的，但是就後者而言則是錯的。詹姆斯非常聰明、自制且膽怯。他的技巧嫻熟且專制，我們在閱讀時總會被它安撫。但是我們並不滿足。我們還是會說「這還不夠」，但是他仍然會回答說「或許是吧，但是對於拙作而言，這就夠了」。

風格。你再怎麼猛力搖晃他的句子，也不會掉落任何陳腔濫調。他總是字斟句酌，像吃奶的嬰兒一樣嘴巴鼓成圓形，其他比較遜色的句子則像是和父母親的口頭誤會。

人物。主角經常是個旁觀者，他試著要改變情節而徒勞無功，卻因而多了一點觀察的機會（例如史垂則，以及《寶恩頓之劫》裡的芙蕾達〔Fleda〕）[譯20]。裡頭經常有個母親「隱身幕後」（原文有闕疑），以及「不知名」的疾病。[11]其次是如上所述的低俗趣味（例如亨瑞艾塔．史黛克波）。而其他類似旁觀者的人物們，則可以戴著第一流的眼科醫生配的眼鏡〔169〕去觀察。如果把艾瑪或湯姆．瓊斯擺到詹姆斯的小說裡，他們不會格格不入，而是會被隱形。

圓型和扁型的人物——類型人物、性格人物。我在關於人物的演講裡會提到這個區別。托爾斯泰筆下的是圓型人物。而**珍·奧斯汀**則總是被誤喻為毫芒雕刻家。或者說是在櫻桃核上雕刻。但是即使是貝慈小姐，她也有想法，即使是伊莉莎白·艾略特，她也有一顆心。當我發現柏爾川夫人也有道德觀點時，一開始也是很驚訝。以前我不知道有一種蘊藏著這種面向的技巧是如此地堅實縝密，而總是把她和獅子狗一起擺在沙發上。

狄更斯的人物是類型人物，但是他的生命力讓他們微微顫動，借用他的生命而看似自己活了起來。米考伯先生（Wilkins Micawber）[譯21]、皮克維克、傑利比太太（Mrs Jellyby）[譯22]，都有其生命，但是我們無法把他們轉過來看看新的面向。試比較皮克維克和法斯塔夫。**威爾斯**和狄更斯一樣，都沒有真正創造什麼東西：奇普斯和《托諾·邦蓋》裡的阿姨是主要的例外。又是作者的生命力。

狄更斯和威爾斯的相似處：出身低下、倫敦人觀點、喜劇、社會問題、喜歡打抱不平。

11 他眞的很討厭命名！紐森姆的匿名文章和《托諾·邦蓋》是個對照；見《地毯上的圖式》（*The Figure in the Carpet*）。我們聽聽威爾斯很刺耳的話：「詹姆斯要求同質性。一本書爲什麼要有同質性呢？一幅畫還說得過去，因爲你得一眼看到全部……」（接著見前揭頁 141），Boon，頁 102-106；以及詹姆斯的回答：（闕文）。

他們把人物放到書裡頭，其後又否認曾經那麼做。威爾斯的觀察力強一點，他為遇到的人們拍照，然後仔細端詳那些照片。狄更斯則比較依靠類型人物。

當扁型人物再次出現時，讀者總是能夠認得出來。因此有利於說故事。而創造了圓〔170〕型人物的作家，例如普魯斯特的夏呂斯男爵，總是讓他們的配角很扁平，例如毛勒女伯爵（Comtesse Mol'e）。在社會片裡很有用。諾曼．道格拉斯曾經附帶批評說：

> 我現在是在說小說家用在傳記的筆觸。這是什麼筆觸啊？（見本書頁97）

（D. H. Lawrence and Maurice Magnus: *A Plea for Better Manner*）

按：現代「假圓形」的趨勢。在作品的尾聲裡，對於某個扁型人物會有矛盾或難以置信的描述，好讓讀者相信作品的深度，指責他們先前判斷的膚淺。

惡。在英國小說裡幾乎無法想像惡，它躲在行為不端下面，很少浮上來，或是撥開神祕的烏雲。不是性的惡就是社會的惡：或是一種特殊的風格，以著詩的蘊含，在描寫它時被認為是必要的。我不認為有惡的存在，但是大部分作家認為它**應該**存在，並且構成情節的背景：其中一兩個作家甚至認為它真的存在。杜思妥也夫斯基、**梅爾維爾**：

> 在他[12]內裡的這個巨大的黑暗力量使它無法訴諸喀爾文派所謂的天生的墮落和原

> 罪，沒有任何深思者可以抗拒它們各種形式的誘惑。因為沒有人可以稱量這個世界，除非他先拋入某個東西，例如原罪，好讓傾斜的天秤能夠平衡。[譯23]

這是在玩一場乾淨的比賽，而不是霍桑所知道的混亂的或道德的遊戲。比利・巴德有他的善，在阿遼沙旁邊則相形失色，甚至因為霍桑壓抑的同性戀而有所減損：他仍然有著熾熱〔171〕好戰的善，除非燒光惡，否則它無法存在：善。

（接本書頁 175 引文）

談到比利殺死的克拉加爾：

文明，尤其是禁欲的文明，是它[13]的前兆……（接本書頁 175 引文）

不知道霍桑所指為何，但是他知道可以有如何偉大的人物觀念（原文有闕疑）。《白鯨記》是一部很辛苦的作品，當然比《比利・巴德》來得大部頭，但是亞哈船長和

12 原編註：指霍桑。
13 原編註：指自然的墮落。

白鯨，他們代表著什麼？「啊，無法抑遏的宿仇是，時間總是跟著人類之子。」（《皮耶》〔Pierre〕）或許就只是如此。

其他對於和惡魔私通的控訴者：潘神學校，在西琴斯（Robert Smythe Hichens）[譯24]和班森（E. F. Benson）[譯25]的作品裡逐漸消失——霍桑的《大理石牧神》（*The Marble Faun*）是它的早期樣品——以及瑞德（Forrest Reid）[譯26]。康拉德？他幾乎不曾提告。亨利．詹姆斯在《碧廬冤孽》裡只是拒絕思考同性戀，而由於他知道自己拒絕思考，使他陷於必然的慌亂。只有瞭解惡的作家，才能讓善成為可讀的。我又回到梅爾維爾和杜思妥也夫斯基。我沒有心思去注意反派角色，雖然他們可以是文學漫談的基礎。李察森、狄更斯；德國的影響；諸如此類的。梅爾維爾的見解擺脫了那束縛著霍桑或「馬克．拉塞福」的個人煩惱。分受了它們以後，我們變大了而不是變小。

無聊，現代作家避之唯恐不及，卻因而變得淺薄。大衛．加涅特雖然有中心概念，卻只是思考表面。不可以當個無聊的人，是攸關體面的事。在信仰的年代裡，無聊不那麼流行。〔172〕狄更斯只有使壞時才是個無聊男子，就此而論，他應該屬於現代主義。但是夏綠蒂．勃朗特和艾略特在貶損教訓我們的時候卻是大步向前。

關於無聊的心理學？曾經聽人問過。

無聊的東西和浪漫主義——不屬於十八世紀。

《孤星血淚》。氣氛和情節（被宣告有罪者）的聯姻（原文有闕疑）比我所知的狄更斯的其他東西都更能讓它堅實且令人滿足。其中偶有佳作，在第一部末了：

我跨著大步向前走著，一面走一面想，這一次出門比我想像中要自在得多；同時又想到如果有一隻舊鞋向馬車後面擲過來，那可就不成體統了，因為大街上那麼多人會看到的。我得意地吹著口哨，全身輕鬆自如。這時，村子裡一片靜悄悄，薄霧正無聲地消散，彷彿有意在我面前展開一個大千世界。我在這個村子裡是那麼無知，那麼渺小，而村子外的世界是那麼難以捉摸，那麼廣闊無邊。想到這裡，一股激情使我突然抽噎起來，眼中迸出了淚珠。這時已到村邊，指路牌正豎在那裡。我用手撫摸著路牌傷感地說道：「我親愛的親愛的老朋友，再見。」

……

馬車向前駛去，一站接一站地換馬，想要回去已經因為馬車愈駛愈遠而不再可能。我便任隨馬車把我帶向前方。這時，薄霧已經全然散去，在我面前鋪開一個光亮的大千世界。

皮普恰如其分，裘伊．葛吉瑞太太不是個無聊的人。應景的線索沒有被開展，例如葛吉瑞太太（和傑格〔Jagger〕）的角色就不痛不癢，赫伯．帕克特（Herbert Pocket）的角色則需要修改。但是所有缺陷都無關緊要，事件的演進既自然又刺激。狄更斯偶爾（馬格維奇〔Magwitch〕的返鄉）會掌握一些微妙之處，但是如果他一直抓著不放，對他反而是個妨礙。皮普的角色冷酷且令人作嘔，但基本上還是正派角色。讀來震撼人心，而不像史考特那樣容易消化。

冷冽的薄霧——在《塊肉餘生錄》裡則是冰冷而沒有霧。秋天的英格蘭。還有那條河——試比較《我們共同的朋友》。

其價值難以言喻。在我連篇累牘的書目裡，它是少數的大師作品之一。

虎頭蛇尾。幾乎所有小說到了結局就有氣無力了。例外：藝術家，如珍．奧斯汀、李察森、亨利．詹姆斯、加涅特；奇幻作家，如史坦恩。「我必須對那些偶然的邂逅有所思考和回應。但這些是每天都會發生的尋常事，不值得我們大驚小怪，除非遇到特殊場面，才能震撼人心。」（《威克菲爾德的牧師》）他的確無以為繼。惜哉沒有另一種習慣，讓小說家在腸枯思竭時可以停下來。《威克菲爾德的牧師》到了一半就耗盡他所有的才情了。在普萊姆羅斯太太扮成維納斯的家族油畫以後，所有的優雅和情趣都不見了。奧莉維亞的私奔破壞了喜

〔173〕

劇性，而悲劇的圓滿結局更讓人倒盡胃口；比較《羅莉・威洛依》（*Lolly Willowes*）譯27，當巫術登場時，這本書變得非常幼稚，當它達到高潮時，更不是幼稚可以形容的。

加涅特的書之所以好，是因為它們**不會虎頭蛇尾**。《動物園裡的男人》（*A Man in the Zoo*）譯28的結局失敗，是因為作者沒有把女士和男人一起擺到籠子裡。但是《淑女變狐狸》和《水手返鄉》（*The Sailor's Return*）的情節則是漸入佳境。

時間會打敗它所有的兒子，除非他們小心提防。在出生、白天、黑夜、死亡不知不覺的時序裡，某個東西也失去知覺，因而在一個**故事**裡也會有某個東西留下遺憾，而故事基本上是在時間裡的敘事，由回憶和預言去沖淡，不是虛與委蛇就是令人沮喪。故事是所有小說的基礎，但是光有故事並不能造就一部偉大的小說，因為故事是拴在時間上。故事原本是最健康的藝術形式，它真正的寓意卻是歸於塵土，人們也嘗試著各種**逃避現實**的方式，除了虛應故事的「他們從此過著幸福快樂的生活」，以及認真但拙劣地捕捉時間之河的岬角以外（《老婦人的故事》）。要讓讀者對於**人物**[14]感興趣，而不是接下來會怎麼樣。或是讓他們對人物經〔174〕
過的場景有興趣。或是強調時間以外的東西，情節或圖式[15]（尚待探討的問題：藝術的新

14 顯然，只要我們一承認人物的重要性，就直指說故事的核心。「一個故事是關於九柱戲的時間敘事」這個命題比「一個故事是關於人物的時間敘事」要簡單得多，因爲人物是如此有趣，使得他們死後仍然長存。

15 如果說情節是知性的，圖式是美感的，那麼你必須仔細思考《荒涼山莊》的情節突變（peripeteia），但是得有足夠的品味，才能欣賞《舞姬黛依絲》或《在一起》（*Together*, Douglas）的情節突變。

生）。或是開顯或偶爾蘊含著某種超越性的東西──《白鯨記》。或是說些不正經的──史坦恩、皮考克、德拉梅爾、道格拉斯。

人性，只是人們想去觀察它，是沒有那麼神祕的。我們不是知道人們會做**什麼**，而是明白他們何以那麼做。人的命運總是沉思的對象，但是他的本性（就像起源一樣）逐漸廓然分明（例如，丹尼爾．曼斯菲爾的自負顯然不是額外的缺點，而是嘗試要掩飾他的低能）。人性會開展嗎──除了經由自我觀察的力量以外？

目標和成就。科學家以真理為目標，如果他發現它，他就成功了。藝術家也以真理為目標，如果他引起情感的共鳴，他就成功了。演說家旨在激起情緒，如果他能夠煽動群眾，他就成功了。有計畫寫作的書亦復如此。作家或許會希望大火會降到他的骷髏上面，但是他關心的是解剖，而不是劃火柴。對於那些不經事前計畫而自然開展的作品而言更是如此。

由此得出兩個問題：

一、不好的目標，也就是撈錢、傷害或欺騙人們：只有衛道人士才會主張說如此不會有好結果。狄福的小說在道德上差不多是奧帕爾．懷特利（Opal Whiteley）譯29或《一個年輕時尚女士的日記》譯30（用來欺騙無知者以漁利）的水準。特洛普也為錢寫作──（闕文）〔175〕

早餐前的文字。《約瑟夫・安德魯斯》像是漫畫。《新馬基維利》（*New Machiavelli*）[譯31]裡的威爾斯等等。

二、忘記原文應該是什麼樣子。

她對於人心的描繪不及於人的眼睛、嘴巴、手和腳的一半。眼光銳利的、談吐合宜的、舉止靈活的，都適合她去研究；但是那讓人心跳快速且充滿胸臆的，儘管不為人知，那讓人熱血澎湃的，生命看不見的底座和死亡有意識的目標——**奧斯汀小姐**一概忽略。——夏綠蒂・奧斯汀，引自瑞德（H.Read）。

亞里斯多德和亞倫論性格

所有人類的幸或不幸都以行動的形式表現；我們生活的目的也是某種行動，而不是一種性質。性格給我們性質，但是在我們的行動裡，我們的所作所為，我們才有幸與不幸。因此，在戲劇裡，他們不是為了描繪性格而行動；他們為了行動而把性格納入。

關於性格，應當注意的問題有四個方面。……善的、……恰當、……逼真，這一點與上面所講的性格必須善、必須恰當不同。……以及前後一致；即使……不一致，必須保持……一致。**（原編按：《備忘錄》的這段分兩欄，第一段〔除了標題以外〕置於左欄，亞里斯多德《詩學》引文推測應該有一段亞倫的引文對應。）**

前面十六頁[16]都和我的《小說面面觀》有關。豪斯曼來找我，我要他以它為基礎，不過他沒有注意到。

16 原編註：是指頁 20-35 以及頁 36 第一段，頁 37 左緣附注。頁 36 其他段落和《小說面面觀》無甚關聯。

譯註：

譯1 巴特勒（1835-1902）諷刺英國時事的作品（1872）。

譯2 伯妮（1752-1840），英國作家，善於描寫少女涉世經驗。

譯3 史莫萊特（1721-1771），蘇格蘭作家，以冒險小說聞名。

譯4 約翰生（1709-1784），英國文學家，十八世紀後半葉英國文壇領袖，學識豐富而特立獨行。

譯5 見《約翰生傳》（*Boswell's Life of Johnson*, 1791，頁696）。

譯6 史莫萊特的小說（1751）。

譯7 蘭姆勒夫婦（Alfred and Sophronia Lammle），狄更斯小說《我們共同的朋友》（1864-65）裡一對貧窮而狡詐的夫婦。

譯8 摩爾的母親身後留給她一座農莊，託她的私生兒子保管，他在相遇後轉交給摩爾。

譯9 英國西南部的村莊。

譯10 莫泊桑（Guy de Maupassant）的短篇作品。

譯11 亨利．詹姆斯（Henry James）的小說（1904）。

譯12 馬修．阿諾德（1822-1888），英國詩人。

譯13 亨利．瓊斯（1851-1929），英國劇作家。

譯14 賽寇克（1676-1721），蘇格蘭航海家，一說狄福《魯賓遜漂流記》的靈感是得自於賽寇克的航海經驗。

譯15 《辛格頓船長》（*The Life, Adventures and Piracies of the Famous Captain Singleton*, 1720），狄福的小說。

譯16 莎士比亞《暴風雨》（1:2），瑟底堡斯（Setebos）是南美洲塔帕谷尼亞（Tapagonia）土人信奉的神。

譯17 見莎士比亞《暴風雨》，米蘭公爵普洛士匹羅被弟弟安東尼奧篡位，帶著女兒密蘭達和魔法書流亡荒島，在那裡差遣神明，呼風喚雨。

譯18 《傑克上校》（*The History and Remarkable Life of the Truly Honourable Colonel Jack*, 1722），狄福的小說。

譯19 《侏儒回憶錄》（*Memoir of a Midget, 1921*），英國詩人和小說家德拉梅爾（Walter de la Mare, 1873-1956）的作品。

譯20 《寶恩頓之劫》大部分是從芙蕾達的角度去寫的。芙蕾達是詹姆斯筆下的典型角色，敏情而嚴謹。

譯21 《塊肉餘生錄》裡的酒館老闆。

譯22 《荒涼山莊》裡的一位慈善家。

譯23 語出《霍桑論》（*Hawthorne and His Mosses*, 1850）。

譯24 西琴斯（1864-1950），英國記者、小說家。

譯25 班森（1867-1940），英國小說家。

譯26 瑞德（1875-1948），英國小說家和文學批評家。

譯27 席薇亞・華納（Sylvia Townsend Warner, 1893-1978）的小說。

譯28 加涅特的作品（1924）。

譯29 奧帕爾・懷特利（Opal Whiteley, 1897-1992），美國自然文學家。著有《小奧帕爾日記》。

譯30 《一個年輕時尚女士的日記》（*The Diary of a Young Lady of Fashion in the Year* 1764-1765），瑪德蓮・金霍爾（Magdalen King-Hall）的作品。

譯31 威爾斯的科幻代表作（1911）。

附錄二：小說工廠

佛斯特對於克雷頓．漢米爾頓之《小說的題材和寫作技巧》的評論（*Daily News*, 23 April 1919; signed 'by a novelist'）（見本書頁 29-30，以及附錄三） 〔176〕

可憐的小說！可憐兮兮的小東西！誰會想得到，一個名叫克雷頓．漢米爾頓的先生，因為受到布瑞德．馬修斯先生（Brander Matthews）的慫恿，早已從高處睥睨窺覷著它！它快活地跑來跑去，像一隻無害的小母雞，在生命的土堆和草地上東刨刨西抓抓，挖出許多東西，有些是寶物，有些不是。然後，瞧！突然有隻美國大老鷹俯衝而下！這隻老鷹並沒有一丁點的殘暴或粗魯。他只是壓在母雞背上制住她，然後告訴她，她一直在做的是什麼事。假如她哀哀低訴，說她其實完全不知道自己到底做了什麼特別的事兒，這隻老鷹便會嘶哮默許，然後告誡她，為了未來所有的母雞著想，她們得學習瞭解潛意識元素在小說藝術中的重要性。接下來就是老鷹的話。這是增修版。載明每個小說家必須歷經的「必要的三種過程」（也就是：科學的發現、哲學的理解、藝術的表達）。有三項優勢，是作家必須達成的目標（也就是夠分量的題材、巧妙的方法、有影響力的人格）。當中還有九種他能加以炮製的天氣使用法。他告訴我們：「雖然天氣是人人能說的主題，但能夠用智慧與藝術來談它的人，卻有如鳳毛麟角。」當他們在寫小說時，這個弱點就會益加突顯。因此，就讓他們學〔177〕學天氣的理論與實務應用，同時牢記以下的規則與範例。

首先，天氣可能是「不存在的，譬如在童話故事裡」。然後，可能是「裝飾性的」（如法國作家畢爾．羅逖的作品）；是「實用性的」（如《河畔磨坊》）；是「說明性的」（如《自我主義者》）；是「調和性的」（如費歐娜．麥克里歐德）；是「情感的對比」（如《巴朗翠的主人》）。是「行為的決定因素」（如魯德亞德．吉卜齡的小說中，因為一場沙塵暴，導致有個男人向一個錯誤的對象求婚）；是一種「控制性的影響力」（如《理查．費佛拉》）；以及第九，氣候本身就是主角（如《龐貝城末日》中維蘇威火山爆發）。聽完之後，母雞站起身來，現在她可有智慧了。但是，我不認為從此之後她還會願意繼續下蛋。

事實上，好的寫作技巧只能從好的作品中學習。漢米爾頓先生輕率地將書歸類，然後在每一章最後說：「建議書單。請閱讀本章所提及之各本最重要的小說。」不過，他不懂的是（或是他沒放在這一版，但這書下一版也許會列表說明），我們並非由研究一本書而瞭解它，而是從享受中學到東西，因此他的書沒什麼可學的。他縱覽群書、思慮清晰、知識淵博、無所不曉，可是他既沒情感又沒品味，因而無法激發別人的情感與品味。「當然不行，那些特質是天生的，」他微笑地說。但他的書在精神上否定了這個真理，儘管他在嘴巴上肯定它。更何況，倘若這本書落入一個年輕作家手中，那肯定是有害無益，還可能讓他誤以為小說可經由專注於外在而製造出來。一篇由機器所生產的文章或許有好有壞，但那畢竟是機器製造的，而且製作過程無論多麼謹慎，還是不可能展現個人風格。它可能具有邏輯上的一致性，但絕不可能有生命的一致性。「各種真理都是細緻巧妙、變幻無常的，無法經由辯證而達成，」勒南（Ernest Renan）譯1如是說，而且對於一個有創作潛力的作家而言，做再多 〔178〕
的表格，或窮盡心力埋首研讀，對創作都毫無助益；至於一個無創作力的作家，做這些功課只會幫過頭。所以，請別再來瞎攪和了，例如，他可能會繼續在「觀點」上面大作文章，搞出更多名堂來：

第一類：外在的

一、主角的觀點

二、配角的觀點

三、不同角色的觀點

四、書信的觀點

第二類：內在的

一、全知的

二、有限的

三、嚴格侷限的

然後，他就能毫不費力地生產出七種小說，若每一種都一一搭配天氣的九種不同用法，那他總共能製造出六十三種小說。對了！還有兩種「語態」：有非個人的與個人的可以選用。那就有一百二十六種了！轟隆轟隆，我得先告退了。嗚呼哀哉！可憐的小說！可憐兮兮的小東西！

譯註：

譯1　勒南（1823-1892），法國哲學家、歷史學家，著有《基督教起源史》、《耶穌傳》等書。他的論文〈何謂國家？〉（Qu'est ce qu'une nation）是研究民族主義的經典作品。

附錄三：小說的題材與方法

佛斯特引用克雷頓．漢米爾頓書中的一些段落（頁29-30及附錄二）。要注意的是，佛斯特所引述的那句「建議書單」，只出現過一次；而佛斯特有關「觀點」列表的引文，把「外在」和「內在」的條目給弄反了。書中所標示之頁碼，係根據佛斯特所評論的一九一八年版。

〔179〕**天氣的用處**——到目前為止，我們針對一般場景所講的，當然也適於其中最有趣的元素之一：天氣。在一些簡單的故事裡，譬如童話故事，天氣有可能並不存在。或者，它可能是以裝飾為主要目的而存在，如史賓塞（Edmund Spenser）[譯1]詩裡常出現的金色東方曙光；或是畢爾．羅逖《冰島漁夫》（*Iceland Fisherman*）書中，壯觀華麗的海天交響曲。它可以作為行動的實用附屬品：正如我們已經提過，在《河畔磨坊》裡，那場豪雨成災，唯一目的僅僅是為了要淹死湯姆與瑪姬。或者，它被拿來闡明一個人物：在《自我主義者》書中，克拉拉．米多頓懂得「穿的藝術，視季節與天氣來裝扮自己」；因此，在任何時候，天氣概況都能將她外表的涵義傳達給我們。多一些藝術巧妙，天氣就可以透過預先安排而與

人物的心境和諧共鳴：費歐娜・麥克里歐德在那些朔風野大的荒原故事裡，對此手法之運用令人歎為觀止。另一方面，天氣也許和人物的情感完全相反：巴朗翠的主人和亨利先生，就 〔180〕
在一個絕對寧靜與酷寒的暗夜裡決鬥。

此外，天氣可以用來決定行動：在吉卜齡早期作品《一場空歡喜》（*False Dawn*）之中，一場鋪天蓋地的沙塵暴讓男主角索馬瑞茲（Saumarez）向錯誤的對象開口求婚。或者，天氣可以是凌駕於人物之上的控制性影響力：在《理查・費佛拉》接近尾聲處，一篇名為〈大自然說話了〉（Nature Speaks）的章節中，一場強烈暴風雨決定了讓主角回到他妻子身邊。甚至，在某些例子當中，天氣本身就是故事敘述中的真正主角：《龐貝城末日》書中，維蘇威火山的大爆發主宰了故事的結局。

雖然天氣這個話題人人都會說，但能夠用智慧與藝術來談它的人，卻有如鳳毛麟角。有極少數的小說家——大多是近期出現的小說家——展露出運用天氣的造詣，這種技巧乃是基於對自然現象之詳盡且精確的觀察，以及對自然現象與人世之關係的哲學領會。也許，只有史蒂文生（Robert Louis Stevenson）[譯2]的匠心獨具，才能充分展現他呼風喚雨的造詣，總是描繪得如此生動逼真，總是如此契合小說的目的。

兩種敘述語態，非個人的與個人的：

一、**非個人的語態**。除了我們討論過的最後一項以外，在運用每種狀態的外在觀點時，有兩種截然不同的敘事語態，可供作者隨意選用：非個人的與個人的。他可在故事中抹去自己的人格因素，或者強調它。偉大的史詩或民間故事向來以客觀的方式來講述。許多現代作者，如史考特直覺地以史詩觀點呈現筆下的人物與事件：他們以自我的廣泛無意識來看待並描寫它們，一如任何人的所見所聞。至於其他作者，如豪爾斯先生（William Dean Howells）〔181〕[譯3]，刻意避免讓作者的個人語氣洩漏在故事之中：他們很有意識地戰勝了自己，力求使筆下的人物不受打擾。

二、**個人的語態**。不過另一類小說家寧願向讀者坦承，那個站在所有故事人物旁邊的說書人，以及寫下他們故事的第三者，就是作者本人。他們將個人的聲調賦予故事；他們強調自己獨特的品味與判斷，而且從不會讓你忘記，是他們在講故事，而且只有他們。讀者必須通過他們的眼睛觀看。例如，薩克萊就是這樣在展現他的故事——同情他的人物，羨慕他們，捉弄他們，乃至於愛他們，而且只要一有機會可以和讀者閒扯淡，他絕不錯過。當然，最嚴格的小說藝術家，如莫泊桑（Guy de Maupassant），其實偏愛用客觀的方式講故事：他們絕不打擾他們筆下的人物，於是讀者可以不經由作者對人物的臧否去觀察他們。但是有一類的文學作品，對讀者而言，其最大魅力是能夠透過作者的心智去看事情……這種方法的優缺點，無論如何，無關乎規則或規定，而在於作者心智的語態和特質的問題。作者能否安然地置身在他的小說之中，完全取決於他是怎樣的人。人格對此的影響，遠大於藝術：這種作法對某個作家而言，或許難以忍受，卻可能是另一位作者的主要優點。

譯註：

譯1　史賓塞（1552-1599），與莎士比亞同時期的英國作家、詩人，代表作為歌頌伊麗莎白女王的長篇詩作《仙后》（*The Faerie Queene*）。

譯2　史蒂文生（1850-1894），蘇格蘭小說家、詩人、評論家，代表作有《金銀島》、《巴朗翠的主人》等。

譯3　豪爾斯（1837-1920），美國小說家、文學評論家、記者。

附錄四：小說技巧

本文是一九四四年十一月二十四日，於英國國家廣播公司（BBC）東方台（Eastern Service）的廣播談話內容；資料來源為英國國家廣播公司檔案室打字稿。內容摻雜一些更動筆跡（部分是佛斯特親筆修改，部分可能出自節目製作人之手），部分結語和摘要備註被省略，顯然是佛斯特刪掉的。〔182〕

小說技巧。長篇小說的技巧。是的，但是哪一本小說？我寫下六本小說的書名，作為今天的討論題材。這六本小說是：史坦恩的《項狄傳》；奧斯汀的《艾瑪》；梅爾維爾的《白鯨記》；狄更斯的《荒涼山莊》；亨利．詹姆斯的《奉使記》；以及勞倫斯的《白孔雀》。這是六本好小說，我們要針對其中的技巧談些什麼呢？我再複述一遍這些書名。《項狄傳》，十八世紀的奇幻小說，主角從頭到尾沒在書中露過臉。《艾瑪》，書中的一切事情都有條有理，既合乎常理、又井然有序，人物各盡其職，劇情持續推展，營造出的氣氛愉悅節制，最後成就出一部精采的家庭喜劇。《白鯨記》，非常與眾不同的，部分原因是因為主角是一隻鯨魚：這是一個關於大海的故事，但同時，也是針對鯨魚所體現之「惡的神祕性」（the mystery of evil）所進行的沉思。《荒涼山莊》，是一個關於人的溫馨故事，在這個極端複雜的情節中，有數十個人物穿梭其間，並揉入對經年累訟的批判。《奉使記》，詹姆斯在這本小說中，分析了一位生性敏感的美國人的心路歷程，他奉命將他的同胞從巴黎的紙醉金迷之中拯救出來，結果他自己也陷入這個光與美的城市。至於《白孔雀》，一部由一個 〔183〕 靈感豐富的小夥子所寫的傑作，[譯1]全書充滿青澀懵懂、繽紛色彩、奇花異草，以及性的危險與魅惑。這六本小說都是上乘佳作，因此，我們應該能從中推論出，何謂小說的技巧。

我們應該能從中推論出，但我們能嗎？小說是一種包羅萬象的文學形式，在如此廣袤的範圍中，想要歸納它的技巧，簡直難如登天。要確切說明長篇小說的生成，其實遠比解釋戲劇作品、抒情詩，甚或短篇小說的創作，更加困難。戲劇，是為表演而作，一定會顧及舞台和現場觀眾的因素，而受到一定常規的約束。抒情詩，在本質上是一首歌，傾向於表達一種主要情感。短篇小說，和長篇小說有著相同的媒介，但是篇幅短，必須預先設定它要產生何種效果，所以結果不是有產生效果，就是沒產生效果。但在我看來，長篇小說並無任何規則，因此也就沒有所謂小說技巧這種東西。有的只是每一位小說家為了某一本小說的效果，而採用的特定技巧。史坦恩在寫《項狄傳》時候所用的技巧，剛好和奧斯汀用於《艾瑪》的技巧完全相反。史坦恩希望寫出插曲式、奇幻式的作品，玩些小花招來戲弄讀者。而奧斯汀則想在寧靜純樸的海柏瑞村，經營出一齣家庭喜劇。假如這兩位偉大的作家試圖借用彼此的技巧，他們的作品會立刻被毀得支離破碎。此外，他們還有一個共同的媒介（散文），一個共同的素材（虛構），以及他們共同的目的——儘可能把自己的小說給寫好。

目前，坊間有些談論小說技巧的相關書籍，其中不乏精闢之作，立下小說應該遵循的規則。諸如：小說應該和人有關，應該包含一個故事和若干情節，而且應該具有一個明確的〔184〕敘述觀點。其中，有關「觀點」這一條最耐人尋味，稍後我再回頭來談它。現在，我們回到書單上那六本小說，讓它們接受一些檢驗。《項狄傳》是有關人的故事，但這些人被呈現得非常古怪；其中沒有一般觀念中的情節或故事，重點在於那些稀奇古怪的奇幻事件，以及那些無生命物體，譬如史洛普醫生的助產包，看起來彷彿是活的。如果你為小說訂定了規則，再將它套到《項狄傳》上面，那麼你必須承認它不是一本小說，雖然你讀得津津有味，但它就是不算小說。接下來談奧斯汀的《艾瑪》。《艾瑪》就完全符合這項檢驗，它和人有關，包含一個故事和一個情節，它是從一個觀點在進行敘述，也就是女主角的觀點。奧斯汀告訴我們艾瑪的所有事情，我們則透過艾瑪的雙眼，去瞭解劇情和其他人物。我們精神一振：規則奏效了，這兒有一本小說，一本真正的小說。

不過，當我們談到《白鯨記》時，卻是意興闌珊。在《白鯨記》裡，雖然我們看到了人和冒險，但關懷重點是邪惡的形上問題，以及惡具體化為莫比·迪克，一隻白鯨，對它的追捕以及它的死亡，關係到整個宇宙。儘管《白鯨記》和《項狄傳》之間有著南轅北轍的差異，但是他們卻共有某個東西是《艾瑪》所沒有的：非人的元素（nonhuman）。當這個元素微而輕薄時，一如在《項狄傳》，我們可稱之為「奇幻」；當它大而重時，如同在《白鯨記》，那就稱之為神祕的或宇宙的。讀過《白鯨記》之後，你的驚奇感會有所提升，你的宇宙會隨之擴大，但是你仍舊必須將它從書單上拉掉，因為它並非一本真正的小說，因為它並未遵循小說的規則。

接下來談《荒涼山莊》。《荒涼山莊》是一本真正的小說嗎？幾乎是，它全書充滿了有意思的人物，和引人入勝的情節。但是，它有一個目的——抨擊社會的不公不義，而小說應該做那些事嗎？它應該撈過界嗎？更何況，這本書缺乏一個像《艾瑪》所具備之前後一致的觀點。我們來看看《荒涼山莊》前三章的內容。在開場篇，我們透過狄更斯的眼睛看到所有事情，他領著我們走進皇廷大臣法庭，逐一介紹在場的每一個人。在第二章，我們依然借用狄更斯的雙眼，但是基於某些不明原因，這雙眼睛的視力逐漸衰退：他可以為我們說明〔185〕書中的某些人物，而非所有人。到了第三章，他改採一種截然不同的方法，拉掉原先那個全知的敘述者，安插一位年輕小姐薩默森來代替他，於是，我們改而透過薩默森的眼睛在觀看每一件事。從小說技巧標準來評判——倘若真有技巧的話——《荒涼山莊》會整個化為碎片。

緊接著，讓我們來看看詹姆斯的《奉使記》。在這本書中，每一條規則都發揮得恰到好處——甚至比奧斯汀書中的表現更加淋漓盡致。這是一個關於人的故事，人物的關懷重點居於主導地位，沒有形上的或社會的惡受到強調，故事有頭有尾，順利開展和結束，有前後一致的敘述觀點——那個個性敏感的美國人的觀點，他要拯救一個同胞，遠離十九世紀巴黎的誘惑，結果他自己也在誘惑之中淪陷了，不過，這是基於不同的感知，他乃是因為逐漸瞭解到，巴黎不像美國，而是代表著文明。《奉使記》是一本遵循所有小說技巧規則的小說，倘若真有規則的話。接下來要談勞倫斯的《白孔雀》。這本書不見規則的斧鑿，也幾乎看不到故事，我們是在一首詩當中，在一片盛開（正在採收）的花田之中，在一片暗夜樹林之中，在被殘酷刻劃的青春期的陣痛之中。《白孔雀》是一本極具爭議且不容或忘的書。（但多虧）它引領我們——天知道是用什麼方法——進入一個浪漫和不安的國度，否則我們應該已經錯過它了。

這就是規則的使用情況，你可以隨興地用或不用它們。雖然你可以說確實有小說技巧，《艾瑪》和《奉使記》就是完美的小說，《荒涼山莊》是有缺點的，《項狄傳》、《白鯨記》和《白孔雀》則壓根兒不是小說，儘管你很欣賞它們。但或者，你也可以和我一樣，認為〔186〕根本沒有規則，沒有小說技巧，僅有作家為了特定作品之需要而使用的技巧。根據我的判斷，史坦恩、奧斯汀、梅爾維爾、狄更斯、詹姆斯、勞倫斯，他們運用的所有技巧，都能切合他們的特殊問題和性質，因此，我應當說書單上的六本小說是六本好小說，應該讓它們保有各自的樣子。

但是讓我們稍微談談「觀點」這問題，因為即便我們不接受它，也會受它刺激。我要引述一位令人讚佩的評論家路伯克的話，他堅信有「觀點」這回事，並在一本名為《小說技巧》的有趣著作中討論這個問題。「小說技巧，這個有關方法的複雜問題，」路伯克說，「我認為它是受到觀點這問題的左右——也就是和那個站在故事旁邊的敘述者有關的問題。」說故事的小說家，可以像一個客觀公正、或部分客觀的旁觀者，從外描繪人物；或是也可以假設為全知者，由人物內部描繪他們；或是讓自己置身人物之中，扮演其中的一個角色，暗中去影響其他人物，作為他們的行動推力。禁忌是，他不能將這些方法混雜使用，也不能任意地從一種觀點變成另一種——狄更斯在《荒涼山莊》中的作法，就犯了這個禁忌，因而削弱全書的氣勢。路伯克以《戰爭與和平》為例，斷言托爾斯泰的敘述觀點如果能前後一致的話，就能造就出更偉大的作品。這個論點我不以為然。我認為一個小說家可以視效果之需要而轉變觀點，狄更斯和托爾斯泰就是遭遇此種情況。的確，這種擴充或限縮認知的力量（轉換敘事觀點是其徵兆），這種幕間穿插的權利，在我看來，正是小說形式的好處之一，也和我們對生活的認知很類似。我們有時候比較聰明，有時候比較駑鈍；偶爾我們可以〔187〕瞭解人心，但經常是不得其門而入，因為我們的心靈會感到疲憊；而這個幕間穿插讓我們的經驗更多采多姿。許多小說家就是如此對待筆下的人物，拿捏著對人物的收與放，如同我們在真實生活一般，我並不認為他們有何可議之處。

所以，下次你讀小說時，不妨仔細留意「觀點」——也就是說，敘述者和故事的關係。看看他是從外在說這個故事、描寫這些人物，或是把自己定位為書中人物之一？看看他是否裝作全知者，還能預知每一件事情？或是他也偏好享受驚奇之樂？他是否有變換觀點，像狄更斯在《荒涼山莊》前三章之中的作法？而且，倘若他真的改變了觀點，你會介意嗎？我可不！

譯註：

譯1　佛斯特之所以說《白孔雀》是一個小夥子的作品，因爲這是勞倫斯於二十六歲完成的啼聲初試之作。

索引

奧利佛・史多利布瑞斯

鑒於原著的「參考書目索引」看似佛斯特個人的隨筆雜記，我已盡力讓佛斯特所重視的這些東西能讓讀者更易參考，因此保留了標題，如「偽學術」（pseudo-scholarship）；而「小說家的筆觸」（novelist's touch, the）是「小說家」（novelist, the）的子標題；並且為「扁型人物」（flat characters）與「圓型人物」（round characters）提供交互參照，使其連結至「人物」（character）這個條目，而項下的子標題有「扁型」（flat）與「圓型」（round）。

目前所呈現的較完整索引，目的有三。簡而言之：第一、在記憶不備下，尋找任何段落或佛斯特說過的話。第二、找出佛斯特對特定主題提出的看法。第三、提供簡明扼要的注解。索引除了主文，也包含了附錄，因而有若干重複或高度雷同的文句。原文第一五五至一七五頁（附錄一，佛斯特備忘錄的節錄）含有若干片段或句子，與之前正文的片段與句子非常類似，因此兩者引注在相同的標題或子標題下。我希望這種針對佛斯特最初與最終想法所做的對照簡化，可以減輕讀者因為這些枝微末節而產生的困擾。

在兩種情況下，有些標題項下會進行大量細分：重要主題如「人物」（characters）、「故事」（story）等，以及重要小說家，如珍・奧斯汀和狄更斯等。兩者的處理方法有些不同。重要主題項下的條目依序有下列兩種處理原則：一、主要相關段落；二、選出的特定主題和名詞，按出場頁碼依序排列；這些類別之間會有些重疊。至於小說家項下的條目依序有下列四種處理原則：一、段落和注釋不適合做摘要；二、選出特定的主題和名詞；三、在某些情況下，會引述其他評論者的意見；四、個別作品的參照條目。第三和第四類係根據字母順序排列，而四類之間是互斥的，即使某一頁當中可能會出現兩種以上的類別；因此，有關《骨董商人》（原頁 44-45）的分析，佛斯特在史考特（Scott）總目項下做了附帶備註，而分析本身歸於第四類，其餘則屬於第一類。

小說和戲劇等，僅編在作者項下。不過有些狀況是，佛斯特談到書名卻未提及作者，或是談到小說人物卻未提及書名、作者，因此，在第二種狀況中，可以藉由索引中的交互參照確認書名。

我刻意忽略佛斯特對於年代排序的非難，對作家或其他項目加註年分。在很多情況中，我也標示出版時間（譬如珍・奧斯汀），以免因出版順序異於成書時間的順序而產生誤解。至於集結成冊前曾經在報刊連載過的作品，則採用較早的日期。

A

Ackerley, J. R.(1896-1967)，艾克禮：《戰俘》（*The Prisoners of War*，戲劇，1925 年），頁 160。

Adams, Parson，見海倫・費爾丁（Helen Fielding）：《約瑟夫・安德魯斯》（*Joseph Andrews*）。

adaption, the device of，改編的方法，頁 106、112-113。

Adventures of a Younger Son，《小兒子歷險記》，見特里勞尼（Trelawny, Edward John）。

A. E.，本名喬治・威廉・羅素（Goerge William Russell, 1867-1935，詩人兼藝術家，曾經參與過農業改革運動），頁 124。

affection，喜愛：一篇小說最後的試煉，就像對我們的朋友那樣，頁 38。

ageing，老化：《老婦人的故事》，頁 50、162 註；製造嚴肅談話的需求，頁 165。

Akhnaton，阿肯那頓，西元前十四世紀：阿肯那頓王朝的藝術，頁 143、156、168。

Alain，本名愛彌爾・奧古斯・查泰爾（Emile-Auguste Chartier, 1868-1951）；《美術理論》（*Systeme des Beaux-Arts*，1926），頁 56、69、175。

Alyosha，阿遼沙，見杜思妥也夫斯基，《卡拉馬佐夫兄弟》（*The Brothers Karamazov*），小說中的動物，頁 54。

anthology, F.'s，佛斯特文選，見佛斯特（Forster）。

Antigone，《安蒂岡妮》，見蘇弗克里茲（Sophocles）。

Arabian Nights，《天方夜譚》（*One Thousand and One Nights*），頁 41。

Aristotle，亞里斯多德（西元前 384-322），頁 86、149；《詩學》（*Poetics*），頁 85、175 引文。

army of unalterable law，象徵永恆不變法則，頁 105。

Arnold, Matthew，馬修・阿諾德（1822-88），以《恩培多克勒斯在埃特納火山》（*Empedocles on Etna*）震驚世人，晚年則震驚於瓊斯（H. A. Jones），頁 161。

art，藝術：與歷史對照，頁 36、151；與生活對照，頁 69。

artist, the，藝術家：以真理為目標，如果他引起情感的共鳴，他就成功了，頁 174。

Asquith, Herbert Henry，赫伯特・亞斯奎斯（1858-1928），1908-1916 年間擔任英國首相，頁 104。

audience，聽眾：原始聽眾，頁 41、87、160；現代同類，頁 87-88、160。

Austen, Jane（1775-1817），珍・奧斯汀：頁 77-80；166；人物的相互依存性（inter-dependent），頁 71；所有力量，頁 79、80；到了結局就有氣無力，頁 173；談夏綠蒂・勃朗特（Charlotte Bronte）時提到，頁 175；談華特・史考特時提到，頁 78、169；《艾瑪》，頁 25、71、78、80；《曼斯菲爾莊園》，頁 77-80、123、169；《諾桑覺寺》，頁 80；《勸服》，頁 79、169；《傲慢與偏見》，頁 80。

B

Bates, Miss，貝慈小姐，見奧斯汀（Austen）：《艾瑪》。

Batouala，《巴特瓦人》，見何內・馬杭（René Maran）。

Beauty，美：小說家不能把美設定為追求的目標，頁 89；小說中不同形式的美，頁 136-137；美得霸道，頁 145。

Beckford, William，威廉・貝克佛（1759-1844），頁 103。

Beerbohm, Max，麥克斯・畢爾彭，頁 103；《傾校傾城》（1911），頁 25、109-112、165。

Beethoven, Ludwig van，路德維格・貝多芬（1770-1827）：第五號交響曲，頁 146、149（此處將三重奏－詼諧曲的順序列反了）。

Bennett, Arnold，班奈特・阿諾德（1867-1931）：《老婦人的故事》（1908），頁 50、162、173。

Benson, E. F.，班森（1867-1940），頁 171。

Berenice，《貝芮妮絲》，見拉辛（Racine）。

Bertram, Lady，柏爾川夫人，見奧斯汀（Austen）：《曼斯菲爾莊園》。

Bible in Spain,《聖經在西班牙》，見波羅（Borrow）。

birth，出生：在真實生活中，頁 57-58；在小說中，頁 60-61、156 。

Blake, William，威廉・布雷克（1757-1827）：引自「帶著幸福延跨各小丘」，頁 132。

Bleak House，《荒涼山莊》（1812-70），見狄更斯（Dickens）。

Bloomsbury，布倫斯貝里，頁 164。

Catherine, St, of Siena，聖女加大利納．瑟納聖師（1347-1380）：引自「而且，在此一共融中，靈魂很快地將她自己和神美妙地結合在一起，讓她更清楚地瞭解這個真理，因此，當神存在靈魂之中，靈魂也存在神之中，如同海水存在魚身之中，而魚身在大海之中。她渴望黎明的到來……為了要望彌撒。」《加大利納對話錄》（*The Dialogue of the Seraphic Virgin Catherine of Siena*，艾爾加．索羅德 [Algar Thorold] 英譯，London, 1896，頁 21），頁 122、123。

characters（people），人物（人）：頁 54-94、159、166-70、174；小說家用許多字堆來約略表達自己，頁 54-55；相較於真實生活中的人，頁 57-64、68-70；相互依存性，頁 71-72；個性叛逆，頁 72；扁型人物，頁 73-77、169-170；傳統的，頁 77-80；圓型人物，頁 73-80（經由暗示），頁 80-81、123、169；偽圓型，頁 170；對立於小說家觀點，頁 81-84、166-167、178、183-187；和情節衝突，頁 86-87、92-94、99；杜思妥也夫斯基，頁 122-123。

Chekhov, Anton，安頓．契訶夫（1860-1904）：《櫻桃園》，頁 93。

Chevalley, Abel，謝瓦萊（1868-1934）：《當代英國小說》（*Le Roman Anglais de Notre Temps*），一本出色小書。（在此書當中，佛斯特被譽為最有思想和天分的小說家之一），頁 25。

chronology：年代研究法是評論的基礎：對這種方法的質疑，頁 27、29、31、38。亦見於時間（time）。

cinema, the，電影：及其觀眾，頁 87、151、160。

Clark, William George，威廉．喬治．克拉克（1821-78），頁 23-4；《西班牙冷湯》（1850），頁 23；《伯羅奔尼撒》（1858），頁 23；《英國教會的當前危機》（1870），頁 24。

Claudel, Paul，保羅．克勞岱爾（1868-1955；外交官兼作家），頁 124。

clock，時鐘，見時間（time）。

confidences，祕密：關於人物的，頁 84、166；關於宇宙的，頁 84、166-7。

Conrad, Joseph，約瑟夫．康拉德（1857-1924），頁 84、125、162-163、167。

conversation，會話，見對話（dialogue）。

Couperus, Louis，路易士．庫佩勒斯（1863-1923；德國小說家），《老人與往事》（1906），頁 162 註。

C. P. S.，見聖格（Sanger）。

D

E

Forster, Edward Morgan，愛德華·摩根·佛斯特（1879-1970）：不打算以外國小說專家自居，頁 27；偽學者，頁 28；垂頭喪氣、一臉悵然地說：「小說就是說故事。」頁 40；不是刀劍，也不甘當塊廢材，頁 89；會拘泥古板地談柯南·道爾，頁 91；不相信世上有精靈，頁 105；不認為有惡的存在，頁 170；對謙卑的有限度好感，頁 117；十九歲長水痘的時候讀《湯姆·瓊斯》和《伊凡·哈靈頓》，頁 161；將史威弗特寫進他的文選筆記中（這是一本筆記，從第一次世界大戰開始記錄，佛斯特以次作為對羅伯特·布里吉斯《人之靈魂》〔Robert Bridges's *Spirit of Man*〕一書的評論，我個人覺得這段話太附和，說教意味也太重）；《小說面面觀》中提及和討論的其他作家，包括：哈代的《還鄉記》、《統治者》、佩特爾的《伊比鳩魯主義者馬里烏斯》、普魯斯特、珍·奧斯汀的《艾瑪》、約翰·本仁的《天路歷程》、狄福（如同頁 65）、梅瑞狄斯的《維多利亞》〕，頁 165；忘記原文，頁 175；《匿名》，頁 36 註；為《小說面面觀》所做的注解，頁 155-175；為《小說面面觀》所寫的綱要，頁 173-174。

France, Anatole，阿納托爾·法朗士（1844-1924），頁 134-135。

Freeman, John，約翰·傅立曼（1880-1929）：《赫曼·梅爾維爾》（1926），頁 128 註。

French fiction，近期的法國小說，頁 89。

G

Galsworthy, John，約翰·高爾斯華綏（1867-1933），*The Country House* (1907)，頁 148。

Garnett, David，大衛·加涅特（綽號邦尼，1892- 1981），頁 171、173；《淑女變狐狸》（1922），頁 104、173；《動物園裡的男人》（1924），頁 173；《水手返鄉》（1925），頁 173。

Gaskell, Elizabeth Cleghorn，伊麗莎白·克雷格洪·葛斯蓋爾（1810-65）：《克蘭福特》（1853），頁 26、166。

generations，代代之間的相厭不合，頁 161

genius，天才：偽學者的偏好，頁 30。

Gide, André，紀德（1869-1951）：是個凡事瞻前顧後，甚至顧慮太多的人，頁 102；《偽幣製造者》（1926；英譯本），頁 82-83、95-99、102。

glands，腺體：小說人物不需要，頁 60。

God as novelist，如果上帝是小說家，頁 64。

H

Housman, A. E.，豪斯曼（1859-1936），頁 175。

Hudson, W. H.，哈德遜（1841-1922）：《綠廈》（1904），頁 25、165。

human life，人的生活，見生活（life）。

human mind, the，人心：是否會變？，頁 37；人心並非是個崇高的東西，頁 133；人心的兩種運動，頁 152-153 。

human nature，人性：能改變嗎？頁 151-153、174；其實沒那麼神祕，頁 174 。

humanity，人性：小說浸淫在人性之中，頁 39 。

humility，謙卑：佛斯特對謙卑沒什麼好感，頁 117 。

humour，幽默感：技巧的改變，頁 37；在預言小說放下幽默感，頁 117。

'humours'，「幽默」，見人物：扁型（flat）。

I

immediate past，上一代，頁 161。

improper books，特立獨行作品，頁 29。

indignation in literature，文學中的憤怒：永遠沒完沒了，頁 114、164 。

individualism，個人主義，頁 86-87 。

Infinity，無限：重重把門關上，頁 67-68、158 。

influence，影響力：文學的影響力，頁 26、27、28 。

inspiration，靈感：靈感的本質，頁 36。

intelligence，智慧：掌握劇情之必需，頁 88-89。

J

James, Henry，亨利．詹姆斯，和李察森做比較，佛斯特對他的嘲仿，頁 32；威爾斯對他的嘲弄，頁 144；不願透露這個小玩意兒是什麼東西，頁 137-138、169 註；人物的類別有限，頁 138、140、142、168-169；人物的屬性有限，頁 142-143、168；剪下甜菜和青蔥做他的沙拉，頁 160；氣味，頁 161；他的風格，頁 168；到了結局就有氣無力，頁 173；談威爾斯時提到，兩人後續的通信，頁 144-5；《奉使

K

L

M

校傾城》的神話觀，頁 110；嘲仿的神話觀，頁 112。

N

nature，自然：梅瑞狄斯和哈代的自然觀，頁 89-90。

Neanderthal man，尼安德塔人：聽故事，頁 41。

Newton, Sir Isaac，以薩克・牛頓爵士（1642-1727），頁 132-133。

Nietzsche, F. W.，尼采（1844-1900）：引自紀德《偽幣製造者》的二度譯文「就像尼采所說的『結構大崩潰』」，頁 99。

novel, the（and novels），小說：是文學領域的一塊濕地，頁 25；謝瓦萊的定義，頁 25；不得少於五萬字（由此看來，佛斯特舉的例子當中，很多都不符合這項條件，至少包括《魔笛》和《拉賽拉斯王子》），頁 25；毗鄰詩、歷史和一片海洋，頁 25；感情的最終試煉，頁 38；浸淫在人性之中，頁 39、149；有關「小說是什麼？」的三種觀點，頁 40；小說以事實為基礎，再根據小說家的性格加加減減，頁 55；亞倫論小說，頁 56；是一種藝術作品，有其自身法則，頁 69；能夠滿足了我們對智慧和權力的虛榮，頁 70；可以擴充或限縮認知，頁 83、167；與戲劇的比較，頁 85-86、93-95、145、149、162 註；虎頭蛇尾，頁 94、173；討論《偽幣製造者》，頁 95-99；小說中的兩股力量：人物，以及非人物素材，頁 101；和音樂的類似處，頁 50-51、134、146-149；小說的未來，頁 151；自詡是在刻畫人生，頁 162；一隻無害的小母雞，頁 176-177；一九四四年的回顧，頁 182-187；沒有規則，頁 183，亦見於人物；十八世紀小說；英國文學；奇幻小說；法國小說；人心：小說家；圖式；人格；情節；預言；節奏；俄國小說，故事；技巧。

novelist, the，小說家：和其他作家與藝術家比較，頁 54-57；他的功能：揭露不為人知的生活，頁 55-56；小說家的災難和考驗，頁 72；小說家的筆觸，頁 75；小說家觀點與人物觀點，頁 81-84、166-167、178、183-187；不能過於賣弄自己的創作方式，頁 83；對美的追求，頁 89；像個歌手，頁 116（亦見於預言）；不求圓滿，但求開展，頁 149；小說家的未來，頁 151。

O

Old Wives' Tale，《老婦人的故事》, 見班奈特（Bennett）。

One Thousand and One Nights，《天方夜譚》，頁 41。

Open Road, literature of the，公路文學，頁 29。

P

R

T

大，頁 26、166；概述他認為生命必經的處境，頁 167；《戰爭與和平》（1865-1872），頁 27、50-51、80、83、150、159、162、186。

tones，聲調：根據聲調所做的小說分類，頁 30、180-181。

Townsend Warner, Sylvia, 席薇亞・湯森・華納，見華納（Warner）。

tradition, literary，文學傳統，頁 37-38。

Treasure Island，《金銀島》，見史蒂文生（Stevenson）。

Trelawny, Edward John，愛德華・約翰・特里勞尼（1792-1881）：《小兒子歷險記》（*Adventures of a Younger Son*, 1831），頁 25、165。

Trollope, Anthony，安東尼・特洛普（1815-1882），頁 175；當斯黛伯小姐（《索恩醫生》和《弗拉姆利教區》[*Framley Parsonage*] 書中未提及），頁 137；《巴色特的最後紀事》（1866-1867），頁 61。

types，類型：見人物（characters）：扁型。

U

Ulysses，《尤利西斯》，見喬伊斯（Joyce）。

universe, the，宇宙或世界：當它變成虛構的，頁 64；小說家向讀者透露宇宙的祕密，頁 84、166-167；把家鄉寫成宇宙，頁 90；喬伊斯想把世界埋於污泥之中，頁 113。

V

values，價值：價值生活和時間生活，頁 42-43、52-53、54、72。

Victoria, Queen，維多利亞女王（1819-1901），頁 55-56、75。

Victorianism，維多利亞主義：喬伊斯在作品中的顛覆，頁 113。

villains in fiction，小說中的反派，頁 128、171。

Virginia，維吉妮亞，見吳爾芙（Woolf）。

W

Ward, Mrs. Humphry，華德夫人（1851-1920），英國女小說家，以《羅柏特・埃爾斯梅爾》（*Robert Elsmere*）一書聞名。

Z

國家圖書館出版品預行編目資料

小說面面觀：現代小說寫作的藝術
愛德華・摩根・佛斯特（Edward Morgan Forster）著；蘇希亞譯
- 二版 - 臺北市：商周出版, 城邦文化事業股份有限公司：英屬蓋曼群島商家庭傳媒股份有限公司城邦分公司；
2024.11 面： 公分.
譯自：Aspects of the Novel
ISBN 978-626-390-325-8（平裝）

1. 小說 2. 文學評論

812.7 113015946

小說面面觀

作　　者／愛德華・摩根・佛斯特（Edward Morgan Forster）
譯　　者／蘇希亞
企畫選書人／林宏濤
責任編輯／陳玳妮

版　　權／游晨瑋、吳亭儀
行銷業務／周丹蘋、林詩富
總 編 輯／楊如玉
總 經 理／彭之琬
事業群總經理／黃淑貞
發 行 人／何飛鵬
法律顧問／元禾法律事務所 王子文律師
出　　版／商周出版
115台北市南港區昆陽街16號4樓
電話：(02) 25007008 傳眞：(02)25007579
E-mail：bwp.service@cite.com.tw
發　　行／英屬蓋曼群島商家庭傳媒股份有限公司 城邦分公司
115台北市南港區昆陽街16號8樓
書虫客服服務專線：02-25007718；25007719
服務時間：週一至週五上午09:30-12:00；下午13:30-17:00
24小時傳眞專線：02-25001990；25001991
劃撥帳號：19863813；戶名：書虫股份有限公司
讀者服務信箱：service@readingclub.com.tw
城邦讀書花園：www.cite.com.tw
香港發行所／城邦（香港）出版集團有限公司
香港九龍土瓜灣土瓜灣道86號順聯工業大廈6樓A室 E-mail:hkcite@biznetvigator.com
電話：(852) 25086231 傳眞：(852) 25789337
馬新發行所／城邦(馬新)出版集團【Cité (M) Sdn. Bhd. (458372U)】
41, Jalan Radin Anum, Bandar Baru Sri Petaling,
57000 Kuala Lumpur, Malaysia
電話：(603)90563833 傳眞：(603) 90576622

封面設計／化外設計
排　　版／極翔企業有限公司
印　　刷／韋懋實業有限公司
經 銷 商／聯合發行股份有限公司 地址：新北市231新店區寶橋路235巷6弄6號2樓
電話：(02) 2917-8022 傳眞：(02) 2911-0053

■2024年11月二版
定價360元
Printed in Taiwan

城邦讀書花園
www.cite.com.tw

ISBN 978-626-390-325-8
9786263903227(EPUB)

商周出版

廣	告	回	函
北區郵政管理登記證			
北臺字第000791號			
郵資已付，免貼郵票			

115　台北市南港區昆陽街16號8樓

英屬蓋曼群島商家庭傳媒股份有限公司城邦分公司　收

請沿虛線對摺，謝謝！

商周出版

書號：BA9005X　書名：小說面面觀　編碼：

請於此處用膠水黏貼

商周出版

讀者回函卡

線上版讀者回函卡

感謝您購買我們出版的書籍！請費心填寫此回函卡，我們將不定期寄上城邦集團最新的出版訊息。

姓名：＿＿＿＿＿＿＿＿＿＿＿＿ 性別：☐男 ☐女

生日：西元＿＿＿＿年＿＿＿＿月＿＿＿＿日

地址：＿＿＿＿＿＿＿＿＿＿＿＿

聯絡電話：＿＿＿＿＿＿＿＿ 傳真：＿＿＿＿＿＿＿＿

E-mail ：

學歷：☐ 1. 小學 ☐ 2. 國中 ☐ 3. 高中 ☐ 4. 大學 ☐ 5. 研究所以上

職業：☐ 1. 學生 ☐ 2. 軍公教 ☐ 3. 服務 ☐ 4. 金融 ☐ 5. 製造 ☐ 6. 資訊

☐ 7. 傳播 ☐ 8. 自由業 ☐ 9. 農漁牧 ☐ 10. 家管 ☐ 11. 退休

☐ 12. 其他＿＿＿＿＿＿＿＿

您從何種方式得知本書消息？

☐ 1. 書店 ☐ 2. 網路 ☐ 3. 報紙 ☐ 4. 雜誌 ☐ 5. 廣播 ☐ 6. 電視

☐ 7. 親友推薦 ☐ 8. 其他＿＿＿＿＿＿＿＿

您通常以何種方式購書？

☐ 1. 書店 ☐ 2. 網路 ☐ 3. 傳真訂購 ☐ 4. 郵局劃撥 ☐ 5. 其他＿＿＿＿

您喜歡閱讀那些類別的書籍？

☐ 1. 財經商業 ☐ 2. 自然科學 ☐ 3. 歷史 ☐ 4. 法律 ☐ 5. 文學

☐ 6. 休閒旅遊 ☐ 7. 小說 ☐ 8. 人物傳記 ☐ 9. 生活、勵志 ☐ 10. 其他

對我們的建議：＿＿＿＿＿＿＿＿＿＿＿＿

＿＿＿＿＿＿＿＿＿＿＿＿

＿＿＿＿＿＿＿＿＿＿＿＿

請於此處用膠水黏貼